中华经典名著

全本全注全译丛书

苗怀明◎译注

西湖梦寻

中華書局

图书在版编目(CIP)数据

西湖梦寻/苗怀明译注. —北京:中华书局,2021.12
(2025.3 重印)
(中华经典名著全本全注全译丛书)
ISBN 978-7-101-15454-2

Ⅰ.西… Ⅱ.苗… Ⅲ.古典散文-散文集-中国-明代
Ⅳ.I264.8

中国版本图书馆 CIP 数据核字(2021)第 232705 号

书　　名	西湖梦寻
译 注 者	苗怀明
丛 书 名	中华经典名著全本全注全译丛书
责任编辑	刘胜利　胡香玉
装帧设计	毛　淳
责任印制	管　斌
出版发行	中华书局 (北京市丰台区太平桥西里 38 号　100073) http://www.zhbc.com.cn E-mail:zhbc@zhbc.com.cn
印　　刷	北京盛通印刷股份有限公司
版　　次	2021 年 12 月第 1 版 2025 年 3 月第 4 次印刷
规　　格	开本/880×1230 毫米　1/32 印张 11¾　字数 250 千字
印　　数	22001-27000 册
国际书号	ISBN 978-7-101-15454-2
定　　价	29.00 元

目录

一个人的西湖，一个人的风景（代前言）

康熙十年七月十六即1671年8月20日这一天，张岱为自己的新书《西湖梦寻》写了一篇自序，从"因作《梦寻》七十二则"这句话来看，书稿应该是已经完成了。也就是说，这部书的写作时间当在本年或更早一两年。

如果将时光倒流三十年，此刻，张岱或许正在花红柳绿的苏堤漫步，或许正在景色清雅的西溪探幽，或许正在岣嵝山房苦读，或许正在龙井闲坐品茗……这样的场景曾经是他再普通不过的日常生活，但如今已成为遥不可及的奢望，只有在梦中，他才可以重温旧日的美好时光，慰藉自己那颗已经凉透的心灵。

康熙十年这个年份是打开《西湖梦寻》的一把钥匙。这一年张岱76岁，已经过了古来稀的年纪。那个被他念念不忘的大明王朝已经消失在历史的黑洞中二十八年，不管他如何不情愿，新的王朝也已经换了一个新的皇帝。天地玄黄，时光荏苒，一切都已经不可改变。

仅仅是标志这篇自序的写作年份，都让张岱感到尴尬。康熙这个年号不可能出现在他的文字里，崇祯这个字样早已定格在二十多年前成为历史符号，他也只能署上"岁辛亥七月既望"这样一个模糊了朝代的时间标记。此前他在《古今义烈传自序》的所署时间则是"龙飞崇祯戊辰鞠月"。

对于一位风烛残年、心灰意冷的老人来说,为何还要编写这本书?此前的感慨和思考不是已经在《陶庵梦忆》中说完了吗?

了解这一点,也就读懂了《西湖梦寻》。

读《西湖梦寻》,一定要和《陶庵梦忆》放在一起读。这两部书是姊妹篇,有不少相似之处:从创作动机看,都是为了抒发兴亡之感、故国之思;从写法上看,都是以梦点题,通过今昔对比,抒发内心的沧桑和悲凉;从文体上看,两书都是小品文,是晚明小品文的绝唱,也是集大成之作。

既然有着如此多的相似,已经有了《陶庵梦忆》,《西湖梦寻》的价值何在?

从书名就可以看出两书之间的差别,那就是“陶庵”与“西湖”之别。“陶庵”是作者的别号,“西湖”是杭州的名胜,前者是属于个人的,后者则是属于公共的。明白这个区别也就知道了这两部书的差别所在。

大明王朝灰飞烟灭之后,张岱一番折腾,复国无望,转而从战场走向案头,想以自己的笔墨为天下也为自己保存一段历史,而呈现的方式有两种:一种是以写史的方式郑重撰写,成果是《石匮书》《石匮书后集》;另一种则是以文学的笔法感性书写,成果是《陶庵梦忆》《西湖梦寻》。前两种是一个王朝的档案,后两种则是一个人的记忆。两者以各自不同的方式写出作者心中的感慨和思考。从后世的反响来看,《陶庵梦忆》《西湖梦寻》更受欢迎,如今已成为文学经典。

就呈现方式而言,《西湖梦寻》介于《陶庵梦忆》与《石匮书》之间,也可以说是兼具两者之长,有着自己独到的特点和价值。

《西湖梦寻》全书七十二则,除第一则总写西湖外,一共写了七十一处西湖及周边的名胜。古往今来,西湖的名胜有十景、十八景、二十景、二十四景、三十景之说,众说不一,主观性很强。张岱则别出心裁,列出自己心中的西湖七十一景。

这些景致对张岱来说,都不陌生,是他多年西湖生活的重要组成部分。他对这些景致的了解也不是那种走马观花式的,而是进行过深入的考察,既明白其源流,也知道其特点,可以说是张岱一一用心阅读过的景致。应该说,这是属于张岱的风景,属于张岱的西湖。正如人们通常所说的,一千个人的心目中有一千个哈姆雷特,也可以说,一千个人心目中有一千个西湖,《西湖梦寻》所写的西湖就是张岱的西湖,这是属于他一个人的风景。张岱的才情和见识在这部书中得到了充分展现。

《西湖梦寻》并不仅仅属于张岱一个人,它可以说是一部小型的西湖志书。在个人的描述与感慨之外,作者还提供了许多重要的资料,不管是祠堂陵墓还是道观佛寺,尽管篇幅有限,作者还是颇为详尽地介绍其创建及兴废经过,包括时间、主事者、缘由等,都如实记录,可以说是一个个景致的简史。既有纵向的史实的梳理,又有横向的空间的叙述,全书合在一起,就是一部西湖的变迁史。

既然要书写一座城市,为何不是作者的家乡绍兴,也不是与杭州同样古老的文化名城比如南京、西安、洛阳?

可以说,这既是一种情感的选择,也是一种理性的选择。

说情感的选择是因为张岱一生都与杭州有着不解之缘,他的许多人生印迹和记忆都在这里。他对西湖的熟悉程度并不亚于越中的山水。从其祖父开始,就在西湖置业。他从小跟随长辈在此生活,走遍这里的山山水水。对他来说,这座城市并非客居之地,而是自己的家园。他也多次到过南京、苏州、扬州等地,但都没有这样熟悉,感情也没有这样深。

说理性的选择是因为很少有一处风景像西湖这样,在并不算大的空间里集中了如此多绝美的景致,能得到文人墨客如此多的眷顾,有着如此丰厚的文化积累。西湖集自然与人文风景于一身,成为唐宋以来中国文化的荟萃之地。通过对这一代表性风景的书写,可以看出一个时代的变迁,抒发自己对历史对社会对人生的思考和感叹。可以说,西湖不仅培养了作者,也选择了作者。

兼具《陶庵梦忆》与《石匮书》之长,《西湖梦寻》的体例和写法颇有特点。《四库全书总目》说《西湖梦寻》"体例全仿"刘侗的《帝京景物略》，也有人指出该书有一些内容摘自田汝成的《西湖游览志》，受到该书的影响。平心而论，这些相似之处确实是存在的，但并不能由此否定《西湖梦寻》的独特性及重要价值。

《西湖梦寻》在体例形式上有取径《帝京景物略》《西湖游览志》之处，比如其篇目按照地理方位编排，分西湖北路、西湖西路、西湖中路、西湖南路和西湖外景五卷，突出这些景致的空间分布，这应该是受到后两书的影响。再比如每处景致，先是作者本人所撰小文，后编集历代相关诗文，这显然也是受到上述两书的影响。

其实《西湖梦寻》受到的不仅仅是上述两书的影响。宋元以来，以《东京梦华录》《都城纪胜》《梦粱录》《武林旧事》为代表的书写名城之作逐渐发展成为一种新的著述之体，受到人们的关注，这一方面是城市文化繁荣的体现，另一方面也是文学创作的一种创新。

相比之下，《西湖梦寻》的精神及内涵与《帝京景物略》《西湖游览志》两书有着很大的不同，后两书分别写于嘉靖、崇祯年间，时间在明亡之前，两位作者都没有目睹大明王朝的破灭，甚至都想象不到会有这样的事情发生。如果他们经历了张岱所见所闻的这一切，他们还会写这些书吗？即便写的话，还会是那种闲适、愉悦的语调吗？相信答案是否定的。从这个角度来说，苦难是一种不幸，也未尝不是一个机遇。

就创作动机而言，《西湖梦寻》受李格非《洛阳名园记》的启发也许更为直接，他在《柳州亭》里曾写下这样一段话：

> 李文叔作《洛阳名园记》，谓以名园之兴废，卜洛阳之盛衰；以洛阳之盛衰，卜天下之治乱。诚哉言也！余于甲午年，偶涉于此，故宫离黍，荆棘铜驼，感慨悲伤，几效桑苎翁之游苕溪，夜必恸哭而返。

总的来看，作者在《西湖梦寻》中情感的抒发是比较克制的，但在此处，他终于没有能够忍住，写得异常沉痛。这既是面对战火后杭州破败惨状的感伤，也可以看作是作者写作此书的一个动机，长歌当哭。也正是这个动机，将它与《帝京景物略》《西湖游览志》区别开，这种哀痛和沧桑是两书所缺乏的。

《西湖梦寻》是一部极难写的书，全书所收七十一处景致大多有着数百年乃至上千年的历史，其间历经改朝换代，屡有兴废，加之人事更迭，林林总总，要想一一说清，仅仅是一处景致，就需要很长的篇幅，单独写一本书都不为过。但作者没有这样做，他走的是极简约的路线，往往只用短短几百字，就将各处的地形景观、来龙去脉交代得一清二楚，还不时发表自己的看法。

作者为何要如此吝惜笔墨？显然他不想堆砌材料，写成一部纯粹的志书，而是想用最为精炼的笔墨点出各处景致的精华所在，寄托个人的情思。他更喜欢传神写意，而非工笔描绘。这种写法实际上也是一种自我挑战，这是需要大手笔的。

可以用"文笔传神，简洁有致"八个字来概括《西湖梦寻》的写作特点。全书七十一处景致，有的以美景取胜，有的以人文著称。对以美景取胜者，作者往往要言不烦，仅三五句，就将其特点描绘出来，准确传神。如其写冷泉亭：

> 冷泉亭在灵隐寺山门之左。丹垣绿树，翳映阴森。亭对峭壁，一泓冷然，凄清入耳。

既交代了地理位置，又点出该处清幽俊美的特点，语句高度浓缩，信息量很大，景致的组成要素、方位、色彩、声音、形态，全都写出来了，没有一个字是多余的。

再如其写南高峰，也是如此：

> 南高峰在南北诸山之界，羊肠佶屈，松篁葱蒨，非芒鞋布袜，努策支筇，不可陟也。

其幽僻坎坷之状如在眼前。

对于人文景观，同样用墨不多，将来龙去脉交代清楚。如其写陆宣公祠：

> 孤山何以祠陆宣公也？盖自陆少保炳为世宗乳母之子，揽权怙

宠，自谓系出宣公，创祠祀之。

仅仅三十六个字，就将陆宣公祠颇有些复杂的建造情况讲清了，位置、修建者、缘由等基本信息全部具备。

其介绍净慈寺也是如此：

净慈寺，周显德元年钱王俶建，号慧日永明院，迎衢州道潜禅师居之。

文字如此简洁，但对这些景致历代兴废的交代则没有遗漏。如其写保俶塔：

其塔元至正末毁，僧慧炬重建。明成化间又毁，正德九年僧文镛再建。嘉靖元年又毁，二十二年僧永固再建。隆庆三年大风折其顶，塔亦渐圮，万历二十二年重修。

再如其写虎跑寺：

虎跑寺本名定慧寺，唐元和十四年性空师所建，宪宗赐号曰广福院。大中八年改大慈寺，僖宗乾符三年加"定慧"二字，宋末毁。元大德七年重建，又毁。明正德十四年，宝掌禅师重建。嘉靖十九年又毁，二十四年，山西僧永果再造。

这些地方，作者本可以用"历代屡有兴废"之类的几个字一笔带过，但他不避重复，甚至有些不厌其烦的意思，显然这是有意为之。何以如此？其目的显然不仅仅是为了保存史料，如实记载。细细品读，从这种似乎单调的重复中可以分明感受到一座建筑在千百年岁月中所经历的风风雨雨，字里行间透出一种沧桑和感伤。这是作者刻意营造的一种氛围和效果。该书的文字看似随意，实际上是很讲究的，看似惜墨如金，用笔极简，但并不因此而限制自己，在有需要的时候，则可以宕开笔墨，挥洒自如。既有叙事、描写，也有抒情、议论，笔法多样。

除了文学角度的欣赏外，《西湖梦寻》一书还有重要的史料价值。作者所撰各文后附有相关的诗文，多出自名家之手，其中也有不少出自张岱本人之手，有着很高的文学水准。这些作品对作者的叙述是一种补充，同时也形成了一种内在的呼应，丰富了各文的内涵，为全书增色不少。

各文后附收的这些诗文大多为唐宋元明时期的名家之作，因此该书也可以视作一部历代名家西湖诗文精选集。其中明代尤多，在这些作品中，作者比较偏爱公安派、竟陵派的文字，如袁宏道、谭元春等。这一点《四库全书总目》还专门指出："其诗文亦全沿公安、竟陵之派。"言语之间带有批评，这是《四库全书总目》的成见，不足为据。不过由此也可以看出作者的文学取向，那就是对公安派和竟陵派有着更多的认同，自觉接受他们的文学理念，因而作者的《陶庵梦忆》《西湖梦寻》可以看作是晚明小品文的殿军，也是这一文类的集大成者。

总的来看，《西湖梦寻》是一部兼具文学与史学价值的小品集，以西湖及周边七十一处景致为核心，通过对其历代兴废的书写抒发兴亡之感、故国之思，写得极为精致考究，代表着晚明小品文的最高成就，在中国文学史上有着重要的地位和价值。

最后对本书的相关整理事宜做一个交代：

本书以康熙丁酉刊本为底本，这是《西湖梦寻》的初刻本，同时还参考了其他整理本，如夏咸淳、程维荣校注的《陶庵梦忆　西湖梦寻》（上海古籍出版社2001年版）、李小龙评注的《西湖梦寻》（中华书局2011年版）、路伟、郑凌峰点校的《陶庵梦忆　西湖梦寻》（浙江古籍出版社2018年版）等，择善而从，因系普及读物，不再出校记。

本书的注释为简注，内容包括一些难解的词语、人名地名、诗文典故等，只要读者大体能读懂的词语，就不再出注。对所注词语，简要说明词义，不作征引和发挥。

翻译以忠实于原著为原则，采用直译和意译相结合的方式，一方面紧扣正文进行翻译，另一方面则根据需要增删字句，加以变通，便于读者阅读理解，因为完全照原文直译，不仅很多地方难以翻译，而且读起来也别扭，毕竟白话与文言的表达方式有着很大的不同。

另外，该书各文除作者所写文字之外，后面还附有前人的相关诗文，前后呼应，具有重要的参考价值。这些诗文题目及文字与通行本颇多出入，这也是需要说明的。

为了便于深入理解，书后还附录了一些资料，为广大读者提供参考。原书卷首有六篇序言及凡例，这次整理，除作者自序外，其他五篇序文及凡例作为附录放在书后。此外还收录《四库全书总目》评介及作者所写《自为墓志铭》等文字。

本书的注释及翻译得到了我的几位研究生的帮助，其中顾阅微、吴霞和梁钊月三位同学参与了部分注释工作，翻译工作则由五位同学参与，具体分工如下：吴霞负责自序和卷一西湖总记，梁钊月负责卷二，顾阅微负责卷三，文言负责卷四，玉千叶负责卷五。她们分别写出初稿，我再进行修改、补充和润饰。

尽管笔者自问还算认真努力，但限于个人的学识和能力，书中可能还存在不少问题，欢迎读者诸君随时指出，以便将来再版时予以更正。

2021年2月5日

自序

【题解】

无论是《西湖梦寻》还是《陶庵梦忆》，张岱两部书点睛的都是同一个字，那就是“梦”。两书有相同之处，即通过“梦”写出人生的沧桑感和幻灭感，这种梦是在眼前破败凄凉与昔日繁华靡丽的鲜明对照中获得的。所不同的是，《陶庵梦忆》写的主要是个人的生活，带有深深的忏悔意识；而《西湖梦寻》写的则是历史的记忆，透出的则是集体情结。

具体到本文来说，作者着眼于梦的真假。这个梦不同于李白梦游天姥的虚幻，它是真实存在过的。尽管高楼已倒，美景不再，但那些繁华和靡丽曾经存在过，难道可以因眼前的凄清而否定吗？旧梦与现实，哪一个更真实呢？也许旧梦比现实更真实。

言语之间，可以感受到作者内心深处的哀痛，尽管他没有像《陶庵梦忆》自序里说得那样直白。读《西湖梦寻》，要注意作者在叙写名胜背后的悲凉心境，看似娓娓道来，不动声色，实则是一把辛酸泪。

余生不辰[①]，阔别西湖二十八载，然西湖无日不入吾梦中，而梦中之西湖，实未尝一日别余也。

前甲午、丁酉[②]，两至西湖，如涌金门商氏之楼外楼[③]，祁氏之偶居[④]，钱氏、余氏之别墅[⑤]，及余家之寄园[⑥]，一带湖庄，仅存瓦砾。则是余梦中所有者，反为西湖所无。

及至断桥一望[⑦]，凡昔日之弱柳夭桃，歌楼舞榭[⑧]，如洪水淹没，百不存一矣。余乃急急走避，谓余为西湖而来，今所见若此，反不若保吾梦中之西湖，尚得完全无恙也。

【注释】

①不辰：生不逢时，不得其时。语出《诗经·大雅·桑柔》："忧心殷殷，念我土宇。我生不辰，逢天倬怒。"

②甲午：即顺治十一年（1654）。丁酉：即顺治十四年（1657）。

③涌金门：又称丰豫门。南宋都城临安（今浙江杭州）的西城门，在今浙江杭州涌金路西口。商氏：指商周祚，字明兼，号等轩，会稽（今浙江绍兴）人。万历二十九年（1601）进士，官至兵部尚书。楼外楼：商周祚的别墅。

④祁氏：即祁彪佳（1602—1645），字弘吉，号虎子、幼文、世培，别号远山堂主人，山阴（今浙江绍兴）人。天启二年（1622）进士，官至右佥都御史。著有《远山堂曲品》《远山堂剧品》等。偶居：祁彪佳在西湖修建的别墅。

⑤钱氏：即钱象坤（1569—1640），字弘载，号麟武，会稽（今浙江绍兴）人。万历二十九年进士，官至礼部尚书。余氏：即余煌（？—1646），字武贞，号公逊，会稽人。天启五年（1625）状元，官至兵部尚书。

⑥寄园：作者祖父张汝霖所建别墅，在柳州亭边。

⑦断桥：又名宝祐桥、段家桥。杭州孤山边白堤上的一座桥。因孤山的路至此而断，故自唐代以来皆称断桥，为西湖胜景之一。

⑧歌楼舞榭：供歌舞用的楼台亭榭。榭，建在高台上的敞屋。

【译文】

我生不逢时，阔别西湖已经二十八年，但西湖没有一天不进入我的梦中，而梦中的西湖，其实也没有一天离开过我。

此前的甲午年、丁酉年，我曾两次到西湖，像涌金门商氏的楼外楼，祁氏的偶居，钱氏、余氏的别墅，以及我家的寄园等，环湖一带的那些庄园别墅，现在只剩下残砖剩瓦。那些我梦中有的东西，在现实的西湖中反而看不到了。

等走到断桥一带一望，往日那些纤弱的柳树、烂漫的桃花，楼台舞榭，仿佛都被洪水淹没了，几乎荡然无存。我于是匆忙走开，本来说我是为西湖而来，如今见到这样残败的景象，反倒不如保有我梦中的西湖，尚能像原来一样安然无恙。

因想余梦与李供奉异[①]：供奉之梦天姥也[②]，如神女名姝[③]，梦所未见，其梦也幻；余之梦西湖也，如家园眷属，梦所故有，其梦也真。

今余僦居他氏已二十三载[④]，梦中犹在故居；旧役小傒[⑤]，今已白头，梦中仍是总角[⑥]。夙习未除[⑦]，故态难脱。而今而后，余但向蝶庵岑寂[⑧]，蘧榻于徐[⑨]，惟吾旧梦是保，一派西湖景色，犹端然未动也。儿曹诘问[⑩]，偶为言之，总是梦中说梦，非魇即呓也[⑪]。

【注释】

①李供奉：即李白（701—762），因曾任翰林供奉，故有此称。

②梦天姥：指李白诗作《梦游天姥吟留别》。作者在《夜航船》中亦提及："天姥山：在浙之新昌县。李太白梦游天姥，即此。近产茶，名天姥茶。"

③名姝：著名的美女。

④僦（jiù）居：租屋而居。

⑤小傒（xī）：奴仆。

⑥总角：旧时儿童束发为两结，向上分开，形状如角，故称。

⑦夙习：积习，旧习。

⑧蝶庵：当为张岱的居室或书斋。张岱晚年自号蝶庵（一作蝶庵居士）。典出《庄子·齐物论》："昔者庄周梦为蝴蝶，栩栩然蝴蝶也；自喻适志与，不知周也；俄然觉，则蘧蘧然周也。"岑寂：寂静，清冷。

⑨蘧（qú）榻于徐：从床榻上安然自得地醒来。蘧榻，粗席铺就的床榻。于徐，安然自得貌。

⑩儿曹：晚辈，后辈。

⑪魇（yǎn）：说梦话。呓（yì）：梦中说话。

【译文】

因而想到我的梦和李白的梦是不同的：李白梦见的天姥山，如同神女美人，梦见的是他没见过的东西，其梦是虚幻的；而我梦见的西湖，却如同我的家乡、亲人，梦见的是我原本有的东西，所以这个梦是真的。

如今我寄居在别人家已经二十三年，梦中好像还在原来的房子里生活。过去使唤的仆人，如今已是满头白发，但在我梦中他依旧是小时候的样子。原来的习惯未改，过去的样子未变。从今以后，我就守着这间清净寂寥的书斋，保持从床上醒来从容自得的心态，只求保住我的旧梦，那一派西湖景色，仍然丝毫不变。后辈子孙问起，偶尔和他们说说，总归是梦中说梦，胡言乱语罢了。

因作《梦寻》七十二则，留之后世，以作西湖之影。余犹山中人，归自海上，盛称海错之美[①]，乡人竞来共舐其眼[②]。

嗟嗟！金齑瑶柱③，过舌即空，则舐眼亦何救其馋哉！

岁辛亥七月既望④，古剑蝶庵老人张岱题⑤。

【注释】

①海错：种类丰富的海产品。语出《尚书·禹贡》："厥贡盐絺，海物惟错。"孔传："错杂非一种。"后因称各种海味为海错。

②舐（shì）其眼：用舌舔眼睛。意思是乡人通过往上舔舌头的方式来表示羡慕。

③金齑（jī）：指切成细末的精美食物。瑶柱：一种贝类，壳大而薄，前尖后宽，呈楔形，其肉鲜美。

④辛亥：即康熙十年（1671）。既望：农历每月十六。

⑤古剑：作者自号古剑老人，因其祖籍四川绵阳，治所在剑南镇，故有此号。

【译文】

因此我写下《西湖梦寻》七十二则，留给后世，权作是西湖的写照。我就像是从海上归来的山里人，盛赞海味之美，乡人馋得争相往上舔着舌头。唉！任凭什么山珍海味，吃过就没有了，纵然舌头舔到眼睛又怎么能解馋呢？

辛亥年七月十六，古剑蝶庵老人张岱题。

卷一

【题解】

《西湖梦寻》一书是按照空间分布来编排的，全书以西湖为中心，分北路（11篇）、西路（12篇）、中路（14篇）、南路（16篇）和外景（18篇）五个区域。这样头绪清晰，还可以从区域的角度统观，发现一些共性的东西。

本卷包括西湖总记和西湖北路两部分。总记部分值得关注的是张岱对西湖的总体印象，这种印象可以用一个比喻来概括。他不同意族弟张弘将西湖视作美人，认为西湖更像是"曲中名妓"，原因在于她虽然"声色俱丽，然倚门献笑"。

应该说这两个比喻各有其道理，但角度不同。张弘持的是大众的立场，他的这个比喻是有前例的，"欲把西湖比西子，淡妆浓抹总相宜"，几百年前，苏轼就曾经这样比过。张岱持的是个人的立场，他喜欢安静，不喜欢喧闹，因而更喜欢雪中的西湖、月夜下的西湖和雨中的西湖。在该书中，他写出西湖广受天下人喜爱的一面，也写出自己独有领悟的另一面。

北路是西湖开发较早的一个区域，从本卷所收的这十一篇来看，所述多为唐宋间文人的遗迹，从白居易起，以贾似道结。唐宋人物在这里留下的痕迹是斑驳的，既有白居易、苏轼这样的文人，岳飞这样的英雄，也有贾似道这样的奸佞。

值得注意的是作者对贾似道这类人物的评价。贾似道在历史上是有定评的人物,属于奸佞之辈,任何人都没有办法为其翻案,但放在千年西湖的角度来看,他为西湖还是做出过一些贡献的,遗迹俱在,无法抹去。其人品固然不佳,但不能否认其有能力,鉴赏水平也不低,作者点出这些方面,突出了这个人物的丰富性和复杂性,可见其史家眼光和见识。与贾似道相类的还有司礼监太监孙隆。他在杭州期间的确是作恶多端,劣迹斑斑,但他又特别钟爱西湖,利用自己的权势在这里留下了很多印迹,这些并非全是败笔,作者同样比较客观地指出了这一点。

以下对本卷所收各文简要进行评述:

《明圣二湖》:作者受“董遇三余”之事的启发,提出善于游湖也需要三余,能领略“雪巘古梅”“夜月空明”“雨色涳濛”者,才能算是真正的解人,像贾似道、孙隆这类奸邪之人,倚仗权势,大兴土木,虽然在西湖花费重金,但永远也达不到这种境界,正如作者所说的,他们“于西湖之性情、西湖之风味,实有未曾梦见者”。

《玉莲亭》:白居易虽然是风流文人,但治理杭州还是很有办法的,让犯法的贫民到西湖种树,让赎罪的富人到西湖开田,这样既起到惩治违法犯罪的作用,又开发建设了西湖,可谓为官一任,造福一方。他在杭州留下的除了风流佳话,还有造福子孙的政绩。玉莲亭如同一块纪念碑,是这段历史的见证。

《昭庆寺》:昭庆寺的命运用一个“火”字可以写尽,屡建屡焚,似乎逃不脱火的宿命。作者写这篇文章时,寺庙“戒坛整肃,较之前代,尤更庄严”。二百多年后,1929年7月28日,因举办第一届西湖博览会燃放焰火,昭庆寺再次发生火灾。仅仅两小时的时间,千年古刹已成焦土。假如作者在天有灵看到这一幕,不知会做何感想。

1949年以后,相关部门进行一系列拆除和改造,天王殿的原址变成昭庆寺广场,原来的大雄宝殿成为杭州市青少年宫。千年名刹,只有昭庆寺这个地名还残存在人们的记忆中。

《哇哇宕》:民国期间出版的《游杭快览》一书对哇哇宕的来历有如下介绍:“在昭庆寺后,元时改筑杭城,采石于此。凿久成宕,故名。由弥陀山东转而下,有石池凡三,中一池之石壁高广,支龙湫。游其间者,小语小应,疾语疾应,哗然叫笑,则笑应满谷;人或曳履而趋,亦若有曳履者蹑其后,真佳境也。”可以作为本文的补充。

《大佛头》:大佛头据张岱说是由贾似道系船的石桩雕刻而成,而贾似道又是公认的误国奸人,这样一来就无法成为文人佳话了,甚至让人感到有些尴尬。但事实的真相就是如此,不以人的意志为转移。

才气并不必然与道德成正比,细数历代奸佞小人,不乏有才气者,比如这位贾似道,在书画、古董领域精于品鉴,也颇有才干。与此类似的还有秦桧、阮大铖等,历史与人性的丰富和复杂远远超出我们的想象。

《保俶塔》:保俶塔以人名塔,也是一段历史的见证。原塔为楼阁式砖木结构,后几经毁建,现存砖塔为1933年按照古塔原样重修。塔身平面为八角形,共七层。

保俶塔与雷峰塔,一南一北,形成对景,为整个西湖景区增色不少。过去有雷峰似老衲,保俶如美人之说,比喻很是形象,两塔如今都是西湖的标志性景观。

《玛瑙寺》:在作者看来,玛瑙寺的特点在大钟,钟身刻满经文,昼夜不断撞击,浑厚悠扬的钟声一声接一声,传至远方,如同诵读佛经。对信徒来说,这也是一种修行,特别是在静谧的深夜,每次听到都是一次提醒,油然而生出世之想。人们常说的警世钟,大概就是这个意思吧。

《智果寺》:本文讲述了三个与智果寺相关的灵异之事,都是通过梦来完成的,也都和苏轼相关。第一个是苏轼梦中与道潜和尚赋诗。第二个是苏轼造访智果寺,发现刚刚发生的一切都与梦境相同。第三个是苏轼两次给鲍同德托梦,让其张罗修建寺庙之事。梦如此灵验,也确实够神奇的,至于真假不必追究,姑妄言之,姑妄听之。

《六贤祠》:到底是三贤、四贤,还是五贤、六贤,从古至今,屡有变更,说明大家的看法还不一致。这不是在玩拼图游戏,而是反映了一个深层次的问题,那就是谁有资格在西湖立祠。张明弼提出了三个条件:即“久居其地”“风流标令”“山水深契”,作者显然也是赞同的。说白了,必须是那种真正喜爱西湖、为风景增色的人,才会被后人纪念。

《西泠桥》:在作者看来,流连西湖的文人墨客中,真正“得山水之趣味”的只有两个人,那就是苏轼、赵孟坚。怎样才是“得山水之趣味”呢?作者对赵孟坚的游历进行了传神的描绘。概括起来,有三点:一是要有发自内心的喜爱,二是要有领略风景的眼光,知道妙处何在,三是随性而为,与风景融为一体。说起来不难,真正做到并不容易,作者也算一个。

《岳王坟》:千秋功罪且待后人评说,岳王坟的修建以及秦桧等人塑像的被毁很能说明这个问题。秦桧做贼心虚,知道自己做的是伤天害理的坏事,他不敢面对历史,生前就大肆销毁材料,以种种手段篡改历史,往自己脸上抹了很多香粉。

但历史是公平的,不会让一个人将所有便宜占尽。秦桧死后,没有人愿意或胆敢为其撰写碑铭,结果碑文就这么一直空着,形成了中国古代历史上绝无仅有的有额无辞的奇特景观。权倾十八年的宰相死后落到这个下场,恐怕是将后事计划得十分周密的秦桧所没有想到的。

一百多年后,被秦桧弄得奄奄一息的南宋王朝,终于在元王朝的铁蹄下化为历史陈迹,另一个北方少数民族入主中国。尽管有华夷之辨的顾忌,但正是这个少数民族王朝主持编写的《宋史》首先将秦桧列入了《奸臣传》,将秦桧送到了历史上他应该去的地方。这,就是历史。

《紫云洞》:作者的文字很有表现力,寥寥几笔,就将紫云洞的险峻清幽写得传神可感,读后不禁有飘然出世之感。如今这里仍是纳凉避暑、喝茶消夏的好去处。洞边有法云寺、七宝泉,洞口刻有“紫云洞天”四个大字,洞内有二进,呈哑铃状,周围岩壁上有许多摩崖石刻,最深处有西方三圣佛龛。

西湖总记

明圣二湖[①]

自马臻开鉴湖[②]，而由汉及唐，得名最早。后至北宋，西湖起而夺之。人皆奔走西湖，而鉴湖之澹远[③]，自不及西湖之冶艳矣[④]。至于湘湖则僻处萧然[⑤]，舟车罕至，故韵士高人无有齿及之者[⑥]。

【注释】

①明圣二湖：指西湖里湖、外湖。明圣湖是西湖的别称。

②马臻：东汉人。字叔荐，山阴（今浙江绍兴）人。汉顺帝永和五年（140）任会稽太守。鉴湖：即镜湖，在今浙江绍兴西南。作者在《夜航船》中对马臻开鉴湖一事有记载："开鉴湖：汉马臻为会稽太守，开鉴湖，得田九千余顷。豪右恶之，告臻开河发掘古冢无数。征下狱，遣官复按，诡称并不见人，云是鬼讼。臻竟被戮。其后越民承河之利，立祠祀之。"

③澹远：恬淡广远。

④冶艳：艳丽异常。

⑤湘湖：在今浙江杭州西，钱塘江南岸。景色优美，与西湖一起被称

为“姐妹湖”。萧然：空寂，萧条。

⑥韵士：风雅之士。齿及：说到，提起。

【译文】

自从马臻开凿鉴湖，由汉到唐，得名最早。后来到了北宋，西湖成为后起之秀，夺走了它的名声。人们都纷纷跑到西湖那里，鉴湖的恬淡深远，自然比不上西湖的妖冶艳丽。至于湘湖则位置偏僻，景色萧条，车船很少到达，因而那些名人雅士没有提及的。

余弟毅孺常比西湖为美人[①]，湘湖为隐士，鉴湖为神仙。余不谓然。余以湘湖为处子，眠娗羞涩[②]，犹及见其未嫁之时；而鉴湖为名门闺淑，可钦而不可狎；若西湖则为曲中名妓[③]，声色俱丽，然倚门献笑，人人得而媟亵之矣[④]。人人得而媟亵，故人人得而艳羡；人人得而艳羡，故人人得而轻慢。在春夏则热闹之至，秋冬则冷落矣；在花朝则喧哄之至[⑤]，月夕则星散矣；在清明则萍聚之至[⑥]，雨雪则寂寥矣。

【注释】

①毅孺：即张弘，字毅孺，作者族弟。

②眠娗（tiǎn）：古代寓言中假托的人名。这里意为羞涩，不大方。语出《列子·力命》：“眠娗、諈诿、勇敢、怯疑四人相与游于世，胥如志也。”

③曲中：妓坊的通称。

④媟（xiè）亵：举止轻薄，不庄重。

⑤花朝：百花盛开的早晨。

⑥萍聚：像浮萍漂流一般短暂相聚。

【译文】

我的族弟张毅儒常常把西湖比作美人，把湘湖比作隐士，把鉴湖比作神仙。我不认为是这样。我把湘湖比作处子，腼腆娇羞，尚能看到她未嫁时的风姿；而鉴湖像是名门闺秀，可以钦慕但不能狎侮；至于西湖则像是青楼里的名妓，歌喉婉转，容色姝丽，却倚门卖笑，人人都可以轻薄她。人人都能够轻薄她，所以人人都可爱慕她；人人都去爱慕她，所以人人都能轻贱她。春夏两季热闹非凡，秋冬时分则冷清落魄；花朝时节喧闹至极，月夜之际则如星而散；在清澈明朗时节则如浮萍般短暂汇聚，雨雪纷飞之时则冷清寂寥。

故余尝谓："善读书，无过董遇三余①，而善游湖者，亦无过董遇三余。董遇曰：'冬者，岁之余也；夜者，日之余也；雨者，月之余也。'雪巘古梅②，何逊烟堤高柳；夜月空明，何逊朝花绰约③；雨色涳濛④，何逊晴光滟潋⑤。深情领略，是在解人。"

【注释】

①董遇三余：指董遇所说的"三余"时间。语出《三国志》裴注引《魏略》："从学者云：'苦渴无日。'遇言：'当以三余。'或问三余之意，遇言：'冬者岁之余，夜者日之余，阴雨者时之余也。'"作者在《夜航船》中对"三余"亦有解释："三余：谓冬者岁之余，夜者日之余，雨者月之余。魏董遇以三余读书。"后以"三余"泛指空闲时间。

②巘（yǎn）：险峻的山峰。

③绰约：柔媚婉约。

④涳濛：也作"空蒙"。烟雨迷茫的样子。苏轼《饮湖上初晴后

雨》："水光潋滟晴方好，山色空蒙雨亦奇。"

⑤滟潋：水光闪烁、波光映照的样子。

【译文】

所以我曾经这样说："善于读书的人，无非是像董遇善于利用空闲时间，而善于游湖的人，也不过像董遇利用空闲时间一样。董遇说：'冬天，是一年中的闲暇时光；晚上，是一天中的闲暇时光；雨天，是一月中的闲暇时光。'雪山上的古梅，怎么会比烟堤高柳逊色；夜月空明，怎么会比朝花绰约逊色；烟雨迷茫，又怎么会比晴光映照逊色。用心领略湖光山色，才是真正理解西湖的人。"

即湖上四贤[①]，余亦谓："乐天之旷达[②]，固不若和靖之静深[③]；邺侯之荒诞[④]，自不若东坡之灵敏也[⑤]。"其余如贾似道之豪奢[⑥]，孙东瀛之华赡[⑦]，虽在西湖数十年，用钱数十万，其于西湖之性情、西湖之风味，实有未曾梦见者在也。世间措大[⑧]，何得易言游湖。

【注释】

①湖上四贤：据作者《六贤祠》一文："明正德三年，郡守杨孟瑛重浚西湖，立四贤祠，以祀李邺侯、白、苏、林四人。"

②乐天：即白居易（772—846），字乐天。曾任杭州刺史，疏浚西湖，筑堤引水，后人称其所筑之堤为"白堤"。

③和靖：林逋（968—1028），字君复，谥号和靖先生，钱塘（今浙江杭州）人。隐居西湖之孤山，终身不仕、不娶，以梅鹤为伴，人称"梅妻鹤子"。静深：沉静深邃。

④邺侯：即李泌（722—789），字长源，京兆（今陕西西安）人。官至宰相。曾被封邺县侯，世称"李邺侯"。荒诞：此处当指李泌有谋

略而好谈神仙鬼怪之事。

⑤东坡：即苏轼（1037—1101），字子瞻，号东坡居士，眉州眉山（今四川眉山）人。曾两任杭州太守，利用浚挖的淤泥构筑长堤，后人将长堤称为“苏堤”。灵敏：头脑机敏。

⑥贾似道（1213—1275）：字师宪，天台（今浙江天台）人。南宋理宗贾贵妃之弟。专权多年，后被处死。豪奢：豪华奢侈。

⑦孙东瀛：即孙隆，明万历年间司礼监太监，被派提督苏杭织造，兼理税务。因肆意搜刮激起苏州民变，几被杀，逃至杭州得免。华赡（shàn）：华美富丽。

⑧措大：对贫寒失意读书人的贬称。

【译文】

即便是被称作“湖上四贤”的那些前辈，我也说过这样的话：“白居易的旷达，固然比不上林逋的沉静深邃；李泌的荒诞，自然比不上苏东坡的灵动机敏。”其余像贾似道的骄奢淫逸，孙隆的华美富丽，他们虽然在西湖居住了数十年，花费银钱数十万，但对于西湖的性情、西湖的风致，实在是连做梦都没能领略到。世间那些穷书生，又怎么能轻易言说游西湖呢。

苏轼《夜泛西湖》诗：

菰蒲无边水茫茫，荷花夜开风露香。
渐见灯明出远寺，更待月黑看湖光。

又《湖上夜归》诗①：

我饮不尽器，半酣尤味长。
篮舆湖上归，春风吹面凉。

行到孤山西，夜色已苍苍。
清吟杂梦寐，得句旋已忘。
尚记梨花村，依依闻暗香。

【注释】

①该诗为苏轼熙宁六年（1073）任杭州通判时所作。全诗共二十句，此处为前十句。

又《怀西湖寄晁美叔》诗[①]：

西湖天下景，游者无愚贤。
深浅随所得，谁能识其全。
嗟我本狂直，早为世所捐。
独专山水乐，付与宁非天。
三百六十寺，幽寻遂穷年。
所至得其妙，心知口难传。
至今清夜梦，耳目余芳鲜。
君持使者节，风采烁云烟。
清流与碧巘，安肯为君妍。
胡不屏骑从，暂借僧榻眠。
读我壁间诗，清凉洗烦煎。
策杖无道路，直造意所便。
应逢古渔父，苇间自寅缘。
问道若有得，买鱼弗论钱。

【注释】

①晁美叔：即晁端彦（1035—1095），字美叔。清丰（今河南清丰）

人。嘉祐二年(1057)进士,与苏轼同榜。官至秘书少监。

李奎《西湖》诗[1]:

锦帐开桃岸,兰桡系柳津。
鸟歌如劝酒,花笑欲留人。
钟磬千山夕,楼台十里春。
回看香雾里,罗绮六桥新。

【注释】

①李奎(生卒年不详):字伯文,号珠山,钱塘(今浙江杭州)人。官至锦衣卫从事,去世后葬于西湖。有《龙珠山房诗集》传世。

苏轼《开西湖》诗[1]:

伟人谋议不求多,事定纷纭自唯阿。
尽放龟鱼还绿净,肯容萧苇障前坡。
一朝美事谁能继,百尺苍崖尚可磨。
天上列星当亦喜,月明时下浴金波。

【注释】

①该诗题目又作《观开西湖次吴左丞韵》。

周立勋《西湖》诗[1]:

平湖初涨绿如天,荒草无情不记年。
犹有当时歌舞地,西泠烟雨丽人船。

【注释】

①周立勋（生卒年不详）：字勒卣。松江府华亭（今上海松江）人。曾与陈子龙等发起成立“畿社”。

夏炜《西湖竹枝词》[①]：

四面空波卷笑声，湖光今日最分明。
舟人莫定游何处，但望鸳鸯睡处行。

平湖竟日只溟濛，不信韶光只此中。
笑拾杨花装半臂，恐郎到晚怯春风。

行觞次第到湖湾，不许莺花半刻闲。
眼看谁家金络马，日驼春色向孤山。

春波四合没晴沙，昼在湖船夜在家。
怪杀春风归不断，担头原自插梅花。

【注释】

①夏炜（生卒年不详）：字振叔，号借山。孝感（今湖北孝感）人。崇祯十五年（1642）举人。有《借山草堂随笔》《借山文集》等传世。

欧阳修《西湖》诗[①]：

菡萏香消画舸浮，使君宁复忆扬州。
都将二十四桥月，换得西湖十顷秋。

【注释】

①欧阳修（1007—1072）：字永叔，号醉翁、六一居士。庐陵（今江西吉安）人。天圣八年（1030）进士，官至枢密副使、参知政事。有《欧阳文忠公集》传世。写于皇祐元年（1049），题目亦作《西湖戏作示同游者》，首句“消”字一作“清”字。

赵子昂《西湖》诗[①]：

春阴柳絮不能飞，雨足蒲芽绿更肥。
只恐前呵惊白鹭，独骑款段绕湖归。

【注释】

①赵子昂：即赵孟頫（1254—1322），字子昂，号松雪道人。湖州（今浙江湖州）人。官至翰林学士。工书善画，有《松雪斋集》传世。诗题一作《湖上暮归》，共两首，此为其一。

袁宏道《西湖总评》诗[①]：

龙井饶甘泉，飞来富石骨。
苏桥十里风，胜果一天月。
钱祠无佳处，一片好石碣。
孤山旧亭子，凉荫满林樾。
一年一桃花，一岁一白发。
南高看云生，北高见日没。
楚人无羽毛，能得几游越。

【注释】

①袁宏道（1568—1610）：字中郎，号石公。公安（今湖北公安）人。万历二十年（1592）进士。官至吏部郎中，与兄宗道、弟中道合称“三袁”。诗文创作主张抒写“性灵”，散文清新活泼真率。有《袁中郎全集》传世。袁宏道《湖上别同方公子赋》共七首，此为其七。

范景文《西湖》诗①：

湖边多少游观者，半在断桥烟雨间。
尽逐春风看歌舞，几人着眼看青山。

【注释】

①范景文（生卒年不详）：即范晞文，字景文，钱塘（今浙江杭州）人。尝从高翥、姜夔等游。景定五年，入太学，添差淮东路提点医药饮食。《全宋诗》录其诗三首。

张岱《西湖》诗：

追想西湖始，何缘得此名。
恍逢西子面，大服古人评。
冶艳山川合，风姿烟雨生。
奈何呼不已，一往有深情。

一望烟光里，沧茫不可寻。
吾乡争道上，此地说湖心。
泼墨米颠画，移情伯子琴。

南华秋水意，千古有人钦。

到岸人心去，月来不看湖。
渔灯隔水见，堤树带烟模。
真意言词尽，淡妆脂粉无。
问谁能领略，此际有髯苏。

又《西湖十景》诗：

一峰一高人，两人相与语。
此地有西湖，勾留不肯去。（两峰插云）

湖气冷如冰，月光淡于雪。
肯弃与三潭，杭人不看月。（三潭印月）

高柳荫长堤，疏疏漏残月。
蹩躠步松沙，恍疑是踏雪。（断桥残雪）

夜气滃南屏，轻岚薄如纸。
钟声出上方，夜渡空江水。（南屏晚钟）

烟柳幕桃花，红玉沉秋水。
文弱不胜衣，西施刚睡起。（苏堤春晓）

颊上带微酡，解颐开笑口。
何物醉荷花，暖风原似酒。（曲院荷风）

深柳叫黄鹂，清音入空翠。
若果有诗肠，不应比鼓吹。（柳浪闻莺）

残塔临湖岸，颓然一醉翁。
奇情在瓦砾，何必藉人工。（雷峰夕照）

秋空见皓月，冷气入林皋。
静听孤飞雁，声轻天政高。（平湖秋月）

深恨放生池，无端造鱼狱。
今来花港中，肯受人拘束。（花港观鱼）

柳耆卿《望海潮》词[①]：

东南形胜，三吴都会，钱塘自古繁华。烟柳画桥，风帘翠幕，参差十万人家。云树绕堤沙。怒涛卷霜雪，天堑无涯。市列珠玑，户盈罗绮，竞豪奢。　　重湖叠巘清佳。有三秋桂子，十里荷花。羌笛弄晴，菱歌泛夜，嬉嬉钓叟莲娃。千骑拥高牙。乘时听箫鼓，吟赏烟霞。异日图将好景，凤池夸。（金主阅此词，慕西湖胜景，遂起投鞭渡江之思。）

【注释】

①柳耆卿：即柳永，北宋词人。原名三变，字耆卿。崇安（今福建武夷山）人。景祐元年（1034）进士。官至工部屯田员外郎。有《乐章集》。

于国宝《风入松》词[①]：

一春常费买花钱。日日醉湖边。玉骢惯识西湖路，骄嘶过、沽酒楼前。红杏香中箫鼓，绿杨影里秋千。　暖风十里丽人天。花压鬓云偏。画船载得春归去，余情付、湖水湖烟。明日重扶残醉，来寻陌上花钿。

【注释】

①于国宝：一作俞国宝。临川（今江西抚州）人，淳熙间太学生。有《醒庵遗珠集》。据记载，该词为作者做太学生时游西湖之醉笔。

西湖北路

玉莲亭

白乐天守杭州①，政平讼简②。贫民有犯法者，于西湖种树几株；富民有赎罪者，令于西湖开葑田数亩③。历任多年，湖葑尽拓，树木成阴。乐天每于此地，载妓看山，寻花问柳，居民设像祀之。亭临湖岸，多种青莲④，以象公之洁白。

【注释】

①守杭州：唐穆宗长庆二年（822），时任中书舍人的白居易自请外任，为杭州刺史。

②政平：政治平允。讼简：诉讼打官司的事情稀少。

③葑（fèng）田：湖中葑菱之类积聚的地方，因年久腐化变为泥土，水涸成田。

④青莲：一种睡莲。叶子宽而长，青白分明。

【译文】

白居易任杭州刺史时，政务清明，诉讼的事情很少。贫苦百姓若是有犯法的，就让他们在西湖边种上几棵树；富裕人家有想要赎罪的，就让他们在西湖中开垦几亩葑田。白居易在杭州任职多年，西湖的葑田都被尽数开垦，湖堤树木成阴。白居易常在这里，携带歌妓游览山水，寻花问柳，当地百姓为其造像祭祀。玉莲亭靠近湖岸，栽种了许多青莲，象征着白居易的高洁品格。

右折而北，为缆舟亭。楼船鳞集①，高柳长堤，游人至此买舫入湖者，喧阗如市②。东去为玉凫园，湖水一角，僻处城阿③，舟楫罕到。寓西湖者，欲避嚣杂，莫于此地为宜。园中有楼，倚窗南望，沙际水明④，常见浴凫数百⑤，出没波心⑥，此景幽绝。

【注释】

①鳞集：如游鱼四方来集。

②喧阗（tián）：喧哗吵闹。阗，声音大。

③城阿：城角。阿，曲隅，角落。

④沙际：沙洲或沙滩边。

⑤凫：野鸭。

⑥波心：水中央。

【译文】

从亭右转向北，是缆舟亭。此处楼船鳞次栉比，绵长的湖堤上长着细高的垂柳，游人到这里雇船游湖的非常多，声音嘈杂，如同闹市。向东走就是玉凫园，这里是西湖的一角，位于偏僻的城角上，少有游船到来。寄居西湖的人，如果想避开喧嚣嘈杂，没有比这里更合适的地方了。玉凫园中有一座高楼，靠在窗边向南眺望，沙洲与湖水界线分明，常能看见数百只游泳的野鸭，出没在湖面上，这种景致幽美极了。

白居易《玉莲亭》诗[①]：

湖上春来似画图，乱峰围绕水平铺。
松排山面千层翠，月照波心一点珠。
碧毯绿头抽早麦，青罗裙带展新蒲。
未能抛得杭州去，一半勾留是此湖。

孤山寺北谢亭西，水面初平云脚低。
几处早莺争暖谷，谁家燕子啄新泥。
乱花渐欲迷人眼，浅草犹能没马蹄。
最爱湖东行不足，绿杨深里白沙堤。

【注释】

①白居易（772—846）：字乐天，号香山居士。下邽（今陕西渭南）人。贞元十六年（800）进士。官至刑部尚书，曾任杭州刺史。有《白氏长庆集》等。此处所收两诗，前一首诗题一作《春题湖上》，后一首诗题一作《钱塘湖春行》。

昭庆寺[①]

昭庆寺，自狮子峰[②]、屯霞石发脉[③]，堪舆家谓之火龙[④]。石晋元年始创[⑤]，毁于钱氏乾德五年[⑥]。宋太平兴国元年重建[⑦]，立戒坛[⑧]。天禧初[⑨]，改名昭庆。是岁又火。迨明洪武至成化[⑩]，凡修而火者再。四年奉敕再建，廉访杨继宗监修[⑪]。有湖州富民应募，挈万金来[⑫]。殿宇室庐[⑬]，颇极壮丽。嘉靖三十四年以倭乱[⑭]，恐贼据为巢，遽火之。事平再造，遂用堪舆家说，辟除民舍，使寺门见水，以厌火灾[15]。隆庆三年复毁[16]。

【注释】

①昭庆寺：在今浙江杭州西湖北部宝石山东侧，始建于五代后晋天福元年（936），为西湖四大丛林之一。后历经兴废，现已不存。

②狮子峰：昭庆寺附近宝石山的山峰，皆以形似名之。

③屯霞石：又名绮云石。为保俶塔后的一块巨石。发脉：起源，开始。

④堪舆（yú）家：俗称风水先生。古时为占候卜筮者之一种。堪，天道。舆，地道。或指堪为高处，舆为下处。堪舆即天地高低之义。

⑤石晋元年：即后晋元年，公元936年。

⑥钱氏乾德五年：即公元967年。乾德为宋太祖年号（963—968），吴越国当时奉宋室年号，故称“钱氏乾德”。

⑦太平兴国元年：即公元976年，太平兴国为宋太宗年号（976—984）。

⑧戒坛：僧徒传戒的场所。

⑨天禧：宋真宗年号（1017—1021）。

⑩迨：等到。洪武：明太祖年号（1368—1398）。成化：明宪宗年号（1465—1487）。

⑪廉访：即按察使。杨继宗：字承芳，阳城（今山西阳城）人。天顺元年（1457）进士，曾任刑部主事、浙江按察使等。

⑫挈：带。

⑬室庐：居室，房舍。

⑭嘉靖三十四年：即公元1555年，嘉靖为明世宗年号（1522—1566）。倭乱：当时日本海盗对浙江、福建沿海地区的劫掠。

⑮厌（yā）：用迷信的方法，镇服或驱避可能出现的灾祸。

⑯隆庆三年：即公元1569年，隆庆为明穆宗年号（1567—1572）。

【译文】

昭庆寺，从狮子峰、屯霞石那里发端，风水家们管它叫火龙。后晋元年开始建造，乾德五年被毁。北宋太平兴国元年重建，设立戒坛。天禧初年，将其改名为昭庆寺。这一年昭庆寺又发生火灾。等到明洪武至成化年间，昭庆寺两次经历焚毁和修缮。成化四年奉旨重建，按察使杨继宗负责监督建造。当时湖州有富裕人家响应募捐号召，携带上万两金子过来。重修后的宫殿房屋非常壮丽。嘉靖三十四年因倭寇作乱，害怕贼人占据这里做巢穴，就匆忙放火将其烧掉。事情平息后又重建，就采纳风水先生的意见，拆除一些民房，让寺庙大门面向湖水，以镇压火灾。隆庆三年又遭毁坏。

万历十七年①，司礼监太监孙隆以织造助建②，悬幢列鼎③，绝盛一时。而两庑栉比④，皆市廛精肆⑤，奇货可居。春时有香市，与南海、天竺、山东香客及乡村妇女儿童，往来交易，人声嘈杂，舌敝耳聋⑥，抵夏方止。崇祯十三年又火⑦，烟焰障天，湖水为赤。及至清初，踵事增华⑧，戒坛整肃，较之前代，尤更庄严。

【注释】

①万历十七年：即公元1589年，万历为明神宗年号（1573—1620）。

②织造：明清两代在南京、杭州、苏州设立专局，掌管织造各项丝织品，供皇室之用。明代在三处各置提督织造太监一人。

③悬幢：幡幢高悬。列鼎：本指陈列置有盛馔的鼎器。这里表示寺庙规模大，等级高，有气派。

④两庑：宫殿或祠庙的东西两廊。庑，堂下周围的走廊。栉比：像梳子齿那样密密地排着。

⑤市廛（chán）：店铺集中之处。廛，店铺。

⑥舌敝耳聋：讲的人舌头破了，听的人耳朵聋了。

⑦崇祯十三年：即公元1640年，崇祯为明思宗年号（1628—1644）。

⑧踵事增华：在前人的基础上更加增添补益。踵，追随，继续。华，光彩。

【译文】

万历十七年，司礼监太监孙隆以织造太监的身份资助重建，寺内幡幢高悬，法器罗列，盛极一时。大殿两侧的走廊上分布着集市商铺，出售各类珍贵新奇的商品。春季这里有香市，与来自南海、天竺、山东的香客以及乡间的妇女儿童往来交易，人声嘈杂，讲的人口干舌燥，听的人耳朵发聋，直到夏天才会结束。崇祯十三年又发生火灾，烟雾火焰弥漫天空，连湖水都映成了红色。等到清初，又在此前的基础上增补修缮，戒坛严整肃穆，比前朝相比，更显庄严。

一说建寺时，为钱武肃王八十大寿[①]，寺僧圆净订缁流古朴[②]、天香、胜莲、胜林、慈受、慈云等，结莲社[③]，诵经放生，为王祝寿。每月朔[④]，登坛设戒，居民行香礼佛，以昭王之功德，因名昭庆。今以古德诸号[⑤]，即为房名。

【注释】

①钱武肃王：五代时期吴越国王钱镠（852—932），字具美，临安（今浙江杭州）人。为吴越开国君主，在位四十一年，谥号武肃王。

②圆净：即省常（？—1020），俗姓颜，字造微，又号昭庆圆净法师，钱塘（今浙江杭州）人。缁流：僧徒。因僧人多穿黑衣，故称“缁流”。

③莲社：即西湖白莲社。又名净行社、华严社。景德三年（1006）成立，取《华严经·净行品》之意。

④朔：农历每月初一。

⑤古德：佛教徒对年高有道高僧的尊称。

【译文】

有一种说法，说昭庆寺建造时，正赶上吴越王钱镠八十岁大寿，寺中僧人圆净预先约定古朴、天香、胜莲、胜林、慈受、慈云等僧众，结成白莲社，诵经放生，为吴越王祝寿。每月初一，他们登上戒坛，宣讲佛法，当地老百姓上香礼佛，以昭显吴越王的功德，因此将寺庙命名为昭庆寺。现在就用这些大德高僧的法号，作为寺内房舍的名称。

袁宏道《昭庆寺小记》①：

从钱塘门而西，望宝俶塔，突兀层崖中，则已心飞湖上也。午刻入昭庆，茶毕，即棹小舟入湖。山色如娥，花光似颊，温风如酒，波纹若绫，才一举头，已不觉目酣神醉。此时欲下一语不得，大约如东阿王梦中初遇洛神时也。

余游西湖始此，时万历丁酉二月十四日也。晚同子公渡净寺，觅阿宾旧住僧房。取道由六桥、岳坟、石径塘而归。次早陶石篑帖子至，十九日，石篑兄弟同学佛人王静虚至，湖山、好友，一时凑集矣。

【注释】

①该文写于万历二十五年（1597），作者受陶望龄兄弟之约，在西湖一带漫游。题目一作《初至西湖记》。

张岱《西湖香市记》①：

西湖香市，起于花朝，尽于端午。山东进香普陀者日至，嘉、湖进香天竺者日至，至则与湖之人市焉，故曰香市。然进香之人市于三天竺，市于岳王坟，市于湖心亭，市于飞来峰，无不市，而独凑集于昭庆寺。

昭庆两廊故无日不市者，三代八朝之骨董，蛮夷闽貊之珍异，皆集焉。至香市，则殿中边甬道上下、池左右、山门内外，有屋则摊，无屋则厂，厂外有篷，篷外又摊，节节寸寸。凡胭霜簪珥、牙尺剪刀，以至经典、木鱼、孖儿嬉具之类，无不集。此时春暖，桃柳明媚，鼓吹清和，岸无留船，寓无留客，肆无留酿。袁石公所谓"山色如娥，花光似颊，温风如酒，波纹若绫"，已画出西湖三月。

而此以香客杂来，光景又别。士女闲都，不胜其村妆野妇之乔画；芳兰芗泽，不胜其合香芫荽之薰蒸；丝竹管弦，不胜其摇鼓欱笙之聒帐；鼎彝光怪，不胜其泥人竹马之行情；宋元名画，不胜其湖景佛图之纸贵。如逃如逐，如奔如追，撩扑不开，牵挽不住。数百十万男男女女、老老少少，日簇拥于寺之前后左右者，凡四阅月方罢。恐大江以东，断无此二地矣。

崇祯庚辰，昭庆寺火。是岁及辛巳、壬午岁洊饥，民强半饿死。壬午道鲠山东，香客断绝，无有至者，市遂废。

辛巳夏，余在西湖，但见城中饥殍舁出，扛挠相属。时杭州刘太守梦谦，汴梁人，乡里抽丰者多寓西湖，日以民词馈送。有轻薄子改古诗诮之曰："山不青山楼不楼，西湖歌舞一时休。暖风吹得死人臭，还把杭州送汴州。"可作西湖实录。

【注释】

①该文亦见于张岱《陶庵梦忆》卷七，题名《西湖香市》。

哇哇宕

哇哇石在棋盘山上①。昭庆寺后有石池②，深不可测，峭壁横空，方员可三四亩③，空谷相传，声唤声应，如小儿啼焉。上有棋盘石，耸立山顶。其下烈士祠，为朱跸、金胜、祝威诸人[4]，皆宋时死金人难者，以其生前有护卫百姓功，故至今祀之。

【注释】

①棋盘山：宝石山的支脉，在昭庆寺北。

②昭庆寺：见上一篇。

③方员：方圆。

④朱跸（bì）、金胜、祝威诸人：据吴自牧《梦粱录》记载："完颜宗弼犯境，守臣退保赭山。钱塘县令朱跸，领卫司十将金胜、祝威，率民兵战击，以寡制众，殁于王事。乡民感其忠义，葬于近郊，立祠以表死节。"田汝成《西湖游览志》一书亦载此事。

【译文】

哇哇石在棋盘山上。昭庆寺后有座石头水池，深不可测，旁边崖壁陡峭，横空而起，方圆大概有三四亩，在空旷的山谷中传声，每喊一声都会有应答，仿佛小孩子的啼哭声。哇哇宕上有块棋盘石，耸立在山顶。下面是烈士祠，为纪念朱跸、金胜、祝威等人，他们都是宋时在与金人的战斗中死去的人，因他们生前保护百姓有功，所以至今仍在祭祀他们。

屠隆《哇哇宕》诗[1]：

昭庆庄严尽佛图，如何空谷有呱呱。
千儿乳坠成贤劫，五觉声闻报给孤。
流出桃花缘古宕，飞来怪石入冰壶。
隐身岩下传消息，任尔临崖动地呼。

【注释】

①屠隆（1542—1605）：字长卿、纬真，号赤水。浙江鄞县（今浙江宁波）人。万历五年（1577）进士，官至礼部主事。有《白榆集》《昙花记》等。

大佛头

大石佛寺[①]，考旧史，秦始皇东游入海，缆舟于此石上。后因贾平章住里湖葛岭[②]，宋大内在凤凰山[③]，相去二十余里，平章闻朝钟响即下湖船[④]，不用篙楫[⑤]，用大锦缆绞动盘车[⑥]，则舟去如驶。大佛头，其系缆石桩也。平章败，后人镌为半身佛像，饰以黄金，构殿覆之，名大石佛院，至元末毁。

【注释】

①大石佛寺：遗址在今宝石山南麓。

②贾平章：即贾似道（1213—1275），官至右丞相，后封太师，平章军国重事。平章，职官名。唐宋以同平章事为宰相之职。葛岭：在今浙江杭州西湖之北，宝石山西面。

③宋大内：南宋在杭州的行宫，在凤凰山下。凤凰山：在今杭州西南。

④朝钟：旧时宫廷内用于朝会、典礼等政治活动的礼仪用钟，兼具报时功能。

⑤篙楫：篙桨等行船的工具。

⑥锦缆：锦制的缆绳，精美的缆绳。盘车：状如圆盘，用其击水，可使舟前进。

【译文】

有关大石佛寺的来源，考察旧史，说是秦始皇东游到海上，曾把船系在这块石头上。后来因贾似道住在西湖里湖北面的葛岭，南宋的皇宫则在凤凰山上，相距二十多里，贾似道听到早朝的钟声就乘坐湖船，不用篙桨，用巨大的锦缆绞动盘车，船就飞快地行驶起来。大佛头，就是贾似道用来系船缆的石桩。贾似道败落后，后人将石桩镌刻为半身佛像，用黄金装饰，并建造了一座大殿遮盖，将其命名为大石佛院，到元末的时候就毁坏了。

明永乐间[①]，僧志琳重建，敕赐大佛禅寺。贾秋壑为误国奸人[②]，其于山水、书画、骨董[③]，凡经其鉴赏，无不精妙。所制锦缆亦自可人[④]。

【注释】

①永乐：明成祖朱棣年号（1403—1424）。

②贾秋壑：即贾似道，号秋壑。

③骨董：珍贵罕见的古器物，古玩。也作“古董”。

④可人：让人满意。

【译文】

明代永乐年间，僧人志琳重建大石佛寺，皇帝赐名大佛禅寺。贾似道是误国奸贼，但在山水、书画、古董等领域，但凡经过他的鉴赏，没有不精妙的。他主持制作的锦缆也很让人满意。

一日临安失火，贾方在半闲堂斗蟋蟀，报者络绎，贾殊不顾[①]，但曰：“至太庙则报[②]。”俄而，报者曰：“火直至太庙矣！”贾从小肩舆[③]，四力士以椎剑护异，舆人里许即易[④]，倏忽至火所，下令肃然[⑤]，不过曰：“焚太庙者，斩殿帅[⑥]。”于是帅率勇士数十人，飞身上屋，一时扑灭。贾虽奸雄[⑦]，威令必行，亦有快人处。

【注释】

①不顾:不理会。

②太庙:旧时皇帝为祭拜祖先而营建的庙宇。

③肩舆:一种箱形轿子,架上竹竿,可使人以肩抬着行走。

④舁(yú):抬、扛,这里指轿子。舆人:抬轿子的人,轿夫。

⑤肃然:严肃谨慎的样子。

⑥殿帅:宋代称统领禁军的殿前司长官都指挥使或殿前指挥使为殿帅。

⑦奸雄:弄权欺世、窃取高位的人。

【译文】

有一天临安城失火,贾似道正在半闲堂里斗蟋蟀,来报信的人络绎不绝,贾似道全然不理会,只说:"等火烧到太庙时再来报信。"过了一会儿,报信的人说:"火已经烧到太庙了!"贾似道坐上小轿,旁边四个壮汉手持椎剑守护,抬轿子的人每走一里地就换一批,很快就到了火灾现场,贾似道威严下令,不过说了一句:"如果大火烧了太庙,就把殿帅斩了。"于是殿帅带领几十个勇士,飞身上屋,很快将大火扑灭。贾似道虽然是奸雄,但很有威信,令出必行,也有让人欣赏的地方。

张岱《大石佛院》诗:

余少爱嬉游,名山恣探讨。
泰岳既巉峨,补陀复杳渺。
天竺放光明,齐云集百鸟。
活佛与灵神,金身皆藐小。
自到南明山,石佛出云表。
食指及拇指,七尺犹未了。
宝石更特殊,当年石工巧。

磐石数丈高，止塑一头脑。
量其半截腰，丈六犹嫌少。
问佛几许长，人天不能晓。
但见往来人，盘旋如虱蚤。
而我独不然，参禅已到老。
入地而摩天，何在非佛道。
色相求如来，巨细皆心造。
我视大佛头，仍然一茎草。

甄龙友《西湖大佛头赞》[①]：

色如黄金，面如满月。
尽大地人，只见一橛。

【注释】

①甄龙友（生卒年不详）：字云卿。永嘉（今浙江永嘉）人。绍兴二十四年（1154）进士。官至国子监簿。

保俶塔[①]

宝石山高六十三丈[②]，周一十三里。钱武肃王封寿星宝石山[③]，罗隐为之记[④]。其绝顶为宝峰[⑤]，有保俶塔，一名宝所塔，盖保俶塔也。宋太平兴国元年[⑥]，吴越王俶闻唐亡而惧[⑦]，乃与妻孙氏、子惟濬[⑧]、孙承祐入朝，恐其被留，许造塔以保之。称名，尊天子也。

【注释】

①保俶（chù）塔：在今浙江杭州西湖北岸宝石山上。北宋开宝中吴越宰相吴延爽始建。咸平中，僧永保募资重建。作者在《夜航船》中亦有简要解释："保俶塔：钱忠懿王名俶，入朝，恐其羁留，作塔以保之。称名，尊天子也。"

②宝石山：又称巨石山、石甑山。在浙江杭州西湖北部。

③钱武肃王：即吴越国王钱镠（852—932），谥号武肃王。

④罗隐（833—910）：本名横，字昭谏。应进士试十多次皆不中，遂改名为"隐"，后依吴越王钱镠，历任钱塘令、司勋郎中、给事中等。著有《罗隐集》。

⑤绝顶：山顶，巅峰。

⑥太平兴国元年：即公元976年。太平兴国为宋太宗赵光义年号（976—984）。

⑦吴越王俶：吴越末代国王钱俶（929—988），原名弘俶，字文德。在位三十年（948—978）。唐：这里指南唐（937—975），是五代时期李昇在江南地区建立的王朝。

⑧惟濬：字禹川，钱俶长子。

【译文】

宝石山高六十三丈，周围一十三里。吴越王钱镠册封其为"寿星宝石山"，罗隐为它写过记。其最高处是宝峰，有一座保俶塔，也叫宝所塔，其实就是保俶塔。北宋太平兴国元年，吴越王钱俶听到南唐灭亡的消息感到害怕，于是就和妻子孙氏、儿子惟濬、孙子承祐一起入朝觐见，他担心被扣留在京城，就许愿造塔保佑自己全家。之所以称自己的名字，是为对天子表示尊敬。

至都，赐礼贤宅以居，赏赉甚厚①。留两月遣还，赐一黄袱②，封识甚固③，戒曰："途中宜密观。"及启之，则皆群臣乞留俶章疏也[4]，俶甚感惧。既归，造塔以报佛恩。保俶之名遂误为保叔，不知者遂有“保叔缘何不保夫”之句[5]。俶为人敬慎[6]，放归后，每视事，徙坐东偏[7]，谓左右曰：“西北者，神京在焉[8]，天威不违颜咫尺[9]，俶敢宁居乎！”每修省入贡，焚香而后遣之。

【注释】

①赏赉（lài）：赏赐。

②黄袱：黄色锦缎包成的包裹。

③封识：封缄并加标识。

④章疏：旧时臣下向君上进呈的言事文书。

⑤保叔缘何不保夫：当时民间流传着“为何保叔不保夫，叔何亲密夫何疏”这样的诗句。作者在《夜航船》中亦谈到此事：“保俶塔：钱忠懿王名俶，入朝，恐其羁留，作塔以保之。称名，尊天子也。今误作‘保叔’，不知者遂有‘保叔缘何不保夫’之句。”

⑥敬慎：恭敬谨慎。

⑦徙坐东偏：移座至东南方向，意思是处在西北帝都之下。

⑧神京：指北宋的首都汴京（今河南开封）。

⑨“天威”句：意思是应时刻保持戒惧之心，就像在皇帝面前一样。语出《左传·僖公九年》：“王使宰孔赐齐侯胙，曰：‘天子有事于文、武，使孔赐伯舅胙。’齐侯将下拜。孔曰：‘且有后命。天子使孔曰：以伯舅耋老，加劳赐一级，无下拜。’对曰：‘天威不违颜咫尺，小白，余，敢贪天子之命无下拜？’”

【译文】

到了汴京，皇上把礼贤宅赐给钱俶居住，赏赐很是丰厚。钱俶在京城住了两个月，皇上让其还乡，并赏给他一个黄色包裹，封装十分严密，并告诫说："回家的路上可以悄悄拆看。"等到打开来看，发现里面都是朝臣请求扣留钱俶的奏折，钱俶感到非常害怕。回去之后，就建塔报答佛恩。"保俶"的名称于是被误传为"保叔"，不了解内情的人还写下"保叔缘何不保夫"的诗句。钱俶为人恭敬谨慎，被遣回后，每次处理政务，都要把座位移至东南方向，对手下的人说："西北方向，是皇城汴京所在之地，如同皇帝时刻就在身边，我怎么敢坐在这里呢！"每次修表向皇帝请安及敬献贡品，一定要焚香之后再派遣使者出行。

未几，以地归宋，封俶为淮海国王。其塔元至正末毁[①]，僧慧炬重建[②]。明成化间又毁[③]，正德九年僧文镛再建[④]。嘉靖元年又毁[⑤]，二十二年僧永固再建[⑥]。隆庆三年大风折其顶[⑦]，塔亦渐圮[⑧]，万历二十二年重修[⑨]。

【注释】

①至正：元顺帝年号（1341—1368）。

②慧炬（？—1340）：元代僧人。博学多闻，精通佛经，擅长文学和医学，武术颇有造诣。

③成化：明宪宗朱见深年号（1465—1487）。

④正德九年：即公元1514年。文镛：生平事迹不详。

⑤嘉靖元年：即公元1522年。

⑥二十二年：即嘉靖二十二年，公元1543年。僧永固：山西人。有戒行，募缘多助。

⑦隆庆三年：公元1569年。隆庆为明穆宗朱载垕年号（1567—1572）。

⑧圮（pǐ）：毁坏，坍塌。

⑨万历二十二年：即公元1594年，万历为明神宗朱翊钧年号（1573—1620）。

【译文】

没过多久，钱俶就将所有国土献给宋朝，皇帝封他为淮海国王。保俶塔在元至正末年被毁，僧人慧炬重建。明代成化年间再次被毁，正德九年僧人文镛再建。嘉靖元年又被毁坏，二十二年僧人永固再次修建。隆庆三年大风吹断塔顶，塔也渐渐地毁坏，万历二十二年重新修建。

其地有寿星石①、屯霞石②，去寺百步有看松台③，俯临巨壑，凌驾松杪④，看者惊悸。塔下石壁孤峭，缘壁有精庐四五间⑤，为天然图画阁⑥。

【注释】

①寿星石：明田汝成《西湖游览志》："寿星石，旧名落星石，钱王改今名。一在塔后，一在看松台下，各大数十围，块然无根，望之如斲。"

②屯霞石：明田汝成《西湖游览志》载其"石赭如霞，介立崖畔"，上有明人孙克宏所题"屯""霞"两字。

③看松台：明田汝成《西湖游览志》："去寺左百步所，俯临巨壑，凌驾松杪，松下有石，圆如陨星。"

④凌驾：超越，高出。杪（miǎo）：树梢。

⑤精庐：又称精舍，佛寺，僧舍。

⑥天然图画阁：明末王思任《游杭州诸胜记》："保叔塔有天然图画阁，胜绝，左江右湖，烟岚万千。"

【译文】

保俶塔附近还有寿星石、屯霞石，距寺庙一百来步有个看松台，下临深渊大谷，凌驾在松柏顶端，往下看让人胆战心惊。塔下石壁挺拔陡峭，顺着石壁有四五间精舍，这就是天然图画阁。

黄久文《冬日登保俶塔》诗[①]：

当峰一塔微，落木净烟浦。
日寒山影瘦，霜泐石棱苦。
山云自悠然，来者适为主。
与子欲谈心，松风代吾语。

【注释】

①黄久文：当为黄奂（生卒年不详），字符龙，又字玄龙、元龙。歙县（今安徽歙县）人。工诗文。有《黄元龙诗集》。该诗即见于《黄元龙诗集》。

夏公谨《保叔塔》诗[①]：

客到西湖上，春游尚及时。
石门深历险，山阁静凭危。
午寺鸣钟乱，风潮去舫迟。
清樽欢不极，醉笔更题诗。

【注释】

①夏公谨：即夏言（1482—1548），字公谨，号桂洲。贵溪（今江西贵溪）人。正德十二年（1517）进士，官至首辅。有《桂洲集》。

钱思复《保俶塔》诗：

金刹天开画，铁檐风语铃。
野云秋共白，江树晚逾青。

凿屋岩藏雨，黏崖石坠星。
下看湖上客，歌吹正沉冥。

玛瑙寺[①]

玛瑙坡在保俶塔西，碎石文莹[②]，质若玛瑙，土人采之[③]，以镌图篆[④]。晋时遂建玛瑙宝胜院，元末毁，明永乐间重建[⑤]。有僧芳洲[⑥]，仆夫艺竹得泉[⑦]，遂名仆夫泉。山颠有阁，凌空特起[⑧]，凭眺最胜，俗称玛瑙山居。

【注释】

①玛瑙寺：在今浙江杭州沿西湖北山街中段葛岭路上。后晋开运二年（945）始建，初称孤山寺，后改称广化寺、宝胜寺。宋高僧智圆圆寂后，葬于寺中。绍兴二年（1132）奉皇后之命改为道观，智圆之墓被移至北山玛瑙坡，因此又称为玛瑙寺。

②文莹：色彩斑斓，质地晶莹。

③土人：世居本地的人，当地人。

④镌：雕刻。图篆：图案、篆书，泛指篆刻图案。

⑤永乐：明成祖朱棣年号（1403—1424）。

⑥芳洲：生平事迹未详。

⑦仆夫：仆人，奴仆。艺：种植。

⑧特起：崛起，突出。

【译文】

玛瑙坡在保俶塔西边，那里碎石纹理莹润，质地好似玛瑙，当地人将它采下，用来镌刻图章。后晋时在这里建造玛瑙宝胜院，元末时被毁，明永乐间重新建造。有一个僧人叫芳洲，其仆人栽种竹子的时候发现泉水，就将其命名为仆夫泉。山顶有一座台阁，凌空而起，最适合凭栏远眺，俗称玛瑙山居。

寺中有大钟，侈弇齐适[①]，舒而远闻，上铸《莲经》七卷、《金刚经》三十二分[②]，昼夜十二时，供六僧撞之。每撞一声，则《法华》七卷[③]、《金刚》三十二分，字字皆声。吾想清夜闻钟[④]，起人道念[⑤]，一至旦昼，无不牿亡[⑥]。

【注释】

①侈弇（yǎn）：指钟口的大与小。齐适：正合适。

②《莲经》：《妙法莲华经》的简称，又称《法华经》，鸠摩罗什译，七卷，二十八品。其内容在调和大小乘的冲突，以为信徒虔诚修道，皆可成佛。《金刚经》：《金刚般若波罗蜜经》的简称，鸠摩罗什译。三十二分：《金刚经》中有三十二相。

③《法华》：《法华经》，即《妙法莲华经》。

④清夜：清静的夜晚。

⑤起：使……起。道念：修道的信念。

⑥“一至”二句：一旦到了第二天白天，没有不消除这种念想的。旦昼，第二天白天。牿（gù）亡，受遏制而消亡。语出《孟子·告子上》：“虽存乎人者，岂无仁义之心哉？……其日夜之所息，平旦之气，其好恶与人相近也者几希，则其旦昼之所为，有牿亡之矣。”

【译文】

寺里有一口大钟，钟口大小正合适，声音悠扬，远远就能听到。钟上铸刻了《妙法莲华经》七卷、《金刚经》三十二分，从白天到夜里十二个时辰，由六个僧人按时撞钟。每撞一声，则《妙法莲华经》七卷、《金刚经》三十二分，每个字都能发出声音。我想在幽静的夜间听到钟声，最能引发人的修道之信念，一旦到了白天，这种心思就消失了。

今于平明白昼时，听钟声猛为提醒，大地山河，都为震动，则铿锜一响[1]，是竟《法华》一转、《般若》一转矣。内典云[2]："人间钟鸣未歇际，地狱众生，刑具暂脱此间也。"鼎革以后[3]，恐寺僧惰慢，不克如前[4]。

【注释】

①铿锜（kēng hōng）：象声词。形容钟鼓齐鸣的声音。

②内典：佛经。宋王禹偁《〈左街僧录通惠大师文集〉序》："释子谓佛书为内典，谓儒书为外学。"

③鼎革：即鼎新革故。这里指改朝换代。

④不克：不能够。

【译文】

现在在朗朗的白天，听到钟声顿觉醍醐灌顶，大地山河，都仿佛为之震动，钟鼓齐鸣，就如同镌刻着《法华经》《般若经》的法轮在转动一般。佛经上说："人间钟声长鸣的时候，对地狱众生来说，就是暂且脱离刑狱苦海之时。"改朝换代以后，恐怕玛瑙寺的僧人有所懈怠，不能再像之前那样尽责了。

张岱《玛瑙寺长鸣钟》诗：

女娲炼石如炼铜，铸出梵王千斛钟。
仆夫泉清洗刷早，半是顽铜半玛瑙。
锤金琢玉昆吾刀，盘旋钟钮走蒲牢。
十万八千《法华》字，《金刚》《般若》居其次。
贝叶灵文满背腹，一声撞破莲花狱。
万鬼桁杨暂脱离，不愁漏尽啼荒鸡。
昼夜百刻三千杵，菩萨慈悲泪如雨。

森罗殿前免刑戮，恶鬼狰狞齐退役。
一击渊渊大地惊，青莲字字有潮音。
特为众生解冤结，共听毗庐广长舌。
敢言佛说尽荒唐，劳我阇黎日夜忙。
安得成汤开一面，吉网罗钳都不见。

智果寺[①]

智果寺，旧在孤山[②]，钱武肃王建。宋绍兴间[③]，造四圣观[④]，徙于大佛寺西[⑤]。先是，东坡守黄州[⑥]，於潜僧道潜[⑦]，号参寥子，自吴中来访[⑧]，东坡梦与赋诗，有“寒食清明都过了，石泉槐火一时新”之句[⑨]。

【注释】

①智果寺：在今浙江杭州宝石山大佛寺西。

②孤山：在今浙江杭州外西湖与里西湖之间，是西湖中最大的岛屿。东连白堤，西接西泠桥。

③绍兴：南宋高宗赵构年号（1131—1162）。

④四圣观：见本书《六一泉》：“南渡高宗为康王时，常使金，夜行，见四巨人，执殳前驱。登位后，问方士，乃言紫薇垣有四大将，曰：天蓬、天猷、翊圣、真武。帝思报之，遂废竹阁，改延祥观，以祀四巨人。”

⑤大佛寺：即大石佛院，在宝石山南麓。寺中有大石佛。相传大石佛原为秦始皇的缆船石。

⑥黄州：今湖北黄冈。元丰三年（1080），苏轼因“乌台诗案”被贬为黄州团练副使。

⑦於潜：在今浙江杭州临安区。道潜（1043—？）：俗姓何，本名昙

潜，苏轼为他改道潜，号参寥子。能文，尤工诗，诗风超逸，为苏轼所称誉。元祐中，居杭州智果寺，当时苏轼为郡守，多唱和之作。著有《参寥集》。

⑧吴中：今江苏苏州一带。亦泛指今江浙一带。

⑨寒食清明都过了，石泉槐火一时新：据苏轼《东坡志林·记参寥诗》："昨夜梦参寥师手携一轴诗见过，觉而记其《饮茶》诗两句云：'寒食清明都过了，石泉槐火一时新。'梦中问：'火固新矣，泉何故新？'答云：'俗以清明淘井。'当续成一诗，以记其事。"

【译文】

智果寺，旧址在孤山，由武肃王钱镠建造。宋绍兴年间，因要建四圣观，就把智果寺迁到大佛寺西边。起初，苏东坡被贬黄州，於潜有个僧人叫道潜，号参寥子，从江浙一带前来探望，苏东坡梦见自己和他一起赋诗，其中有"寒食清明都过了，石泉槐火一时新"这样的诗句。

后七年①，东坡守杭，参寥卜居智果②，有泉出石罅间③。寒食之明日④，东坡来访，参寥汲泉煮茗⑤，适符所梦⑥。东坡四顾坛壝⑦，谓参寥曰："某生平未尝至此，而眼界所视，皆若素所经历者。自此上忏堂⑧，当有九十三级。"数之，果如其言，即谓参寥子曰："某前身寺中僧也，今日寺僧皆吾法属耳⑨，吾死后，当舍身为寺中伽蓝⑩。"

【注释】

①后七年：即元祐四年（1089），苏轼由龙图阁学士出知杭州。

②卜居：选择居所。

③石罅（xià）：石头的缝隙。

④寒食：即寒食节，在清明前一二日。明日：第二天。

⑤汲：打水。茗：茶。

⑥适：刚好。

⑦坛壝（wěi）：坛场，祭祀的场所。坛，土筑高台。壝，祭坛四周的矮墙。

⑧忏堂：礼祷忏悔的佛堂。

⑨法属：同一寺院或同一师承的僧人。

⑩舍身：指佛教徒牺牲肉体表示对佛法的虔诚。伽蓝：佛教的护法神。

【译文】

七年之后，苏东坡出守杭州，当时参寥住在智果寺，寺中有一泓泉水从石缝中涌出。寒食节过后的第二天，东坡来拜访参寥，参寥汲取泉水煮茶，其场景与东坡所梦恰好相符。东坡环视坛场，对参寥说："我一生从未到过这里，但目光所及，都像曾经亲身经历过。从这里到忏堂，应当有九十三级台阶。"东坡边登边数，果然像他所说的一样。他就对参寥说："我前世一定是寺里的僧人，如今寺里的僧众都是我的同门，我死后，就舍弃肉身做护法神，守护寺庙。"

参寥遂塑东坡像，供之伽蓝之列，留偈壁间①，有"金刚开口笑钟楼，楼笑金刚雨打头。直待有邻通一线，两重公案一时修②"。后寺破败。崇祯壬申③，有扬州茂才鲍同德字有邻者来寓寺中④，东坡两次入梦，属以修寺⑤，鲍辞以"贫士安办此"。公曰："子第为之⑥，自有助子者。"

【注释】

①偈：佛经唱词。

②公案：佛教称疑难的禅机妙理，或前辈祖师的言行范例。

③崇祯壬申：即崇祯五年，公元1632年，崇祯为明思宗朱由检年号

（1628—1644）。

④茂才：秀才。东汉避光武帝刘秀讳而改，后世与“秀才”并用。鲍同德：生平事迹不详。

⑤属：古同“嘱”，嘱咐，托付。

⑥第：只管。

【译文】

参寥便为东坡塑像，放在伽蓝神像之间供奉，并在墙壁上留下偈语：“金刚开口笑钟楼，楼笑金刚雨打头。直待有邻通一线，两重公案一时修。”后来寺庙破败。崇祯五年，有一位扬州秀才叫鲍同德字有邻的，到寺中寓居，东坡两次给他托梦，嘱咐他修缮寺庙，鲍同德以“我乃一介寒士，哪能做到此事”这样的理由推辞。东坡说：“你只管去做，自然会有人帮助你。”

次日，见壁间偈有“有邻”二字，遂心动立愿，作《西泠记梦》，见人辄出示之。一日至邸，遇维扬姚永言①，备言其梦。座中有粤东谒选进士宋公兆禴者②，甚为骇异。次日，宋公筮仕③，遂得仁和④。永言怂恿之⑤，宋公力任其艰⑥，寺得再葺⑦。时有泉适出寺后，好事者仍名之参寥泉焉。

【注释】

①维扬：扬州的别称。姚永言：即姚思孝，字永言，江都（今江苏扬州）人。崇祯元年（1628）进士，历任兵科给事中、大理寺卿、大理少卿，后削发为僧。

②粤东：指今广东。谒选：指官吏赴吏部应选。宋兆禴（yuè）：字尔孚，揭阳（今广东揭阳）人。崇祯元年（1628）进士，曾任仁和县令。

③筮（shì）仕：古人将出做官，卜问吉凶。这里指得到吏部指派。

④仁和：在今浙江杭州。

⑤怂恿：鼓动别人去做某事。

⑥力任其艰：尽力承担这一艰巨的任务。

⑦葺：修葺。

【译文】

第二天，鲍同德看见墙壁间偈语中有“有邻”二字，便心中一动，发愿重修寺庙，并写下《西泠记梦》一文，见到人就给他看。一天来到一处官邸，遇见扬州人姚永言，他详细讲述了自己的梦境。当时在座的有来自广东、正在等待任命的进士宋兆禴，他听后大为惊讶。第二天，宋兆禴得到吏部的委任，于是到仁和任职。姚永言极力劝说，宋兆禴承担了这一重任，智果寺因此得以再次修葺。这时恰好有泉水从寺后流出，好事者便将此泉命名为参寥泉。

六贤祠

宋时西湖有三贤祠两：其一在孤山竹阁[①]，三贤者，白乐天[②]、林和靖[③]、苏东坡也；其一在龙井资圣院[④]，三贤者，赵阅道[⑤]、僧辨才[⑥]、苏东坡也。宝庆间[⑦]，袁樵移竹阁三贤祠于苏公堤[⑧]，建亭馆以沽官酒[⑨]，或题诗云：“和靖东坡白乐天，三人秋菊荐寒泉。而今满面生尘土，却与袁樵趁酒钱[⑩]。”

【注释】

①竹阁：楼阁名。在浙江杭州孤山，白居易有《宿竹阁》诗：“晚坐松檐下，宵眠竹阁间。”始建于唐代，现存竹阁为清光绪二年（1876）重建。

②白乐天：即白居易，字乐天。

③林和靖（968—1028）：名逋，字君复，谥号和靖，钱塘人。一生不

仕，喜爱山水，在西湖孤山养鹤种梅，隐居二十余年，人称“梅妻鹤子”。

④龙井资圣院：即龙井寺。宋熙宁中，改寿圣院，在浙江杭州西溪东。

⑤赵阅道：即赵抃（1008—1084），字阅道，自号知非子，衢州（今浙江衢州）人。景祐元年（1034）进士，官至参知政事。有《赵清献公集》。

⑥辨才：即元净（1011—1091），俗姓徐，字无象，於潜（今浙江杭州）人。十岁出家，后赐号辨才。

⑦宝庆：宋理宗赵昀年号（1225—1227）。

⑧袁樵：生卒年不详。吉州太和（今江苏泰和）人。绍定二年（1229）进士。一说当为袁韶（1161—1237），字彦淳，鄞县人。淳熙十四年（1187）进士。嘉定十三年（1220）为临安府尹，在任近十年，理讼精简，道不拾遗，里巷呼为“佛子”。苏公堤：又名苏堤，在今浙江杭州西湖。系苏轼疏浚西湖所建，元祐六年（1091）林希继知杭州，题“苏公堤”三字，流传至今。

⑨沽：卖。

⑩趁：赚取。这首诗嘲讽袁樵为了卖酒赚钱，将三贤祠移走，任其冷落生灰。

【译文】

宋时西湖有两座三贤祠：一座在孤山竹阁，所谓的三贤，指的是白居易、林逋和苏轼三人；一座在龙井资圣院，此处的三贤，指的是赵抃、僧人辨才和苏轼。宝庆年间，袁樵将竹阁三贤祠移到苏公堤，并建造亭台馆阁，售卖官酒，有人为此题诗：“和靖东坡白乐天，三人秋菊荐寒泉。而今满面生尘土，却与袁樵趁酒钱。”

又据陈眉公笔记[①]：钱塘有水仙王庙[②]，林和靖祠堂近之。东坡先生以和靖清节映世，遂移神像配食水仙王[③]。黄山谷有《水仙花》诗[④]，用此事："钱塘昔闻水仙庙，荆州今见水仙花。暗香靓色撩诗句，宜在孤山处士家[⑤]。"

【注释】

①陈眉公：即陈继儒（1558—1639），字仲醇，号眉公，华亭（今上海松江）人。隐居不仕，以书画著名，兼工诗文。张岱此处所引，出自黄庭坚《水仙花》诗原注："钱塘有水仙王庙，林和靖祠堂近之。东坡先生以为和靖清节映世，遂移神像配食水仙王云。"

②水仙王庙：即龙王庙，原在孤山，南宋乾道五年（1169）移址苏堤，宝庆元年，袁韶作《水仙王庙记》，而非初建。

③配食：配享、从祀之意。

④黄山谷：即黄庭坚（1045—1105），字鲁直，号山谷道人，洪州分宁（今江西修水）人。治平四年（1067）进士。历官集贤校理、著作郎、秘书丞、吏部员外郎等。后人编有《豫章黄先生文集》。

⑤处士：旧时指有才学而隐居不做官的人。这首诗用苏东坡以林逋配食水仙王的典故，赞美水仙姿态和气味的高洁。

【译文】

又据陈继儒笔记记载：钱塘有座水仙王庙，林逋祠堂就在附近。东坡先生认为林逋高洁的节操辉映后世，便将其神像移到水仙王庙里，与水仙王一同供奉。黄庭坚有《水仙花》诗，讲到此事："钱塘昔闻水仙庙，荆州今见水仙花。暗香靓色撩诗句，宜在孤山处士家。"

则宋时所祀，止和靖一人。明正德三年[①]，郡守杨孟瑛重浚西湖[②]，立四贤祠，以祀李邺侯[③]、白、苏、林四人。杭人益以杨公，称五贤。而后乃祧杨公[④]，增祀周公维新[⑤]、王公弇州[⑥]，称六贤祠。

【注释】

①正德三年：即1508年。正德为明武宗朱厚照年号（1506—1521）。

②杨孟瑛：字温甫，号平山，丰都（今重庆丰都）人，弘治十六年（1503）出知杭州，曾疏浚西湖。

③李邺侯：即李泌（722—789），字长源，京兆（今陕西西安）人。官至宰相。曾被封邺县侯，世称“李邺侯”。

④祧（tiāo）：远祖之庙。这里指迁走神主。

⑤周公维新：当指周新，初名志新，字日新，南海（今广东佛山）人。官至大理寺评事，以善于决狱著称。清正廉洁，有“冷面寒铁公”之称。

⑥王公弇（yǎn）州：即王世贞（1526—1590），字元美，号凤洲，又号弇州山人，太仓（今江苏太仓）人。嘉靖二十六年（1547）进士，官至南京刑部尚书。有《弇州山人四部稿》等。

【译文】

宋时庙里供奉的，只有林逋一个人。明代正德三年，当时的郡守杨孟瑛重新疏浚西湖，修建四贤祠，用以祭祀李泌、白居易、苏轼和林逋四人，杭州人又增加了杨孟瑛一人，称之为五贤。之后又迁走杨孟瑛的牌位，增加周新、王世贞二人，称其为六贤祠。

张公亮曰：“湖上之祠，宜以久居其地，与风流标令①，为山水深契者乃列之②。周公冷面，且为神明，有别祠矣；弇州文人，与湖非久要③，今并四公而坐，恐难熟热也④。”人服其确论⑤。

【注释】

①标令：俊美。

②深契：深厚的交情。

③久要：旧交，老朋友。

④熟热：熟识。

⑤确论：精辟、恰切的言论。

【译文】

张公亮说："西湖的祠堂里，应当供奉那些在西湖久居，以及杰出不凡、知山解水的人。周新面目冷峻，又是神明，有别的祠堂供奉他；王世贞是位文人，但并未在西湖久居，如今和四贤并列而坐，恐怕他们难以熟识吧。"人们都佩服他的说法精辟到位。

张明弼《六贤祠》诗[①]：

山川亦自有声气，西湖不易与人热。
五日京兆王弇州，冷面臬司号寒铁。
原与湖山非久要，心胸不复留风月。
犹议当时李邺侯，西泠尚未通舟楫。
惟有林苏白乐天，真与烟霞相接纳。
风流俎豆自千秋，松风菊露梅花雪。

【注释】

①张明弼：即张公亮（1584—1652），字公亮。

西泠桥[①]

西泠桥，一名西陵，或曰即苏小小结同心处也[②]。及见方子公诗有云[③]："'数声渔笛知何处，疑在西泠第一桥[④]。'陵作泠，苏小恐误。"余曰："管不得，只西陵便好。且白公断桥诗‘柳色青藏苏小家’[⑤]，断桥去此不远，岂不可借作西泠故实耶[⑥]！”

【注释】

①西泠桥：在今浙江杭州西湖孤山西侧，连接北山路与孤山，为石拱桥结构。桥北即苏小小墓，墓上建有石亭，名“慕才亭”。

②结同心：指定情之处。语出南朝徐陵《玉台新咏·钱塘苏小歌》：“妾乘油壁车，郎骑（跨）青骢马。何处结同心，西陵柏树下。”

③方子公：方文僎，字子公，新安（今安徽歙县）人。曾任袁宏道门客，帮其料理笔墨。

④“数声”二句：诗出元代张舆《西泠桥》：“红藕花深逸兴饶，一双鸂鶒避鸣桡。晓风凉入桃花扇，腊酒香分椰子瓢。狂客醉欹明月上，美人歌断绿云消。数声渔笛知何处，疑在西泠第一桥。”

⑤白公断桥诗：即白居易的《杭州春望》，原诗如下：“望海楼明照曙霞，护江堤白踏晴沙。涛声夜入伍员庙，柳色春藏苏小家。红袖织绫夸柿蒂，青旗沽酒趁梨花。谁开湖寺西南路，草绿裙腰一道斜。”其中诗句“柳色春藏苏小家”，与作者所引不同。

⑥故实：掌故，典故。

【译文】

西泠桥，又叫西陵，有人说这是苏小小定情之处。等到后来见方文僎有诗写道：“‘数声渔笛知何处，疑在西泠第一桥。’陵当作泠，苏小小恐怕是错的。”我说：“管不了这个，只当它是西陵就好。何况白居易断桥诗中说‘柳色青藏苏小家’，断桥离这里不远，怎么不能借来作为西泠的掌故呢？”

昔赵王孙孟坚子固[①]，常客武林，值菖蒲节[②]，周公谨同好事者邀子固游西湖[3]。酒酣，子固脱帽，以酒晞发[4]，箕踞歌《离骚》[5]，傍若无人。薄暮入西泠桥，掠孤山，舣舟茂树间[6]，指林麓最幽处[7]，瞪目叫曰："此真洪谷子、董北苑得意笔也[8]。"邻舟数十，皆惊骇绝叹，以为真谪仙人[9]。得山水之趣味者，东坡之后，复见此人。

【注释】

①赵王孙孟坚子固：即赵孟坚（1199—1264或1267），字子固，号彝斋居士，海盐（今浙江海盐）人。为宋太祖十一世孙，故有"王孙"之称。宝庆二年（1226）进士，宋亡后隐居不仕。有《彝斋文编》。

②菖蒲节：即端午节。菖蒲是一种多年生水生草本植物。民间习俗，端午节门前悬挂菖蒲、艾叶，故有此称。

③周公谨：即周密（1232—1298），字公谨，号草窗、四水潜夫。祖籍山东，寓居吴兴（今浙江湖州）。曾为义乌县令等职，宋亡不仕。著有《草窗词》《武林旧事》《齐东野语》等。

④晞（xī）：沐浴。

⑤箕踞：随意张开两腿坐着，形似簸箕，故称"箕踞"。是一种不拘礼节的坐姿。

⑥舣舟：停船靠岸。

⑦林麓：山林。

⑧洪谷子：即荆浩，字浩然，沁水（今山西沁水）人。因隐居于太行山洪谷，故自号"洪谷子"。五代时期画家，善画山水，与关仝并称"荆关"。董北苑：即董源（？—962），字叔达，钟陵（今江西进贤）人。善画山水。因曾任北苑副使，故称"董北苑"。

⑨谪仙人：从天上贬谪到人间的神仙。语出孟棨《本事诗》云："李

太白初自蜀至京师，舍于逆旅。贺监知章闻其名，首访之。既奇其姿，复请所为文。出《蜀道难》以示之。读未竟，称叹者数四，号为‘谪仙’。”

【译文】

当年赵家王孙赵孟坚，常来杭州客居，时值端午节，周密和一些好事者邀请他游玩西湖。酒喝到开心处，赵孟坚将帽子脱下，用酒冲洗自己的头发，张开腿坐着高歌《离骚》，旁若无人。薄暮时分，小船驶入西泠桥，掠过孤山，在密林间停船靠岸悠游，赵孟坚指着林间最为幽深之处，瞪大眼睛喊道："这真是荆浩、董源的得意之作啊！"旁边有数十只小船，上面的人都惊骇不已，认为这真是神仙下凡。能够领略山水之趣的，东坡之后，恐怕只有这个人了吧。

袁宏道《西泠桥》诗：

西泠桥，水长在。
松叶细如针，不肯结罗带。
莺如衫，燕如钗。
油壁车，砍为柴。
青骢马，自西来。
昨日树头花，今日陌上土。
恨血与啼魂，一半逐风雨。

又《桃花雨》诗：

浅碧深红大半残，恶风催雨剪刀寒。
桃花不比杭州女，洗却胭脂不耐看。

李流芳《西泠桥题画》[①]：

余尝为孟旸题扇："多宝峰头石欲摧，西泠桥边树不开。轻烟薄雾斜阳下，曾泛扁舟小筑来。"西泠桥树色，真使人可念，桥亦自有古色。近闻且改筑，当无复旧观矣。对此怅然。

【注释】

①李流芳（1575—1629）：字长蘅，号檀园、泡庵。嘉定（今上海嘉定）人。万历三十四年（1606）举人，因魏忠贤乱政，绝意仕进。诗文书画俱佳，著有《檀园集》。

岳王坟[①]

岳鄂王死[②]，狱卒隗顺负其尸[③]，逾城至北山以葬。后朝廷购求葬处，顺之子以告。及启棺如生，乃以礼服殓焉。隗顺，史失载。今之得以崇封祀享[④]，肸蠁千秋[⑤]，皆顺力也。倪太史元璐曰[⑥]："岳王祠泥范忠武[⑦]，铁铸桧、卨[⑧]，人之欲不朽桧、卨也，甚于忠武。"

【注释】

①岳王坟：在今浙江杭州西湖西北栖霞岭岳王庙侧。绍兴十一年（1142）十二月二十九日，岳飞遇害后，初葬杭州钱塘门外九曲城下五显神祠附近。隆兴元年（1163）孝宗即位，诏复岳飞官，以礼改葬栖霞岭，墓旁有岳云墓。

②岳鄂王：即岳飞（1103—1142），字鹏举，汤阴（今河南汤阴）人。京城开封被攻破，赵构继位，他反对迁都、议和，力主抗金。因主张北伐，被赵构、秦桧收回兵权，以"莫须有"罪名杀害。嘉定四

年（1211）被追封为鄂王。

③隗顺：生平事迹不详。据《西湖游览志》记载："狱卒隗顺，负飞尸逾城，至九曲丛祠，潜瘗之，以玉环殉，树双橘识焉。"

④祀享：祭祀供献。

⑤肸蠁（xī xiǎng）：散布，弥漫。引申为连绵不绝。

⑥倪太史元璐：即倪元璐（1593—1644），字玉汝，号鸿宝，上虞（今浙江绍兴上虞区）人。天启二年（1622）进士，官至户、礼两部尚书。李自成入京，倪元璐自缢而死。工书画，后人辑有《倪文贞公集》。

⑦泥范：用泥塑像。

⑧桧：即秦桧（1090—1155），字会之，江宁（今江苏南京）人。早年进士及第，任御史中丞。靖康之变后被俘，建炎四年（1130）回宋，两任宰相，结纳党羽，陷害忠良，诬杀岳飞，贬逐张浚、赵鼎等多人。卨：即万俟卨（mò qí xiè）（1083—1157）：字元忠，阳武（今河南原阳）人。历任枢密院编修、监察御史、右正言等。绍兴十一年（1141）承桧意构陷岳飞。

【译文】

岳飞死后，狱卒隗顺背着他的尸体，穿过城池到北山安葬。后来朝廷悬赏寻求岳飞安葬之处，隗顺的儿子上报朝廷。等打开棺椁，岳飞的面貌依旧栩栩如生，于是为其穿上礼服入殓。隗顺其人，史书上没有记载。如今岳飞得以受封，为后人供奉，名传千秋，都是隗顺的功劳。倪元璐说："岳王祠用泥土塑造岳飞的像，用铁来铸造秦桧、万俟卨的像，说明人们想让秦桧、万俟卨长存于世，甚至超过岳飞。"

按公之改谥忠武，自隆庆四年①。墓前之有秦桧、王氏②、万俟卨三像，始于正德八年③。指挥李隆以铜铸之④，旋为游人挞碎⑤。后增张俊一像⑥，四人反接跪于丹墀⑦。

【注释】

①隆庆四年：此处记述有误。宋代无“隆庆”年号，据史籍，岳飞改谥号在宝庆元年（1225）。

②王氏：秦桧的妻子。

③正德八年：公元1513年。

④指挥：职官名。由唐至明皆有都指挥使一职，明清时期京城有兵马司指挥。李隆（1440—?）：字世昌，河津（今山西河津）人。成化八年（1472）进士。

⑤挞：用鞭、棍等打。

⑥张俊（1086—1154）：字伯英，天水（今甘肃天水）人。初与岳飞、韩世忠、刘光世并称“南宋中兴四大名将”，后追随秦桧制造伪证，促成岳飞冤狱。

⑦反接：两手反绑在背后。丹墀（chí）：古时宫殿前涂饰红色的地面或石阶。

【译文】

岳飞的谥号改为忠武，是从宝庆元年开始的。岳飞墓前有秦桧、王氏和万俟卨三个人的塑像，是从正德八年开始的。时任指挥使的李隆用铜铸造，很快就被游人锤碎。后来又增加了张俊的塑像，四人反手捆绑着跪在台阶下。

自万历二十六年[①]，按察司副使范涞易之以铁[②]，游人椎击益狠，四首齐落，而下体为乱石所掷，止露肩背。旁墓为银瓶小姐[③]，王被害，其女抱银瓶坠井中死。杨铁崖乐府曰[④]：“岳家父，国之城；秦家奴，城之倾。皇天不灵，杀我父与兄。嗟我银瓶，为我父缇萦[⑤]。生不赎父死，不如无生。千尺井，一尺瓶，瓶中之水精卫鸣[⑥]。”

【注释】

①万历二十六年：即公元1598年。

②按察司副使：明清时期以按察使为一省司法长官，掌刑名按劾之事。副使为其副手。范涞（约1560—1610）：休宁（今安徽休宁）人。万历二年（1574）进士，曾任浙江按察司副使。

③银瓶小姐：民间传说中岳飞的女儿，于史无征。据清人陆次云《湖壖杂记》记载："银瓶小姊者，岳武穆季女也，武穆被难，女欲亲叩阍上书，逻卒拦止之，遂抱银瓶坠井而死。"

④杨铁崖：即杨维桢（1296—1370），字廉夫，号铁崖，会稽（今浙江绍兴）人。泰定四年（1327）进士，历任天台县尹、钱清场盐司、建德路总管府推官等。有《东维子集》《铁崖古乐府》等。乐府：后所引乐府的题目为《银瓶女》。

⑤缇萦（tí yíng）：汉文帝时孝女，是太仓令淳于意最小的女儿。淳于意有罪当处肉刑，系狱长安，缇萦随父入长安，上书愿为官婢，以赎父罪。文帝恻然感念其孝心，即免除肉刑，赦回淳于意。司马迁《史记·孝文本纪》、刘向《列女传·齐太仓女》皆记载其事迹。

⑥精卫：古代神话中的鸟名。白喙赤足，首有花纹，相传为炎帝幼女溺死海边所化。因不甘白白被海水淹死，常衔木石填海。事载《山海经·北山经》。这首乐府用岳飞女儿银瓶的口吻，自比缇萦、精卫，对父亲的屈死感到愤恨不平。

【译文】

从万历二十六年开始，按察司副使范涞将秦桧等四人的塑像换成了铁的，游人捶打得更狠，四个人的头都掉了下来，下身则被乱石掷击，只露出肩膀和背部。旁边是银瓶小姐的墓，岳飞被害后，他的女儿抱着银瓶跳到井中而死。杨维桢在乐府诗中写道："岳家父，国之城；秦家奴，城之倾。皇天不灵，杀我父与兄。嗟我银瓶，为我父缇萦。生不赎父死，不如无生。千尺井，一尺瓶，瓶中之水精卫鸣。"

墓前有分尸桧，天顺八年[①]，杭州同知马伟锯而植之[②]，首尾分处，以示磔桧状[③]。隆庆五年[④]，大雷击折之。朱太史之俊曰[⑤]："一秦桧耳，铁首木心，俱不能保至此。"

【注释】

①天顺八年：即公元1464年，天顺为明英宗朱祁镇年号（1457—1464）。

②马伟：瀛海（今北京大兴区）人，景泰年间以举人为杭州府同知。

③磔（zhé）：古代的一种酷刑，把肢体分裂。

④隆庆五年：即公元1571年。

⑤朱太史之俊：即朱之俊（1594—？），字擢秀，号沧起，汾阳（今山西汾阳）人。天启二年（1622）进士，历任国子监司业、翰林院侍讲等。著有《朱太史集》。

【译文】

岳飞墓前有被分尸的桧树，天顺八年，杭州同知马伟锯断桧树，分别栽种，首尾分开，以表示将秦桧分尸的意思。隆庆五年，天降大雷，把树木击折。太史朱之俊说："一个秦桧，纵使用铁做首，用木做心，都不能保全自己。"

天启丁卯[①]，浙抚造祠媚珰[②]，穷工极巧，徙苏堤第一桥于百步之外，数日立成，骇其神速。崇祯改元[③]，魏珰败，毁其祠，议以木石修王庙。卜之王，王弗许。

【注释】

①天启丁卯：即公元1627年，天启为明熹宗朱由校年号（1621—1627）。

②浙抚：指时任浙江巡抚的潘汝桢，字镇璞，桐城（今安徽桐城）人。

明万历二十九年(1601)进士,历任缙云知县、监察御史、山西巡抚、浙江巡抚。他第一个为魏忠贤造生祠。媚珰:献媚讨好魏忠贤。珰,汉代宦官充武职者,其冠用珰与豹尾为饰。这里特指魏忠贤。

③崇祯改元:指崇祯皇帝登基。

【译文】

天启丁卯年,浙江巡抚潘汝桢建造生祠讨好魏忠贤,极尽工巧之能事,将苏堤第一桥迁到百步之外,没几天就建成了,速度之快让人惊讶。崇祯登基,魏忠贤失败,百姓们捣毁他的生祠,打算用这些木材石头修建岳王庙。在岳王灵位前占卜,岳王没有答应。

岳云[①],王之养子,年十二从张宪战[②],得其力,大捷,号曰"赢官人",军中皆呼焉。手握两铁锤,重八十斤。王征伐,未尝不与,每立奇功,王辄隐之。官至左武大夫、忠州防御使。死年二十二,赠安远军承宣使。所用铁锤犹存。

【注释】

①岳云(1119—1142):字应祥,汤阴(今河南汤阴)人。岳飞长子,随父征战,屡立奇功。后与岳飞、张宪同被冤杀。

②张宪(?—1142):岳飞手下将领,连破金军,屡建战功。后与岳飞父子同时被害。

【译文】

岳云是岳飞的养子,才十二岁就跟着张宪作战,得其神力,作战大获全胜,被称为"赢官人",军中将士都这么称呼他。岳云手握两个大铁锤,重达八十斤。岳飞每次出征作战,岳云都参加,然而每次立了大功,岳飞都隐而不报。岳云官至左武大夫、忠州防御使。死的时候年仅二十二岁，被追封为安远军承宣使。他使用的铁锤还保存了下来。

张宪为王部将，屡立战功。绍兴十年[①]，兀术屯兵临颍[②]，宪破其兵，追奔十五里，中原大振。秦桧主和班师。桧与张俊谋杀岳飞，诱飞部曲能告飞事者[③]，卒无人应。张俊锻炼宪[④]，被掠无完肤，强辩不伏，卒以冤死。景定二年[⑤]，追封烈文侯。正德十二年[⑥]，布衣王大祐发地得碣石[⑦]，乃崇封焉。郡守梁材建庙[⑧]，修撰唐皋记之[⑨]。

【注释】

①绍兴十年：即公元1140年，绍兴为宋高宗赵构年号（1131—1162）。

②兀术：即完颜宗弼（？—1148），太祖完颜阿骨打第四子。曾多次参与灭辽、灭北宋的战争。临颍：在今河南临颍。

③部曲：部属，属下。

④锻炼：用酷刑折磨。

⑤景定二年：即公元1261年，景定为南宋理宗赵昀年号（1260—1264）。

⑥正德十二年：即公元1517年，正德为明武宗朱厚照年号（1506—1521）。

⑦王大祐：生平事迹不详。碣石：指墓碑。

⑧梁材：字大用，金吾右卫（今江苏南京）人。弘治十二年（1499）进士。曾任杭州知府。

⑨唐皋：字守之，号心庵，歙县（今安徽歙县）人。正德九年（1514）状元。历任修撰、侍讲学士。有《心庵文集》《史鉴会编》《韵府增定》等。

【译文】

张宪是岳飞的部下将领，多次立下战功。绍兴十年，完颜宗弼在临颍屯兵，张宪击败他的军队，追奔十五里，中原士气大振。秦桧主张议和，要求张宪班师回朝。秦桧便和张俊一起谋害岳飞，引诱岳飞部下能举报岳飞的人，始终没有人答应。张俊对张宪严刑拷打，张宪被打得体无完肤，依然顽强地辩解，不愿屈服，最后含冤而死。景定二年，追封张宪为烈文侯。正德十二年，平民王大祐偶然挖到张宪的墓碑，朝廷对他进行隆重的封赏。当地郡守梁材为其建造祠堂，修撰唐皋也写文章记载此事。

牛皋墓在栖霞岭上①。皋字伯远，汝州人，岳鄂王部将，素立战功。秦桧惧其怨己，一日大会众军士，置毒害之。皋将死，叹曰："吾年近六十，官至侍从郎，一死何恨？但恨和议一成，国家日削。大丈夫不能以马革裹尸报君父②，是为叹耳！"

【注释】

①牛皋（1087—1147）：字伯远，汝州（今河南汝州）人。南宋初聚众抗金，后从岳飞，屡立战功，后被秦桧命人毒死。

②马革裹尸：意思是用马皮包裹尸体，指军人战死沙场。语出《后汉书·马援列传》："方今匈奴、乌桓尚扰北边，欲自请击之。男儿要当死于边野，以马革裹尸还葬耳，何能卧床上在儿女子手中邪？"

【译文】

牛皋的墓在栖霞岭上。牛皋字伯远，汝州人，是岳飞的部将，屡立战功。秦桧害怕他怨恨自己，一天召集众将士聚会，将其毒死。牛皋临死之前长叹道："我年近六十，官至侍从郎，即便死了还有什么遗憾？只遗憾和议一旦成功，国家日渐衰落。大丈夫不能战死沙场马革裹尸报答君王，实在是让人叹惜啊！"

张京元《岳坟小记》①：

岳少保坟祠，祠南向，旧在阛阓。孙中贵为买民居，开道临湖，殊惬大观。祠右衣冠葬焉。石门华表，形制不巨，雅有古色。

【注释】

①张京元（生卒年不详）：字思德，号无始。泰兴（今江苏泰兴）人。万历三十二年（1604）进士，官至提学副使，有《寒灯随笔》等。该文选自张京元《西湖小记》。

周诗《岳王墓》诗①：

将军埋骨处，过客式英风。
北伐生前烈，南枝死后忠。
干戈戎马异，涕泪古今同。
目断封丘上，苍苍夕照中。

【注释】

①周诗（1494—1556）：字以言，号虚岩山人。昆山（今江苏昆山）人。精医术，善诗文。有《虚岩山人集》。

高启《岳王坟》诗①：

大树无枝向北风，千年遗恨泣英雄。
班师诏已成三殿，射虏书犹说两宫。
每忆上方谁请剑，空嗟高庙自藏弓。
栖霞岭上今回首，不见诸陵白雾中。

【注释】

①高启（1336—1374）：字季迪，号青邱子。长洲（今江苏苏州）人。曾任翰林院编修、户部侍郎。有《高青邱集》。

唐顺之《岳王坟》诗[①]：

国耻犹未雪，身危亦自甘。
九原人不返，万壑气长寒。
岂恨藏弓早，终知借剑难。
吾生非壮士，于此发冲冠。

【注释】

①唐顺之（1507—1560）：字应德，号荆川。武进（今江苏常州）人。嘉靖八年（1529）进士，官至右佥都御史。有《荆川先生文集》。

蔡汝南《岳王墓》诗[①]：

谁将三字狱，堕此一长城。
北望真堪泪，南枝空自荣。
国随身共尽，君恃相为生。
落日松风起，犹闻剑戟鸣。

【注释】

①蔡汝南：即蔡汝楠（1515—1565），字子木，号白石。德清（今浙江德清）人。嘉靖十一年（1532）进士，官至南京工部侍郎。有《自知堂集》。

王世贞《岳坟》诗[1]：

落日松杉覆古碑，英风飒飒动灵祠。
空传赤帝中兴诏，自折黄龙大将旗。
三殿有人朝北极，六陵无树对南枝。
莫将乌喙论勾践，鸟尽弓藏也不悲。

【注释】

①王世贞（1526—1590）：字元美，号凤洲、弇州山人。太仓（今江苏太仓）人。明嘉靖二十六年（1547）进士，官至南京刑部尚书。有《弇州山人四部稿》等。

徐渭《岳坟》诗[1]：

墓门惨淡碧湖中，丹雘朱扉射水红。
四海龙蛇寒食后，六陵风雨大江东。
英雄几夜乾坤博，忠孝传家俎豆同。
肠断两宫终朔雪，年年麦饭隔春风。

【注释】

①徐渭（1521—1593）：字文长，号天池山人、青藤道士等。山阴（今浙江绍兴）人。曾为胡宗宪幕府。工诗文，善书画。有《徐文

长全集》传世。

张岱《岳王坟》诗：

西泠烟雨岳王宫，鬼气阴森碧树丛。
函谷金人长堕泪，昭陵石马自嘶风。
半天雷电金牌冷，一族风波夜壑红。
泥塑岳侯铁铸桧，只令千载骂奸雄。

董其昌《岳坟柱对》[①]：

南人归南，北人归北，小朝廷岂求活耶；
孝子死孝，忠臣死忠，大丈夫当如是矣。

【注释】

①董其昌（1555—1636）：字玄宰，号思白、香光居士。华亭（今上海松江）人。万历十七年（1589）进士，官至南京礼部尚书。工于书画。有《容台集》。

张岱《岳坟柱铭》[①]：

呼天悲铁象，此冤未雪，常闻石马哭昭陵；
拓地饮黄龙，厥志当酬，尚见泥兵湿蒋庙。

【注释】

①柱铭：又称“楹联”“柱联”“柱对”，即一种铭刻在建筑物柱子上的对联。

紫云洞[①]

紫云洞在烟霞岭右[②]。其地怪石苍翠，劈空开裂[③]，山顶层层，如厦屋天构[④]。贾似道命工疏剔建庵[⑤]，刻大士像于其上[⑥]。双石相倚为门，清风时来，谽谺透出[⑦]，久坐使人寒栗。又有一坎突出洞中[⑧]，蓄水澄洁[⑨]，莫测其底。

【注释】

①紫云洞：在今浙江杭州栖霞岭上，是一座天然岩洞，分前洞、后洞，洞底宽大如屋，洞内岩壁如削，洞壁呈紫色，在日光照射下如紫色云雾蒸腾，故名紫云洞。

②烟霞岭：当为栖霞岭。

③劈空：当空，划破长空。

④厦（shà）屋天构：天然形成的高大房屋。厦，大屋子。

⑤贾似道（1213—1275）：字师宪，天台（今浙江天台）人。南宋理宗贾贵妃之弟。官至丞相，专权多年，后被贬官处死。疏剔：清理剔除。

⑥大士：特指观世音菩萨。

⑦谽谺（hān xiā）：中空的样子，谓石门空洞，透风无阻。

⑧坎：坑穴。

⑨澄洁：清澈明净。

【译文】

紫云洞在烟霞岭的右侧。此处怪石嶙峋，草木葱茏，仿佛从长空劈开一样，山顶层层叠叠，如同天然形成的高大房屋。贾似道命令工匠在此清理建庵，将观音大士的神像刻在石壁上。用两块紧靠着的石头作门，清风徐来，从山谷的空隙中透出，坐久了会使人感到阵阵寒意。洞中又有一块坑穴，所积的水清澈洁净，深不见底。

洞下有懒云窝，四山围合，竹木掩映。结庵其中[1]，名贤游览至此，每有遗世之思[2]。洞旁一壑幽深，昔人凿石，闻金鼓声而止，遂名“金鼓洞”。洞下有泉，曰“白沙”。好事者取以瀹茗[3]，与虎跑齐名[4]。

【注释】

①结庵：建造草庐。

②遗世之思：超脱尘世、避世隐居的想法。

③瀹（yuè）茗：即煮茶。宋陆游《与儿孙同舟泛湖》：“酒保殷勤邀瀹茗，道翁伛偻出迎门。”

④虎跑：即虎跑泉，在今浙江杭州西南大慈山下，有“天下第三泉”之称。

【译文】

洞下有懒云窝，四周青山围绕，翠竹青松掩映。在其间修建草堂，名人贤士游玩至此，每每生出归隐的心思。洞旁有一道幽深的沟壑，前人在此凿石，听见金鼓声就停下来，于是取名为“金鼓洞”。洞下有一泓清泉，名为“白沙”。好事者用它来烹茶，此泉与虎跑泉齐名。

王思任诗[1]：

笋舆幽讨遍，大壑气沉沉。
山叶逢秋醉，溪声入午喑。
是泉从竹护，无石不云深。
沁骨凉风至，僧寮絮碧阴。

【注释】

①王思任（1574—1646）：字季重，号谑庵。山阴（今浙江绍兴）人。曾任江西佥事。明亡后参加抗清。有《王季重先生文集》传世。《文饭小品》收录该诗，诗题为《西洞庭翠峰寺》。

卷二

【题解】

本卷所写为西湖西路的十二处景致，其中大多为佛教胜迹。其实不仅在本卷，全书也是如此，一半以上为各类宗教建筑，特别是佛寺，从中可见民间宗教信仰在西湖文化构建过程中的重要作用。

唐宋之际，佛教完成本土化转变，成为中国文化的重要组成部分，道教也逐渐发展成熟。基于对自然的独到认知，佛道两教多在风景优美处建庙修观，那些虔诚的僧道们往往是风景的发现者，他们自身也成为风景的有机组成部分。

需要强调的是，这些僧侣也是西湖风景的忠实守护者，那些庙宇道观几乎没有一座是原样保存下来的，中间往往历经兴废，不断重修，如果没有那份虔诚和执着，是不可能坚持下来的。作者不厌其烦地反复交代，实际上也是在致敬那些坚守者。

那些文化修养较深的诗僧，与文人唱和，在山水间留下佳话胜迹，为湖山增色。西湖也是如此，谈到千年西湖的变迁，不能忽视那些苦行者所做的贡献，从作者对各处景致的叙述可以很形象地看到这一点。

以下对本卷所收各文进行简要评述：

《玉泉寺》：千年古刹必有非常之处，玉泉寺以泉水闻名于世，与虎跑泉、龙井泉并称西湖三大名泉。泉池长约十二米、宽九米，泉水自池底渗出。如此名泉，其间的游鱼自然也闻名遐迩，“玉泉鱼跃”成为西湖十八景之一。1964年，当地政府在旧寺基础上将其改建成一座具有江南园林特色的庭院，形成了今天的景观。

《集庆寺》：古寺的修建不见得都是佳话，比如这座集庆寺，周围的风景很好，却是宋理宗为自己宠爱的阎妃而建，着实大煞风景。而且还乱砍滥伐，骚扰地方，弄得鸡犬不宁，甚至有人写诗进行讽刺。以这种野蛮的手段修建佛寺，还想得到神灵保佑，这本身就很荒唐，也许可以将这座寺庙作为一段耻辱的标记。

《飞来峰》：本文谈到的这位杨琏真伽是个不折不扣的恶僧，作者在《陶庵梦忆》《西湖梦寻》等书中屡屡提及，所谈到的事情也基本一样，那就是对江南名胜的大肆毁坏。

这位杨琏真伽在元世祖忽必烈当政时任江南释教总统。他疯狂盗掘钱塘、绍兴等地的南宋帝后大臣坟墓一百多座，盗取殉葬财宝众多，赃物有据可查的，就有金一千七百两、银六千八百两、钞十一万六千二百锭、田二万三千亩。这位恶僧给江南地区带来了巨大的灾难。

《冷泉亭》：这篇文章写尽西湖的另一面，那就是清幽。西湖盛名在外，向来游人如织，似乎天生就伴随着喧闹嘈杂，正如作者所描述的，“无人不带歌舞，无山不带歌舞，无水不带歌舞”。如果仅有这一特性，相信作者对西湖也就不会有如此深的情感了。

西湖的妙处就在于雅俗共赏，包容性强，凡夫俗子可以沉浸于自己喜欢的繁华与喧嚣，文人雅士也可以找到属于自己的清幽与宁静，你可以到人迹罕至之处，可以在夜间出游，也可以在风雪中泛舟。只要有眼光、肯用心，总能找到属于自己的风景。

《灵隐寺》：建而毁，毁而建，再建再毁，再毁再建。这不仅仅是灵隐寺一座寺庙的写照，翻开《西湖梦寻》一书，可以看到作者不断叙述各个寺庙存毁的经过，这一方面是为了记录历史，另一方面则有深意在。看似流水账式的记述，透出一种沧桑历尽的悲凉感。

不断重建庙宇的背后是人们对信仰的坚守，是人们对美好生活的追求，看看文章最后对丹阳那位施主的描述就可以感受到，不能简单以迷信视之。

《北高峰》：与西湖周围的名胜相比，北高峰的特色在于开阔。登上峰顶，极目远望，湖光山色、草木城池，尽收眼底，正如作者所感叹的，"真有王气蓬勃"，在其他地方是无法获得这种感受的。

其实北高峰的海拔只有三百一十四米，在杭州周围的山峰中连前几名都排不上，是其山势与周围的地貌形成了这种视野开阔的独特景观。

《韬光庵》：这篇文章讲了有关韬光庵的两个掌故：一个是韬光禅师与白居易的相遇，可谓天意，命中注定有此一段缘分；另一个则是宋之问与骆宾王的相遇，两人可谓文字之交，特别是骆宾王，神龙见首不见尾，令人神往。由此两段掌故，韬光庵平添几分神秘色彩。

《岣嵝山房》：作者为岣嵝山房专门写了两篇文章，由此可见他的喜爱程度。两篇文章都谈到了同一件事，那就是他曾和朋友们在这里一起读书，前后呆了七个月，每日所食都是当地新采摘的菜蔬瓜果，那是一段十分美好的人生回忆。作者感到遗憾的是，当时名利之心未净，唐突了山灵，这份忏悔显然与其晚年的心境有关。世界上没有后悔药。

《青莲山房》：喜欢给历史人物打标签的话，遇到包应登这样的人会感到手足无措。说他俗吧，人家可是出身名门、如假包换的进士，修建的庄园有品位，够雅致；说他雅吧，此人穷奢极欲，暴殄天物，是个不折不扣的花花公子。作者的情感也是复杂的，一方面对这位包应登颇有微词，另一方面则佩服其生活的讲究和精致。

《呼猿洞》：呼猿洞的得名不是因为人，而是那两只颇为灵异的猿猴。作者所记为其中一个传说，还有一个传说的内容与此稍异，据《湖山便览》记载："相传慧理谓峰自灵鹫飞来，人不之信，因就洞呼出黑白二猿为证。"这个传说将两只猿猴与飞来峰串联在一起。

冷泉呼猿是元代西湖十景之一，附近还有十二尊元代开凿的佛像，极为珍贵。

《三生石》:对于三生石,作者既没有描绘,也没有评论,全文引述苏轼的《圆泽传》。也许他觉得这块石头并非奔云、芙蓉石那样的奇石,是因为一篇神奇的因缘故事而闻名,有些牵强附会吧。

《上天竺》:上天竺供奉观音,在三天竺中规模最大,明清时期香火旺盛,与普陀山齐名。清代重修过两次,后来再次被毁。近年又重修,重修后的上天竺有天王殿、圆通殿、大雄宝殿、山门等建筑。这里风景幽美,很受游客的欢迎。

西湖西路

玉泉寺[①]

玉泉寺为故净空院。南齐建元中[②],僧昙起说法于此[③],龙王来听,为之抚掌出泉[④],遂建龙王祠。晋天福三年[⑤],始建净空院于泉左[⑥],宋理宗书“玉泉净空院”额[⑦]。

【注释】

①玉泉寺:在今浙江杭州仙姑山北麓青芝坞口。始建于南齐建元年间,后晋天福三年(938)改庵为寺,因寺内有西湖三大名泉之一的玉泉而得名。清康熙年间改名“清涟寺”。

②建元:南朝齐太祖萧道成年号(479—482)。

③昙起(419—492):一作昙超,南朝高僧,俗姓张,清河人。

④抚掌:拍手。

⑤晋天福三年:即公元938年,天福为五代时期后晋高祖石敬瑭年号(936—942)。

⑥泉左:泉水东边。

⑦宋理宗:即赵昀(1205—1264),太祖十世孙。

【译文】

玉泉寺是过去的净空院。南齐建元年间，僧人昙起在这里说法，龙王前来听讲，为其拍手称好而涌出泉水，于是建了龙王祠。后晋天福三年，在泉水东边始建净空院，宋理宗赵昀为其题写“玉泉净空院”匾额。

祠前有池亩许，泉白如玉，水望澄明，渊无潜甲①。中有五色鱼百余尾，投以饼饵②，则奋鬐鼓鬣③，攫夺盘旋④，大有情致。泉底有孔，出气如橐籥⑤，是即神龙泉穴。又有细雨泉，晴天水面如雨点，不解其故。泉出可溉田四千亩。近者曰鲍家田，吴越王相鲍庆臣采地也⑥。

【注释】

①潜甲：水下游动的鱼、虾、鳖之类。

②饼饵：指饼类饵食。

③鬐（qí）：鱼的背鳍。鬣（liè）：鱼的胸鳍。

④攫：用爪抓取，引申为夺取。

⑤橐籥（tuó yuè）：古代冶炼时用以鼓风吹火的装置，类似于今天的风箱。

⑥吴越王：指钱镠（852—932）或其子钱元瓘（887—941）。鲍庆臣：即鲍君福（864—940），字庆臣，余姚（今浙江余姚）人。官至保顺军节度使。采地：旧时诸侯赐给臣下的封地。

【译文】

龙王祠前有个一亩见方的水池，泉水洁白如玉，看起来澄明透亮，水中潜伏的鱼鳖清晰可见。其中有百余条五色鱼，用饼饵投食时，纷纷鼓动着鱼鳍，在水中抢夺盘旋，很有情致。泉水底部有个孔洞，像风箱一样出气，这就是神龙泉眼。又有一眼细雨泉，晴天水面上似有雨点纷纷落下，不解其中的缘故。泉水引出后可灌溉田地四千亩。附近有个鲍家田，是吴越王钱俶宰相鲍庆臣的封地。

万历二十八年[①]，司礼孙东瀛于池畔改建大士楼居[②]。春时，游人甚众，各携果饵到寺观鱼[③]，喂饲之多，鱼皆餍饫[④]，较之放生池，则侏儒饱欲死矣[⑤]。

【注释】

①万历二十八年：即公元1600年。

②司礼：司礼监太监。司礼监是明代内廷管理宦官与宫内事务的"十二监"之一，有提督、掌印、秉笔、随堂等太监。孙东瀛：即孙隆，明万历年间司礼监太监，被派提督苏杭织造，兼理税务。因肆意搜括激起苏州民变，几被杀，逃至杭州得免。

③果饵：糖果点心之类的食品。

④餍饫（yàn yù）：饱足。

⑤侏儒饱欲死：指侏儒吃得太饱要撑死了。语出《汉书·东方朔传》："朱儒长三尺余，奉一囊粟，钱二百四十。臣朔长九尺余，亦奉一囊粟，钱二百四十。朱儒饱欲死，臣朔饥欲死。臣言可用，幸异其礼。"

【译文】

万历二十八年，司礼监太监孙东瀛在水池边改建大士楼居。春天时节，游览的人非常多，各自携带饵料到玉泉寺观鱼，投喂的饲料特别多，鱼儿都感到饱足，和放生池相比，可以用"侏儒饱欲死"这个典故来形容。

金堡《玉泉寺》诗[①]：

在昔南齐时，说法有昙起。
天花堕碧空，神龙听法语。

抚掌一赞叹，出泉成白乳。
澄洁更空明，寒凉却酷暑。
石破起冬雷，天惊逗秋雨。
如何烈日中，水纹如碎羽。
言有櫜籥声，气孔在泉底。
内多海大鱼，狰狞数百尾。
饼饵骤然投，要遮全振旅。
见食即忘生，无怪盗贼聚。

【注释】

①金堡（1614—1680）：字卫公，又字道隐。仁和（今浙江杭州）人。崇祯十三年（1640）进士。明亡后起兵抗清，后削发为僧，更名澹归。有《遍行堂集》。

集庆寺[①]

九里松[②]，唐刺史袁仁敬植[③]。松以达天竺[④]，凡九里，左右各三行，每行相去八九尺。苍翠夹道，藤萝冒涂[⑤]，走其下者，人面皆绿。行里许，有集庆寺，乃宋理宗所爱阎妃功德院也[⑥]，淳祐十一年建造[⑦]。

【注释】

①集庆寺：又称显庆寺，全称为显慈集庆教寺。在今浙江杭州西湖积庆山灵隐寺前，始建于南宋淳祐十年（1250）。

②九里松：在今浙江杭州西洪春桥一带，全长约两公里。

③刺史：职官名。古代司地方纠察的官，后沿称地方长官。袁仁敬：字长源，唐开元十三年（725）任杭州刺史。

④天竺：即天竺山。

⑤冒涂：覆盖道路。涂，道路。也作“途”。

⑥阎妃：南宋理宗妃子，鄞县（今浙江宁波）人。深受宋理宗宠爱。

⑦淳祐十一年：公元1251年，淳祐为宋理宗赵昀年号（1241—1252）。

【译文】

九里松，是唐代杭州刺史袁仁敬在任时栽种的。松林一直延续至天竺山，共长九里，道路左右各有三行，每行相距八九尺。苍翠的松树夹道而立，藤萝覆盖着道路，走在松林下，人的面颊都映着绿荫。行走一里多，就是集庆寺，这是宋理宗赵昀宠爱的妃子阎妃的功德院，淳祐十一年建造。

阎妃，鄞县人[①]，以妖艳专宠后宫。寺额皆御书，巧丽冠于诸刹[②]。经始时[③]，望青采斫[④]，勋旧不保[⑤]，鞭笞追逮，扰及鸡豚[⑥]。时有人书法堂鼓云[⑦]：“净慈灵隐三天竺[⑧]，不及阎妃好面皮[⑨]。”理宗深恨之，大索不得[⑩]。

【注释】

①鄞（yín）县：在今浙江宁波鄞州区。

②巧丽：轻巧华丽。

③经始：开始建造。

④望青采斫（zhuó）：看到树木就砍伐。这里指滥砍滥伐，没有节制。采斫，砍伐。

⑤勋旧：有功劳的旧臣。

⑥豚：猪。

⑦法堂：寺院里集众说法的场所。

⑧“净慈”句：指净慈寺、灵隐寺、上天竺法喜寺、中天竺法净寺和下

天竺法镜寺。

⑨面皮：脸皮。

⑩大索：大肆搜捕。

【译文】

阎妃是鄞县人，靠妖艳美丽在后宫受到专宠。集庆寺的匾额都是皇帝亲手书写，比其他寺院都要轻巧华丽。刚开始建造时，大肆砍伐树木，连有功劳的旧臣家都无法幸免，用鞭子抽打追逼，搅得鸡猪不安。当时有人在寺院法堂的大鼓上写道："净慈灵隐三天竺，不及阎妃好面皮。"宋理宗十分忌恨此人，大肆搜捕却没有抓到。

此寺至今有理宗御容两轴[①]。六陵既掘，冬青不生[②]，而帝之遗像竟托阎妃之面皮以存，何可轻诮也[③]。元季毁，明洪武二十七年重建[④]。

【注释】

①御容：皇帝的画像。

②"六陵"二句：元代僧人杨琏真伽挖掘宋帝陵墓，将骨殖弃于草莽间，后有义士唐珏、林景熙偷出宋帝遗骨，埋在兰亭天章寺附近，上植冬青树为标记。六陵指永思陵、永阜陵、永崇陵、永茂陵、永穆陵、永绍陵，分别为南宋高宗、孝宗、光宗、宁宗、理宗、度宗的陵墓。

③轻诮：轻薄讥诮。

④洪武二十七年：即公元1394年，洪武为明太祖朱元璋年号(1368—1398)。

【译文】

该寺直到现在还存有两幅宋理宗的画像。宋朝的六座帝陵被盗挖后，上面连冬青都没有了，而理宗遗留的画像竟然靠着阎妃的美貌得以留存，这让人怎么可以轻薄讥诮呢。集庆寺在元末毁坏，明朝洪武二十七年重建。

张京元《九里松小记》[①]：

九里松者，仅见一株两株，如飞龙劈空，雄古奇伟。想当年万绿参天，松风声壮于钱塘潮，今已化为乌有。更千百岁，桑田沧海，恐北高峰头有螺蚌壳矣，安问树有无哉！

【注释】

①本文选自张京元《西湖小记》。

陈玄晖《集庆寺》诗[①]：

玉钩斜内一阎妃，姓氏犹传真足奇。
宫嫔若非能佞佛，御容焉得在招提。

布地黄金出紫薇，官家不若一阎妃。
江南赋税凭谁用，日纵平章恣水嬉。

开荒筑土建坛壝，功德巍峨在石碑。
集庆犹存宫殿毁，面皮真个属阎妃。

昔日曾传九里松，后闻建寺一朝空。
放生自出罗禽鸟，听信阇黎说有功。

【注释】

①陈玄晖：亦作陈元晖，字无象，号俶真。海盐（今浙江海盐）人。

万历四十一年(1613)进士,历任翰林院编修、兵部都给事、山东左参政。有《大风堂集》等。

飞来峰[①]

飞来峰,棱层剔透[②],嵌空玲珑[③],是米颠袖中一块奇石[④]。使有石癖者见之,必具袍笏下拜[⑤],不敢以称谓简亵[⑥],只以“石丈”呼之也[⑦]。

【注释】

①飞来峰:又名灵鹫峰,在今浙江杭州西湖西北灵隐寺前。东晋僧人慧理云此山系中天竺国灵鹫山之小岭,不知何年飞来,故名。作者在《夜航船》一书中亦有介绍:“飞来峰:在杭州虎林山之前。晋时西僧叹曰:‘此是天竺国灵鹫山之小岭,不知何日飞来?’因名之飞来峰。”

②棱层:高耸突兀,峥嵘。剔透:通澈,透亮。

③“嵌空”句:精巧别致。

④米颠:北宋书画家米芾的别号。因其行止违世脱俗,倜傥不羁,人称“米颠”。

⑤袍笏:旧时官员上朝时穿的官服和手拿的笏板。

⑥简亵:怠慢不恭,轻慢。

⑦石丈:奇石的代称。语出叶梦得《石林燕语》:“米芾诙谲好奇……知无为军,初入州廨,见立石颇奇,喜曰:‘此足以当吾拜。’遂命左右取袍笏拜之,每呼曰‘石丈’。”

【译文】

飞来峰,高耸挺拔,通彻透亮,空阔精巧,如同北宋书画家米芾爱不释手的一块奇石。假如让有石癖的人见到了,一定会准备好官服笏板下跪膜拜，不敢用通常的称谓轻慢亵渎，只能用“石丈”来称呼它。

深恨杨髠[①]，遍体俱凿佛像，罗汉世尊，栉比皆是[②]，如西子以花艳之肤[③]，莹白之体，刺作台池鸟兽，乃以黔墨涂之也。奇格天成，妄遭锥凿，思之骨痛。翻恨其不匿影西方[④]，轻出灵鹫[⑤]，受人戮辱；亦犹士君子生不逢时，不束身隐遁[⑥]，以才华杰出，反受摧残，郭璞、祢衡并受此惨矣[⑦]。慧理一叹[⑧]，谓其何事飞来，盖痛之也，亦惜之也。

【注释】

①杨髠（kūn）：指杨琏真伽。这是对元代喇嘛杨琏真伽的詈称。曾任释教总统。至元二十九年（1292）与其他僧人勾结，大量盗挖宋代帝王、诸侯的寝陵。

②栉比：像梳齿般密密排列着。比喻排列紧密。

③花艳：艳丽。

④翻恨：反过来恨。匿影：藏起来。

⑤灵鹫：山名。在古印度摩揭陀国王舍城之东北，山中多鹫，故名。

⑥束身：约束自己，不放纵。隐遁：隐居起来，逃避尘世。

⑦郭璞（276—324）：字景纯，闻喜（今山西闻喜）人。博学高才，好古文诗赋，富文采。又精通阴阳历算五行卜筮之术，后因卦筮违逆王敦，被杀。祢衡（173—198）：字正平，平原般（今山东临邑）人。少有才辩，性情刚傲，初被孔融荐于曹操，他羞辱曹操，被曹操遣与荆州牧刘表。刘表亦不能容，又转送江夏太守黄祖，终为黄祖所杀。

⑧慧理：东晋时期印度僧人，为杭州灵隐寺的始建者。

【译文】

十分痛恨僧人杨髠，在上面凿满了佛像，罗汉、世尊的造像，到处都是，就像在西施艳丽的肌肤和莹白的身体上刺刻台池鸟兽的图案，还用黑墨进行涂抹。飞来峰奇貌天成，却遭受胡乱的雕凿，想想都感到切骨之痛。转而又埋怨它不藏身在西方极乐世界，轻易离开灵鹫山，受人屠戮折辱；也就像高洁的君子生不逢时，不修身养性隐居山野，因才华出众，反受摧残，郭璞、祢衡都曾惨遭这样的灾祸。僧人慧理为之叹息，说飞来峰为何要飞到此处，这是为其感到痛心，也为其感到惋惜。

且杨髡沿溪所刻罗汉，皆貌己像，骑狮骑象，侍女皆裸体献花，不一而足。田公汝成锥碎其一[①]；余少年读书岣嵝[②]，亦碎其一。

【注释】

①田公汝成：即田汝成（约1503—?），字叔禾，钱塘人。嘉靖进士，曾任南京刑部主事、礼部主事、福建提学副使等。著有《西湖游览志》《西湖游览志余》等。据《西湖游览志余》，砸碎杨髡所刻罗汉像的不是田汝成，而是杭州知府陈仕贤。田汝成为此作《诛髡贼碑》。

②岣嵝：即岣嵝山房。在杭州灵隐韬光山下。

【译文】

况且杨髡沿溪水所刻的罗汉造像，全都照着他自己的相貌，骑着狮子或大象，那些侍女都裸露身体献花，实在是不能一一列举。田汝成用锥子凿碎了其中一座；我年少在岣嵝山房读书时，也凿碎了一座。

闻杨髡当日住德藏寺，专发古冢，喜与僵尸淫媾[①]。知寺后有来提举夫人与陆左丞化女[②]，皆以色夭，用水银灌殓。杨命发其冢。有僧真谛者，性騃戆[③]，为寺中樵汲[④]，闻之大怒，嗥呼诟谇[⑤]。主僧惧祸[⑥]，锁禁之。

【注释】

①淫媾（gòu）：奸淫交媾。

②提举：职官名。宋代设立，专门主管茶、盐、水利等特种事务。左丞：职官名。秦置尚书丞，汉代沿置。至东汉时，分置左右丞，主持尚书台，监察百官。元时将尚书省并入中书，设中书省左右丞。

③騃戇（ái gàng）：刚直，鲁莽。

④樵汲：打柴汲水。

⑤噭（jiào）呼：叫呼。诟谇（suì）：责骂。

⑥主僧：佛寺住持。

【译文】

听说杨髡当时住在德藏寺，专门盗挖古墓，喜欢与僵尸奸淫交媾。闻知寺庙后面葬有来提举的夫人和左丞陆化的女儿，她们都在年轻貌美时夭亡，用水银灌注尸身入殓。杨髡就命令盗掘她们的坟墓。有个名叫真谛的僧人，性情憨直，在庙中负责打柴挑水，他听说此事后勃然大怒，大声责骂。佛寺住持害怕招致灾祸，将他关了起来。

及五鼓，杨髡起，趣众发掘[①]，真谛逾垣而出[②]，抽韦驮木杵[③]，奋击杨髡，裂其脑盖。从人救护，无不被伤。但见真谛于众中跳跃，每逾寻丈，若隼撇虎腾[④]，飞捷非人力可到。一时灯炬皆灭，欔锄畚插都被段坏[⑤]。杨髡大惧，谓是韦驮显圣，不敢往发，率众遽去，亦不敢问。此僧也，洵为山灵吐气[⑥]。

【注释】

①趣（cù）：古同“促”，催促，急促。

②逾垣：翻墙。

③韦驮：佛教护法神，南方增长天王的八大神将之一。通常安置在

天王大殿弥勒菩萨之后，面对释迦牟尼佛像。形相则是童子面，身披甲胄，手持金刚杵。

④隼（sǔn）：一种凶猛的鸟。撇：击。

⑤耰（yōu）锄：用来击碎土块，平整土地的农具。畚（běn）插：一种挖运泥土的用具。段：即锻，捶打。

⑥洵：诚然，确实。表示确定。山灵：山神。

【译文】

到了五更时分，杨髡起床，驱赶众人盗掘坟墓，真谛翻墙而出，抽出护法神韦驮佛像手中的木杵，奋力击打杨髡，打裂了他的脑壳。随从连忙救护，全都受了伤。只见真谛在众人中间跳跃，每次跳起都有一丈高，像隼鸟翱翔，猛虎腾跃，飞快迅捷不是普通人可以做到的。一时间灯光火把全都熄灭，盗掘所用的锄头、竹筐全都被打坏。杨髡十分惊惧，说这是护法韦驮显灵，不敢再去盗掘，带领众人仓皇逃走，也不敢再追问此事。这个僧人，算是为山神出了一口气。

袁宏道《飞来峰小记》[①]：

湖上诸峰，当以飞来峰为第一。峰石逾数十丈，而苍翠玉立：渴虎奔猊，不足为其怒也；神呼鬼立，不足为其怪也；秋水暮烟，不足为其色也；颠书吴画，不足为其变幻诘曲也。

石上多异木，不假土壤，根生石外。前后大小洞四五，窈窕通明，溜乳作花，若刻若镂。壁间佛像，皆杨髡所为，如美人面上瘢痕，奇丑可厌。

余前后登飞来者五：初次与黄道元、方子公同登，单衫短后，直穷莲花峰顶。每遇一石，无不发狂大叫。次与王闻溪同登；次为陶石篑、周海门；次为王静虚、陶石篑兄弟；次为鲁休宁。每游一次，辄思作一诗，卒不可得。

【注释】

①本文为作者万历二十五年（1597）在杭州时作。

又《戏题飞来峰》诗：

试问飞来峰，未飞在何处。
人世多少尘，何事飞不去。
高古而鲜妍，杨班不能赋。

白玉簇其颠，青莲借其色。
惟有虚空心，一片描不得。
平生梅道人，丹青如不识。

张岱《飞来峰》诗：

石原无此理，变幻自成形。
天巧疑经凿，神功不受型。
搜空或洚水，开辟必雷霆。
应悔轻飞至，无端遭巨灵。

石意犹思动，蹲跜势若撑。
鬼工穿曲折，儿戏斫玭玲。
深入营三窟，蚕开倩五丁。
飞来或飞去，防尔为身轻。

冷泉亭①

冷泉亭在灵隐寺山门之左②。丹垣绿树③，翳映阴森④。

亭对峭壁，一泓泠然[⑤]，凄清入耳。亭后西栗十余株[⑥]，大皆合抱[⑦]，冷飔暗樾[⑧]，遍体清凉。秋初栗熟，大若樱桃，破苞食之，色如蜜珀[⑨]，香若莲房[⑩]。

【注释】

①冷泉亭：在今浙江杭州西灵隐寺前、飞来峰下。唐元和末杭州刺史始建。最初建在泉池中央，后为山洪冲毁，明万历年间在岸上重建。

②灵隐寺：在今浙江杭州西湖西灵隐山麓。东晋咸和元年（326）天竺僧慧理始建，后迭经兴衰，毁建多次。现存寺院为宣统二年（1910）重建。

③丹垣（yuán）：红色的矮墙。

④翳（yì）映：阴翳掩映。

⑤一泓：一汪清水。泠（líng）然：寒凉的样子。

⑥西栗：今称莎罗树，据说是慧礼祖师从印度带来的树种，果实大小似胡桃，可入药。

⑦合抱：两臂抱拢。形容树干粗大。

⑧飔（sī）：凉风。樾（yuè）：树荫。

⑨蜜珀：色泽质感如蜜蜡的一种琥珀。

⑩莲房：莲蓬。

【译文】

冷泉亭在灵隐寺山门的左边。红墙绿树，树荫森森。亭子正对峭壁，一汪清冽的泉水泻下，凄清之声入耳。亭子后面种有十来棵西栗树，大的都有两臂环抱那么粗，凉风吹过树荫，遍体感到清凉。初秋时节栗子成熟，像樱桃那么大，破开外壳食用它，色泽像蜜蜡琥珀一般晶莹，香气同莲蓬一样清美。

天启甲子[1],余读书岣嵝山房[2],寺僧取作清供[3]。余谓鸡头实无其松脆[4],鲜胡桃逊其甘芳也[5]。夏月乘凉,移枕簟就亭中卧月[6],涧流淙淙[7],丝竹并作[8]。张公亮听此水声[9],吟林丹山诗[10]:"流出西湖载歌舞,回头不似在山时[11]。"言此水声带金石,已先作歌舞声矣,不入西湖安入乎!

【注释】

①天启甲子:即公元1624年,天启为明熹宗朱由校年号(1621—1627)。

②岣嵝(gǒu lǒu)山房:作者曾在此处读书,详情见后文《岣嵝山房》。

③清供:清雅的供品。

④鸡头实:即芡实,一种睡莲科植物的种子,可以食用。

⑤胡桃:即核桃,一种落叶乔木的果实,可食,亦可榨油、入药。

⑥枕簟(diàn):枕席。泛指卧具。

⑦淙淙:流水声。

⑧丝竹:丝弦乐器与竹管乐器的总称。泛指音乐。

⑨张公亮:张明弼(1584—1652),字公亮,金坛(今江苏常州)人。崇祯十年(1637)进士,授广东揭阳县令、台州推官、户部主事。有《萤芝集》《榕城集》等。

⑩林丹山:即林稹,号丹山,长洲(今江苏苏州)人。宋神宗熙宁九年(1076)进士。有《宫词》百首。

⑪"流出"二句:这两句诗写水声随环境而变,流入西湖时和在山中不同。林稹《冷泉》全诗如下:"一泓清可沁诗脾,冷暖年来只自知。流出西湖载歌舞,回头不似在山时。"出,有版本作"向"。

【译文】

天启甲子年,我在岣嵝山房读书,寺中僧人摘取栗子作为清雅的供品。我认为鸡头实没有它松脆，新鲜核桃比不上它甘甜芬芳。夏日月夜乘凉，将枕席挪到亭中对月而卧，听溪涧水声淙淙，如管弦并作之音。张明弼听到这里的水声，吟咏林稹的诗道："流出西湖载歌舞，回头不似在山时。"说这里的水声带有金石之音，已经是歌舞之声的前奏，不流到西湖还能流到哪里去呢？

余尝谓住西湖之人，无人不带歌舞，无山不带歌舞，无水不带歌舞，脂粉纨绮[①]，即村妇山僧，亦所不免。因忆眉公之言曰[②]："西湖有名山，无处士；有古刹，无高僧；有红粉，无佳人；有花朝，无月夕。"曹娥雪亦有诗嘲之曰[③]："烧鹅羊肉石灰汤，先到湖心次岳王。斜日未曛客未醉[④]，齐抛明月进钱塘[⑤]。"

【注释】

①纨绮：精美的丝织品。

②眉公：即陈继儒（1558—1639），字仲醇，号眉公、麋公，华亭（今上海松江）人。终身未仕，以诗文书画知名。

③曹娥雪：即曹勋（生卒年不详），字允大，嘉兴（今浙江嘉兴）人。崇祯元年（1628）进士，官至礼部右侍郎。入清不仕。

④曛：昏暗。

⑤这首诗意在嘲讽那些西湖的游客只知道在这里吃喝喧闹，不懂得如何欣赏风景。

【译文】

我曾说住在西湖的人，没有哪个人不沉醉在歌舞之中，没有哪座山不具备歌舞之景，没有哪片水不萦绕歌舞之声，红妆脂粉，绫罗绸缎，即使是乡村农妇、山野僧人，也不能免俗。因此想起陈继儒的话："西湖有名山，没有处士；有古刹，没有高僧；有红粉，没有佳人；有花朝，没有月夕。”曹勋也有诗歌嘲讽道：“烧鹅羊肉石灰汤，先到湖心次岳王。斜日未曛客未醉，齐抛明月进钱塘。”

余在西湖，多在湖船作寓，夜夜见湖上之月，而今又避嚣灵隐，夜坐冷泉亭，又夜夜对山间之月，何福消受？余故谓西湖幽赏，无过东坡，亦未免遇夜入城。而深山清寂，皓月空明，枕石漱流①，卧醒花影，除林和靖、李岣嵝之外②，亦不见有多人矣。即慧理、宾王，亦不许其同在卧次③。

【注释】

①枕石漱流：用山石作枕，用涧流漱口。比喻隐居山林的生活。

②林和靖：即林逋（968—1028）。李岣嵝：即李茇。生平事迹参见《岣嵝山房》。

③慧理：东晋时期印度僧人。生卒年不详。咸和年间来到中国，史称“天竺僧”。

【译文】

我在西湖时，大多时候将湖船作为寓所，每晚都能见到湖上的明月，如今又在灵隐寺躲避喧嚣，夜晚坐在冷泉亭中，又每夜对着山间月色，也不知是哪里得来的福分能这样消受？我原以为欣赏西湖的清幽，没有超过苏东坡的，但就是他也难免在夜间入城。而清旷寂寥的深山，皓月当空，枕石而眠，以流水漱口，睡醒后看着花影婆娑，除林逋、李茇外，也没见到有几个人能这样。即便是东晋时的天竺僧人慧理、唐代的骆宾王，也不能与他们相提并论。

袁宏道《冷泉亭小记》①：

灵隐寺在北高峰下，寺最奇胜，门景尤好。由飞来峰至冷泉亭一带，涧水溜玉，画壁流香，是山之极胜处。

亭在山门外，常读乐天《记》有云："亭在山下水中，寺西南隅，高不倍寻，广不累丈，撮奇搜胜，物无遁形。春之日，草薰木欣，可以导和纳粹；夏之日，风冷泉停，可以蠲烦析酲。山树为盖，岩谷为屏，云从栋出，水与阶平。坐而玩之，可濯足于床下；卧而狎之，可垂钓于枕上。潺湲洁澈，甘粹柔滑，眼目之嚣，心舌之垢，不待盥涤，见辄除去。"

观此亭记，当在水中，今依涧而立。涧阔不丈余，无可置亭者。然则冷泉之景，比旧盖减十分之七矣。

【注释】

①该文为袁宏道《灵隐》一文的前半部分。

灵隐寺[①]

明季昭庆寺火[②]，未几而灵隐寺火，未几而上天竺又火[③]，三大寺相继而毁。是时唯具德和尚为灵隐住持[④]，不数年而灵隐蚤成[⑤]。盖灵隐自晋咸和元年[⑥]，僧慧理建，山门匾曰"景胜觉场"，相传葛洪所书[⑦]。寺有石塔四，钱武肃王所建[⑧]。

【注释】

①灵隐寺：在今浙江杭州西湖西灵隐山麓。东晋咸和元年(326)天竺僧慧理始建。宋《淳祐临安志》卷八："佛在世日，多为仙灵所隐。"故名。

②明季：明代末年。昭庆寺：在今浙江杭州西湖北部宝石山东侧，始建于五代后晋天福元年(936)，为西湖四大古刹之一。后历经兴

废，现已不存。

③上天竺：亦称“法喜寺”。在今浙江杭州天竺山下。初建于五代吴越时期。与中天竺、下天竺合称“三天竺”。

④具德和尚：亦称“具和尚”，原名张弘礼（1600—1667），字具德，是张岱的族弟。

⑤蚤：通“早”。

⑥晋咸和元年：即公元326年，咸和为东晋成帝司马衍年号（326—334）。

⑦葛洪（284—364）：字稚川，号抱朴子，丹阳（今江苏丹阳）人。曾在罗浮山修行炼丹，著有《抱朴子》等。

⑧钱武肃王：五代时期吴越国王钱镠（852—932），谥号武肃王。

【译文】

明朝末年昭庆寺失火，不久灵隐寺也发生火灾，再不久上天竺又起火，三大寺庙相继烧毁。当时只有具德和尚张弘礼做灵隐寺的住持，不到几年灵隐寺早早修成。灵隐寺是东晋咸和元年由僧人慧理建造的，山门的匾额上写着“景胜觉场”，相传是东晋葛洪所书。寺中有四座石塔，是吴越武肃王钱镠所建。

宋景德四年①，改景德灵隐禅寺，元至正三年毁②。明洪武初再建③，改灵隐寺。宣德七年④，僧昙缵建山门⑤，良玠建大殿⑥。殿中有拜石⑦，长丈余，有花卉鳞甲之文⑧，工巧如画。正统十一年⑨，玹理建直指堂⑩，堂额为张即之所书⑪，隆庆三年毁⑫。

【注释】

①宋景德四年：即公元1007年，景德为宋真宗赵恒年号（1004—

1007)。

②元至正三年:即公元1343年,至正为元顺帝妥懽帖睦尔年号(1341—1368)。

③洪武:明太祖朱元璋年号(1368—1398)。

④宣德七年:即公元1432年,宣德为明宣宗朱瞻基年号(1426—1435)。

⑤昙缵:或作"昙赞",生平事迹不详。

⑥良玠:字伐石,明代僧人。曾建苏州虎丘寺大殿。明宣德九年(1434)住持杭州灵隐寺。

⑦拜石:又称如意石,旧时建筑材料,一般为方形石块,铺设在门内地上,多用于宫殿及寺庙中。

⑧鳞甲:保护龟鳖等动物躯体的坚硬甲壳,泛指有鳞、甲的水生动物。

⑨正统十一年:即公元1446年,正统为明英宗朱祁镇年号(1436—1449)。

⑩玹理:字一中,号全庵。庐陵(今江西吉安)人。初为南京天界寺首座,出住甘露寺。作法堂,修多景楼、大悲阁、千佛阁等,重建海岳庵。

⑪张即之(1186—1263):字温夫,号樗寮,历阳(今安徽和县)人。举进士,官至司农寺丞,以书法闻名。

⑫隆庆三年:即公元1569年,隆庆为明穆宗朱载垕年号(1567—1572)。

【译文】

宋景德四年,改称景德灵隐禅寺,元至正三年毁坏。明洪武初年再次修建,改称灵隐寺。宣德七年,僧人昙缵修建山门,僧人良玠建造大殿。大殿里有块拜石,长一丈多,上有花卉龟鳖式样的花纹,精巧如画。正统十一年,僧人玹理建造直指堂,堂上的匾额是张即之书写的,隆庆三年毁坏。

万历十二年[①],僧如通重建[②]。二十八年,司礼监孙隆重修[③],至崇祯十三年又毁[④]。具和尚查如通旧籍[⑤],所费八万,今计工料当倍之。具和尚惨澹经营[⑥],咄嗟立办[⑦]。其因缘之大[⑧],恐莲池金粟所不能逮也[⑨]。

【注释】

①万历十二年:即公元1584年,万历为明神宗朱翊钧年号(1573—1620)。

②如通:俗姓杭,号易庵、芦江老叟,会稽(今浙江绍兴)人。嘉靖四十二年(1563)住持杭州慧因寺,万历十年(1582)住持灵隐寺。

③孙隆:即孙东瀛。明万历年间任司礼监太监,被派提督苏杭织造,兼理税务。因肆意搜括激起苏州民变,几被杀,逃至杭州得免。

④崇祯十三年:即公元1640年,崇祯为明思宗朱由检年号(1628—1644)。

⑤具和尚:即具德和尚。

⑥惨澹经营:苦心经营。惨澹,辛苦。

⑦咄嗟(duō jiē)立办:片刻之间立即办好。咄嗟,一呼一诺之间,比喻极短的时间。

⑧因缘:佛教用语。本指因果关系,这里指人缘,能量。

⑨莲池:当指莲池大师,明代净土宗高僧。金粟:金粟如来的简称。即维摩诘大士。逮:及,比得上。

【译文】

万历十二年,僧人如通重新建造。万历二十八年,司礼监太监孙隆重新修葺,到了崇祯十三年再一次毁坏。具德和尚查阅僧人如通的旧账本,当时共花费了八万,如今计算材料成本应当翻倍。具德和尚辛苦经营,很快就全部准备妥当。他有如此大的因缘,恐怕莲池大师和金粟如来都不能相比。

具和尚为余族弟，丁酉岁[①]，余往候之，则大殿、方丈尚未起工[②]，然东边一带，秘阁精蓝凡九进[③]，客房僧舍百什余间，棐几藤床[④]，铺陈器皿，皆不移而具。香积厨中[⑤]，初铸三大铜锅，锅中煮米三担，可食千人。具和尚指锅示余曰："此弟十余年来所挣家计也。"饭僧之众，亦诸刹所无。

【注释】

①丁酉岁：即顺治十四年（1657）。

②方丈：这里指寺院住持的住所。

③秘阁：存放经典的楼阁。精蓝：佛寺。

④棐（fěi）：通"榧"，香榧，一种常绿乔木。

⑤香积厨：佛寺的厨房。

【译文】

具德和尚是我的族弟，丁酉年，我前去探望他，当时大殿、方丈还没有动工，然而东边一带，存放经籍的楼阁佛寺共有九进，客房及僧舍有百十来间，香榧几案，藤萝床榻，还有各种铺盖陈设与器皿，都一应俱全。佛寺的厨房里，新铸造了三口大铜锅，锅中一次能煮三担大米，可供上千人食用。具德和尚指着铜锅给我说："这是愚弟十多年来所积攒的家业啊。"用餐的僧人之多，也是其他寺庙所没有的。

午间方陪余斋[①]，见有沙弥持赫蹄送看[②]，不知何事，第对沙弥曰："命库头开仓[③]。"沙弥去。及余饭后出寺门，见有千余人蜂拥而来，肩上有布袋，贮米五斗，齐至仓前。库头掣数袋斛之[4]，五百担米，顷刻上廪[5]，斗斛无声，忽然竟去。余问和尚，和尚曰："此丹阳施主某[6]，岁致米五百担，水脚挑钱[7]，纤悉自备，不许饮常住勺水[8]，七年于此矣。"

【注释】

①斋：吃斋饭。

②沙弥：初出家的僧人。赫蹄：用以书写的小幅绢帛，后亦借指纸张、文书或信札。作者在《夜航船》中亦有解释："赫蹄，薄小纸也。《西京杂记》称薄蹄。"

③库头：亦称"副寺""知库""柜头""掌财"等，为禅宗寺院六知事（都寺、监寺、副寺、维那、典座、直岁）之一，掌管僧众的吃粮、住房、佛坛、香烛、房屋修缮和寺院财务。

④掣：拿。斛：量器。方形，口小，容十斗，后改为五斗。

⑤上廪：装入粮仓。

⑥丹阳：在今江苏丹阳。

⑦水脚挑钱：雇佣人工运输的费用。水脚，水路运送的费用。

⑧常住：僧、道称寺舍、田地、什物等为"常住物"，简称"常住"。

【译文】

中午时分，具德和尚正陪我一起用斋，只见有个沙弥拿着文书给具德和尚看，不知道有什么事，他只是对沙弥说："让库头打开仓库。"小和尚离开了。等到我饭后走出寺门，只见有千余人蜂拥而来，肩膀上扛着装米的口袋，每个口袋装米五斗，一齐来到仓前。库头拿着几袋用斛斗量，五百担米，顷刻间倒入粮仓，连使用斗斛的声音都还没听到，人们就忽然间全都离开了。我问具德和尚是怎么回事，具德和尚说："这是丹阳的某位施主，每年施舍五百担米，人工运输的费用、大小花费全都自己承担，就连寺中的一勺水都不许饮用，像这样已七年了。"

余为嗟叹。因问大殿何时可成，和尚对以："明年六月，为弟六十，法子万人[①]，人馈十金，可得十万，则吾事济矣[②]。"逾三年而大殿、方丈俱落成焉。余作诗以记其盛。

【注释】

①法子：佛门修行者。

②济：成就，成功。

【译文】

我不禁十分感叹。于是问大殿什么时候可以落成，具德和尚回答道："明年六月，愚弟六十岁，信徒上万人，每人馈赠十两银子，可以得到十万之数，这样我的事情就完成了。"过了三年，大殿、方丈全都落成。我写诗记录了当时的盛况。

张岱《寿具和尚并贺大殿落成》诗[①]：

飞来石上白猿立，石自呼猿猿应石。
具德和尚行脚来，山鬼啾啾寺前泣。
生公叱石同叱羊，沙飞石走山奔忙。
驱使万灵皆辟易，火龙为之开洪荒。
正德初年有簿对，八万今当增一倍。
谈笑之间事已成，和尚功德可思议。
黄金大地破悭贪，聚木成丘粟若山。
万人团簇如蜂蚁，和尚植杖意自闲。
余见催科只数贯，县官敲扑加锻炼。
白粮升合尚怒呼，如坻如京不盈半。
忆昔访师坐法堂，赫蹄数寸来丹阳。

和尚声色不易动，第令侍者开仓场。
去不移时阶戺乱，白粲驮来五百担。
上仓斗斛寂无声，千百人夫顷刻散。
米不追呼人不系，送到座前犹屏气。
公侯福德将相才，罗汉神通菩萨慧。
如此工程非戏谑，向师颂之师不诺。
师言佛自有因缘，老僧只怕因果错。
余自闻言请受记，阿难本是如来弟。
与师同住五百年，挟取飞来复飞去。

【注释】

①该诗《张子诗粃》题作《具德和尚灵隐寺落成，刚值初度，作诗寿之》。

张祜《灵隐寺》诗①：

峰峦开一掌，朱槛几环延。
佛地花分界，僧房竹引泉。
五更楼下月，十里郭中烟。
后塔耸亭后，前山横阁前。
溪沙涵水静，洞石点苔鲜。
好是呼猿父，西岩深响连。

【注释】

①张祜（生卒年不详）：字承吉。唐代诗人。有《张祜集》。

贾岛《灵隐寺》诗①：

峰前峰后寺新秋，绝顶高窗见沃洲。
人在定中闻蟋蟀，鹤于栖处挂猕猴。
山钟夜度空江水，汀月寒生古石楼。
心欲悬帆身未逸，谢公此地昔曾游。

【注释】

①贾岛（779—843）：字浪仙。范阳（今河北涿州）人。早年出家，后还俗应举，屡试不中，曾任长江主簿。有《长江集》。该诗题目原为《早秋寄题天竺灵隐寺》。

周诗《灵隐寺》诗：

灵隐何年寺，青山向此开。
涧流元不断，峰石自飞来。
树覆空王苑，花藏大士台。
探冥有玄度，莫遣夕阳催。

北高峰[①]

北高峰在灵隐寺后，石磴数百级[②]，曲折三十六湾。上有华光庙[③]，以祀五圣[④]。山半有马明王庙[⑤]，春日祈蚕者咸往焉[⑥]。峰顶浮屠七级[⑦]，唐天宝中建[⑧]，会昌中毁[⑨]，钱武肃王修复之，宋咸淳七年复毁[⑩]。

【注释】

①北高峰：在今杭州城西，是西湖以西群山中较高的一座。

②石磴：石阶。

③华光庙：又名灵顺寺。始建于东晋。北宋初年，寺内供奉“五显财神”，民间称“财神庙”。明代因设殿别名“华光”，故称“华光庙”。

④五圣：即五显财神、五通神。旧时江南民间供奉的邪神，相传为南齐时期的柴姓五兄弟（柴显聪、柴显明、柴显正、柴显直、柴显德）。

⑤马明王：蚕神的别称。清翟灏《通俗编·神鬼》：“《七修类稿》：‘所谓马头娘，本《荀子·蚕赋》“身女好而头马首”一语附会，俗称马明王。’明王，乃神之通号。”

⑥祈蚕者：向蚕神祈求丰收的人。咸：都。

⑦浮屠：亦作“浮图”，佛教语。指佛塔。

⑧天宝：唐玄宗李隆基年号（742—756）。

⑨会昌：唐武宗李瀍年号（841—846）。

⑩宋咸淳七年：即公元1271年，咸淳为宋度宗赵禥年号（1265—1274）。

【译文】

北高峰在灵隐寺后面，有石阶数百级，蜿蜒曲折三十六处。山上有座华光庙，祭祀五显财神。半山腰有座马明王庙，春季向蚕神祈福者都往这里来。峰顶有座七级佛塔，唐代天宝年间建造，会昌年间毁坏，吴越王钱镠将其修复，宋咸淳七年再次毁坏。

此地群山屏绕，湖水镜涵[①]，由上视下，歌舫渔舟，若鸥凫出没烟波[②]，远而益微，仅觌其影[③]。西望罗刹江[④]，若匹练新濯[⑤]，遥接海色，茫茫无际。张公亮有句[⑥]：“江气白分海气合，吴山青尽越山来[⑦]。”诗中有画。郡城正值江潮之间，委蛇曲折[⑧]，左右映带，屋宇鳞次，竹木云蓊[⑨]，郁郁葱葱，凤舞龙盘，真有王气蓬勃。

【注释】

①镜涵：像镜子一样映照万物。

②鸥凫：鸥鸟野鸭。

③觌（dí）：见。

④罗刹江：钱塘江的别名。因江中有罗刹石而得名。

⑤匹练：白绢。濯（zhuó）：洗。

⑥张公亮：张明弼（1584—1652），字公亮，号琴张。金坛（今江苏常州）人，崇祯十年（1637）进士。历任揭阳县令、台州推官、户部主事等。有《萤芝集》《榕城集》传世。

⑦“江气”二句：这两句诗的意思是江海相融，海天一色，青山连绵，层峦叠嶂。

⑧委蛇（wēi yí）：蜿蜒曲折的样子。

⑨蓊：草木茂盛。

【译文】

这里的群山像屏风一样环绕，湖水像明镜一般映照万物，从上往下看，画舫渔船，像野鸥凫鸟一样在烟波中出没，渐远渐小，只能隐隐看到影子。向西远望罗刹江，像刚刚濯洗的素绢，远远地与海水连为一色，苍茫无际。张明弼有诗句：“江气白分海气合，吴山青尽越山来。”真可谓诗中有画。郡城正好位于江水之间，蜿蜒曲折，映带两岸，房屋鳞次栉比，竹木云集蓊郁，郁郁葱葱，犹如龙飞凤舞，真是有着蓬勃的王气。

山麓有无著禅师塔[①]。师名文喜，唐肃宗时人也[②]，瘗骨于此[③]。韩侂胄取为葬地[④]，启其塔，有陶龛焉[⑤]。容色如生，发垂至肩，指爪盘屈绕身，舍利数百粒[⑥]，三日不坏，竟荼毗之[⑦]。

【注释】

①无著禅师（821—900）：即文喜禅师，俗姓朱。嘉禾（今浙江嘉兴）人。七岁出家。钱镠称王后，赐其紫衣，署号“无著禅师”。

②唐肃宗：李亨（711—762），玄宗第三子。

③瘗（yì）：掩埋，埋葬。

④韩侂（tuō）胄（zhòu，1152—1207）：字节夫。安阳（今河南安阳）人。韩琦曾孙。宁宗时主朝政，以枢密都承旨，加开府仪同三司，权位居左右丞相之上，把持朝政十多年。

⑤陶龛：陶制的供奉神佛的小阁子。

⑥舍利：又作“舍利子”。意为尸体或身骨，佛教称释迦牟尼遗体火焚后结成的珠状物。后来也指高僧火化剩下的骨烬。

⑦荼（tú）毗：梵语音译。佛教用语。意为焚烧，指僧人死后将尸体火化。

【译文】

山脚下有座无著禅师塔。无著禅师名叫文喜，是唐肃宗李亨时的人，遗骨埋葬在这里。宋时韩侂胄将这里作为墓地，开启宝塔，里面有一个陶制佛龛。无著禅师的容貌像活着时一样，头发垂至肩部，指爪盘绕着身体，有舍利数百颗，开启三天都未坏，最后竟全部被烧掉了。

苏轼《游灵隐高峰塔》诗：

言游高峰塔，蓐食始野装。
火云秋未衰，及此初旦凉。
雾霏岩谷暗，日出草木香。
嘉我同来人，又便云水乡。
相劝小举足，前路高且长。
古松攀龙蛇，怪石坐牛羊。

渐闻钟磬音，飞鸟皆下翔。
入门空无有，云海浩茫茫。
惟见聋道人，老病时绝粮。
问年笑不答，但指穴梨床。
心知不复来，欲归更彷徨。
赠别留匹布，今岁天早霜。

韬光庵

韬光庵在灵隐寺右之半山①，韬光禅师建②。师，蜀人，唐太宗时③，辞其师出游，师嘱之曰："遇天可留，逢巢即止。"师游灵隐山巢沟坞④，值白乐天守郡，悟曰："吾师命之矣。"遂卓锡焉⑤。乐天闻之，遂与为友，题其堂曰"法安"。内有金莲池、烹茗井，壁间有赵阅道、苏子瞻题名。庵之右为吕纯阳殿⑥，万历十二年建⑦，参政郭子章为之记⑧。

【注释】

①半山：即半山腰。

②韬光禅师：唐时僧人。曾在杭州灵隐寺出家。白居易有《寄韬光禅师》诗作。

③唐太宗：应为唐穆宗。白居易在唐穆宗长庆年间出任杭州刺史。

④巢沟坞：即巢居坞，在今浙江杭州西湖灵隐寺北高峰半麓，相传为许由巢居处。

⑤卓锡：竖立锡杖。喻指居留，居住。旧时僧人外出多带锡杖，故称僧人居留为"卓锡"。

⑥吕纯阳：即道教传说中的八仙之一吕洞宾。

⑦万历十二年：即1584年。

⑧参政：即参知政事。郭子章（1543—1618）：字相奎，号青螺。泰和（今江西泰和）人，隆庆五年（1571）进士，曾任浙江参政。

【译文】

韬光庵在灵隐寺右边的半山上，是唐代韬光禅师所建的。韬光禅师，是四川人，唐太宗时，他辞别师父外出云游，师父吩咐他说："遇到'天'可以留下，遇到'巢'就要停止。"韬光禅师云游至灵隐山巢沟坞，正值白乐天担任杭州郡守，他顿悟道："我师父的话果然应验了。"于是就在这里住下了。白居易听说这件事，便与韬光禅师结为友人，为他的佛堂题名"法安"。内有金莲池、烹茗井，墙壁上有赵阅道、苏轼的题名。韬光庵的右边是吕洞宾的神殿，万历十二年建造，参知政事郭子章为其撰文记述。

骆宾王亡命为僧[①]，匿迹寺中。宋之问自谪所还至江南[②]，偶宿于此。夜月极明，之问在长廊索句，吟曰："鹫岭郁岧峣，龙宫锁寂寥[③]。"后句未属[④]，思索良苦。有老僧点长明灯，问曰："少年夜不寐，而吟讽甚苦，何耶？"之问曰："适欲题此寺，得上联而下句不属。"僧请吟上句，宋诵之。老僧曰："何不云'楼观沧海日，门对浙江潮'？"之问愕然，讶其遒丽[⑤]，遂续终篇。迟明访之[⑥]，老僧不复见矣。有知者曰：此骆宾王也。

【注释】

①骆宾王（生卒年不详）：字观光。义乌（今浙江义乌）人。徐敬业起兵讨伐武则天，骆宾王为其起草《讨武氏檄》。徐氏兵败，骆宾王落发为僧。

②宋之问（656？—712）：字延清，汾州西河（今山西汾阳）人。上

元二年(675)进士,因附张易之兄弟而被贬。

③“鹫岭”二句:这两句和骆宾王的下联,描绘了灵隐寺所处的环境:飞来峰高耸挺拔,郁郁葱葱,灵隐寺内一派清幽。站在楼上可以观赏远处海上的日出,推开门就可以看到汹涌澎湃的浙江潮。语出宋之问《灵隐寺》诗:“鹫岭郁岧峣,龙宫锁寂寥。楼观沧海日,门对浙江潮。桂子月中落,天香云外飘。扪萝登塔远,刳木取泉遥。霜薄花更发,冰轻叶未凋。夙龄尚遐异,搜对涤烦嚣。待入天台路,看予渡石桥。”

④属:写定。

⑤遒丽:刚健秀美。

⑥迟明:天刚亮时。

【译文】

唐时骆宾王逃亡,出家为僧,在寺院隐匿行踪。宋之问从贬谪之地回到江南,偶然在此处投宿。当天夜里月光十分明亮,宋之问在长廊里思索诗句,他吟诵道:“鹫岭郁岧峣,龙宫锁寂寥。”下一句没有写定,一直在那里苦苦思索。有位老僧来点长明灯,问道:“少年深夜不睡,这样苦吟讽诵,是为什么呢?”宋之问说:“刚才想为这座寺庙题诗,写出了上联,却想不出下句。”老僧请宋之问说出上句,宋之问便为其吟诵。老僧说:“为什么不接续‘楼观沧海日,门对浙江潮’呢?”宋之问十分惊讶,惊叹诗句的刚健秀美,就这样完成了诗篇。等天亮时再去寻访,却再也找不到那位老僧了。有知情者说:这就是骆宾王啊。

袁宏道《韬光庵小记》[①]:

韬光在山之腰,出灵隐后二三里,路径甚可爱。古木婆娑,草香泉渍,淙淙之声,四分五络,达于山厨。庵内望钱塘江,浪纹可数。

余始入灵隐,疑宋之问诗不似,意古人取景,或亦如近代词客捃拾帮凑。及登韬光，始知“沧海”“浙江”“扪萝”“刳木”数语，字字入画，古人真不可及已。宿韬光之次日，余与石篑、子公同登北高峰，绝顶而下。

【注释】

①该文为袁宏道《灵隐》一文的后半部分。

张京元《韬光庵小记》①：

韬光庵在灵鹫后，鸟道蛇盘，一步一喘。至庵，入坐一小室，峭壁如削，泉出石罅，汇为池，蓄金鱼数头。低窗曲槛，相向啜茗，真有武陵世外之想。

【注释】

①该文选自张京元《西湖小记》。

萧士玮《韬光庵小记》①：

初二，雨中上韬光庵。雾树相引，风烟披薄，木末飞流，江悬海挂。倦时踞石而坐，倚竹而息。大都山之姿态，得树而妍；山之骨格，得石而苍；山之营卫，得水而活：惟韬光道中能全有之。

初至灵隐，求所谓“楼观沧海日，门对浙江潮”，竟无所有。至韬光，了了在吾目中矣。白太傅碑可读，雨中泉可听，恨僧少可语耳。枕上沸波，竟夜不息，视听幽独，喧极反寂。益信声无哀乐也。

【注释】

①萧士玮（1585—1651）：字伯玉，号三峨。泰和人。万历四十四年（1616）进士，官至吏部郎中。有《春浮园集》传世。该文题目一

作《湖山小记》。

姚肇和《自韬光登北高峰》诗[①]：

高峰千仞玉嶙峋，石磴攀跻翠蔼分。
一路松风长带雨，半空岚气自成云。
上方楼阁参差见，下界笙歌远近闻。
谁似当年苏内翰，登临处处有遗文。

【注释】

①姚肇和：当作姚肇。富阳（今浙江富阳）人。洪武年间举人，官至福建布政使。

白居易《招韬光禅师》诗：

白屋炊香饭，荤膻不入家。
滤泉澄葛粉，洗手摘藤花。
青菜除黄叶，红姜带紫芽。
命师相伴食，斋罢一瓯茶。

韬光禅师《答白太守》诗：

山僧野性爱林泉，每向岩阿倚石眠。
不解栽松陪玉勒，惟能引水种青莲。
白云乍可来青嶂，明月难教下碧天。
城市不能飞锡至，恐妨莺啭翠楼前。

杨蟠《韬光庵》诗[1]：

寂寂阶前草，春深鹿自耕。
老僧垂白发，山下不知名。

【注释】

①杨蟠（生卒年不详）：字公济。章安（今浙江临海）人。庆历六年（1046）进士，曾任杭州通判。有《章安集》。

王思任《韬光庵》诗：

云老天穷结数楹，涛呼万壑尽松声。
鸟来佛座施花去，泉入僧厨漉菜行。
一捺断山流海气，半株残塔插湖明。
灵峰占绝杭州妙，输与韬光得隐名。

又《韬光涧道》诗：

灵隐入孤峰，庵庵叠翠重。
僧泉交竹驿，仙屋破云封。
绿暗天俱贵，幽寒月不浓。
涧桥秋倚处，忽一响山钟。

岣嵝山房[1]

李茇号岣嵝[2]，武林人[3]，住灵隐韬光山下。造山房数楹[4]，尽驾回溪绝壑之上[5]。溪声淙淙出阁下，高厓插天[6]，古木蓊蔚[7]，大有幽致。山人居此，孑然一身[8]，好诗，与天池徐渭友善[9]。客至，则呼僮驾小舫，荡桨于西泠、断桥之间，笑咏竟日。以山石自磊生圹[10]，死即埋之[11]。所著有《岣嵝山人诗集》四卷。

【注释】

①岣嵝山房：除本文外，作者在《陶庵梦忆》中也写了一篇《岣嵝山房小记》，可参看。

②李茇（bá）：字用晦，明隆庆、万历年间人。清人翟灏《湖山便览》对其人其园亦有记载。

③武林：杭州西灵隐山又名武林，后世多以此指称杭州。

④楹：量词，古代计算房屋的单位。一说一列为一楹，一说一间为一楹。

⑤回溪：回曲的溪流。绝壑：深谷。

⑥厓：同"崖"。

⑦蓊蔚：形容草木茂盛的样子。

⑧孑（jié）然：孤立，孤单。

⑨徐渭（1521—1593）：字文清，后改字文长，号天池山人、青藤老人。山阴（今浙江绍兴）人。曾为胡宗宪幕僚，在诗文、戏剧、书画等方面皆有建树。

⑩磊：即垒，堆砌。生圹（kuàng）：生前建造的坟墓。

⑪死即埋之：语出《世说新语》刘孝标注引《名士传》："（刘伶）常乘鹿车，携一壶酒，使人荷锸随之，云'死便掘地以埋'。"

【译文】

李茇号岣嵝，杭州人，住在灵隐韬光山下。他在山中造房数间，全都建在回旋的溪水和险绝的沟壑之上。溪水淙淙从屋阁下流出，挺拔的山崖插向青天，古木茂密蓊郁，很有幽远的情致。山人住在这里，孑然一身，喜爱写诗，与天池徐渭友善。客人到，他就喊小僮驾驶小船，在西泠与断桥间泛舟，整天嬉笑吟咏。他还利用山石为自己营造生圹，死了就埋在那里。著有《岣嵝山人诗集》四卷。

天启甲子，余与赵介臣、陈章侯、颜叙伯、卓珂月、余弟平子读书其中①。主僧自超②，园蔬山蔌③，淡薄凄清。但恨名利之心未净，未免唐突山灵，至今犹有愧色。

【注释】

①赵介臣：即赵继抃，字介臣，一字崖仙，湖北人。清初举事被获，不屈而死。工书法。陈章侯：即陈洪绶（1598—1652），字章侯，号老莲，诸暨（今浙江诸暨）人。明末著名画家。颜叙伯：生平不详，明遗民，入清后隐居，与黄宗羲有交往。卓珂月：即卓人月（1606—1636），字珂月，号蕊渊，别署江南月中人，仁和人。崇祯八年（1635）贡生，富才情，诗文词曲兼擅。余弟平子：即张岱的胞弟张平子，曾与张岱一起学琴、读书。

②主僧：佛寺的住持。

③山蔌（sù）：山蔬。

【译文】

天启甲子年，我和赵继抃、陈洪绶、颜叙伯、卓人月及我胞弟张平子一起在山房读书。佛寺住持自超，只吃山间所产菜蔬，过着寡淡清冷的生活。只遗憾我当时功名利禄之心未净，不免冲撞山间的神灵，直到今天依旧感到惭愧。

张岱《岣嵝山房小记》①：

岣嵝山房，逼山、逼溪、逼韬光路，故无径不梁，无屋不阁。门外苍松傲睨，蓊以杂木，冷绿万顷，人面俱失。石桥低磴，可坐十人。寺僧刳竹引泉，桥下交交牙牙，皆为竹节。

天启甲子，余键户其中者七阅月，耳饱溪声，目饱清樾。山上下多西栗、鞭笋，甘芳无比。邻人以山房为市，蓏果、羽族日致之，而独无鱼。乃潴溪为壑，系巨鱼数十头。有客至，辄取鱼给鲜。日晡必出，步冷泉亭、包园、飞来峰。

一日，缘溪走看佛像，口口骂杨髡。见一波斯胡坐龙象，蛮女四五献花果，皆裸形，勒石志之，乃真伽像也。余椎落其首，并碎诸蛮女，置溺溲处以报之。寺僧以余为椎佛也，咄咄怪事，及知为杨髡，皆欢喜赞叹。

【注释】

①该文亦见于张岱《陶庵梦忆》卷二，题目为《岣嵝山房》。

徐渭《访李岣嵝山人》诗：

岣嵝诗客学全真，半日深山说鬼神。
送到涧声无响处，归来明月满前津。
七年火宅三车客（文长被系七年才释），十里荷花两桨人。
两岸鸥凫仍似昨，就中应有旧相亲。

王思任《岣嵝僧舍》诗：

乱苔膏古荫，惨绿蔽新芊。
鸟语皆番异，泉心即佛禅。
买山应较尺，赊月敢辞钱。
多少清凉界，幽僧抱竹眠。

青莲山房

青莲山房，为涵所包公之别墅也[①]。山房多修竹古梅，倚莲花峰[②]，跨曲涧，深岩峭壁，掩映林麓间[③]。公有泉石之癖，日涉成趣。台榭之美，冠绝一时[④]。外以石屑砌墙[⑤]，柴根编户[⑥]，富贵之中，又着草野[⑦]。正如小李将军作丹青界画[⑧]，楼台细画，虽竹篱茅舍，无非金碧辉煌也。

【注释】

①涵所包公：即包应登，字涵所，钱塘（今浙江杭州）人。万历十四年（1586）进士，曾任福建提学副使。参见《陶庵梦忆》一书的《包涵所》篇。

②莲花峰：在杭州飞来峰西，其状如莲花，故名。

③林麓：犹山林。

④冠绝：超群出众，无与伦比，远远超过。

⑤石屑：碎石屑。

⑥柴根：木根。户：泛指门窗。

⑦草野：乡野，民间。

⑧小李将军：即李昭道，字希俊，天水（今甘肃天水）人。唐宗室，官至太子中舍人。擅长青绿山水，其父曾任武卫大将军，人称“大李将军”，故称李昭道为“小李将军”。界画：中国绘画画法之一。用界尺画线，绘成宫室、楼台屋宇。

【译文】

青莲山房，是包涵所的别墅。山房多种修竹古梅，背倚莲花峰，横跨曲折的山涧，深岩峭壁，掩映在山林间。包涵所有喜爱泉水山石的癖好，每日流连忘返兴致盎然。其亭台楼榭之美，一时无双。山房外用碎石屑砌墙，用树根编结门窗，富贵之中，又有乡野之趣。正如小李将军李昭道创作丹青以界尺画线，细细描画楼台，虽然画的是竹篱茅舍，也都有金碧辉煌之气。

曲房密室①，皆储偫美人②，行其中者，至今犹有香艳。当时皆珠翠团簇，锦绣堆成。一室之中，宛转曲折，环绕盘旋，不能即出。主人于此精思巧构，大类迷楼③。而后人欲如包公之声伎满前④，则亦两浙荐绅先生所绝无者也⑤。今虽数易其主，而过其门者必曰“包氏北庄”。

【注释】

①曲房：内室，密室。

②储偫（zhì）：储备。偫，积储，储备。

③迷楼：隋炀帝所建楼名。建筑富丽，穷极工巧。相传一入此楼，往往终日不得出，故名。

④声伎：亦作“声妓”。旧时宫廷及贵族家中的歌姬舞女。

⑤两浙：地名。浙东、浙西的合称。泛指今浙江全省及江苏南部。荐绅：缙绅。古代高级官吏的装束。亦指有官职或做过官的人。绅，古代士大夫束在腰间一端垂下的大带子。

【译文】

内室秘阁之中，都藏着美人，行走其间，至今仍能感到香艳之气。当时这里都是珠翠团簇，锦绣堆成。一个房间之内，曲折宛转，环绕盘旋，没法立即走出去。主人在这方面精心设计，巧妙结构，很像当年隋炀帝的迷楼。而后人想要像包涵所那样满眼都是歌姬舞女，即便是两浙地区的缙绅先生也绝没人能做到。如今山房虽然多次改易主人，但路过这里的人一定还是称其为“包氏北庄”。

陈继儒《青莲山房》诗[1]：

造园华丽极，反欲学村庄。
编户留柴叶，磊墙带石霜。
梅根常塞路，溪水直穿房。
觅主无从入，裴回走曲廊。

主人无俗态，筑圃见文心。
竹暗常疑雨，松梵自带琴。
牢骚寄声伎，经济储山林。
久已无常主，包庄说到今。

【注释】

①陈继儒（1558—1639）：字仲醇，号眉公、麋公。华亭（今上海松江）人。终身隐居。有《陈眉公全集》传世。

呼猿洞[1]

呼猿洞在武林山。晋慧理禅师常畜黑白二猿[2]，每于灵隐寺月明长啸，二猿隔岫应之[3]，其声清皦[4]。后六朝宋时，有僧智一仿旧迹而畜数猿于山[5]，临涧长啸，则群猿毕集，谓之“猿父”。好事者施食以斋之，因建饭猿堂。

【注释】

①呼猿洞：除此文外，作者还写有《呼猿洞》对子：“洞里白猿呼不出，崖前残石悔飞来。”

②慧理禅师：东晋时期印度僧人。为杭州灵隐寺的始建者。

③岫（xiù）：山穴，山洞。

④皦（jiǎo）：分明，清晰。

⑤智一：六朝时期宋朝僧人。居灵隐寺，善长啸，听者悲凉，称其为“哀松之梵”。

【译文】

呼猿洞在武林山。东晋慧理禅师常喂养黑白两只猿猴，他每当月明之夜在灵隐寺长啸，两只猿猴就隔着山谷回应，声音清越响亮。后来到六朝刘宋时，有位叫智一的僧人模仿前人事迹，在山中饲养数只猿猴，他只要对着溪涧长啸，猿猴们便全都聚集起来，人们称其为“猿父”。有热心人施舍食物来供养它们，因此建起饭猿堂。

今黑白二猿尚在。有高僧住持，则或见黑猿，或见白猿。具德和尚到山[①]，则黑白皆见。余于方丈作一对送之：“生公说法[②]，雨堕天花[③]，莫论飞去飞来，顽皮石也会点头；慧理参禅，月明长啸，不问是黑是白，野心猿都能答应。”具和尚在灵隐，声名大著。后以径山佛地谓历代祖师多出于此[④]，徙住径山。事多格迕[⑤]，为时无几，遂致涅槃[⑥]。方知盛名难居，虽在缁流[⑦]，亦不可多取。

【注释】

①具德和尚：俗名张弘礼，字具德。系张岱族弟，为临济宗三十二代传人。

②生公说法：指竺道生解说佛法，能使顽石点头。比喻精通者讲法，必能透彻使人感化。生公，晋末高僧竺道生，世称生公。语出《莲社高贤传》：“竺道生入虎丘山，聚石为徒，讲《涅槃经》，群石皆点头。”

③雨堕天花：传说佛祖讲经说法，感动天神，天上各色香花从空中纷纷落下。典出《心地观经·序品》："六欲诸天来供养，天华（花）乱坠遍虚空。"

④径山：在浙江余杭西北，有东西二径盘旋而上，故名。历代高僧多居于此。

⑤格迕（wǔ）：抵触，不合。

⑥涅槃（pán）：佛教语。梵语音译，意为"灭""圆寂"等，是佛教修行者的终极理想。这里指死亡，圆寂。

⑦缁流：僧徒，僧侣。僧尼多穿黑衣，故称。

【译文】

如今仍有黑白两只猿猴。有高僧担任住持，有时能看见黑猿，有时又能见到白猿。具德和尚到山中，黑白两只猿猴就全都出现了。我在方丈室写了一副对联送他："生公说法，雨堕天花，莫论飞去飞来，顽皮石也会点头；慧理参禅，月明长啸，不问是黑是白，野心猿都能答应。"具德和尚在灵隐寺，名声大噪。后来因径山是佛地，历代祖师多出于此，他便迁到径山去住。因诸事不顺，不久之后便圆寂了。这才知道盛名累人，即便身为僧人，也不能贪多。

陈洪绶《呼猿洞》诗[①]：

慧理是同乡，白猿供使令。
以此后来人，十呼十不应。

明月在空山，长啸是何意。
呼山山自来，麾猿猿不去。

痛恨遇真伽，斧斤残怪石。

山亦悔飞来，与猿相对泣。

洞黑复幽深，恨无巨灵力。
余欲锤碎之，白猿当自出。

【注释】

①陈洪绶（1598—1652）：字章侯，号老莲等。诸暨人。善画山水。有《宝纶堂集》。

张岱《呼猿洞》对：

洞里白猿呼不出；
崖前残石悔飞来。

三生石①

三生石在下天竺寺后②。东坡《圆泽传》曰③：

洛师惠林寺④，故光禄卿李憕居第⑤。禄山陷东都⑥，憕以居守死之。子源，少时以贵游子豪侈善歌闻于时⑦。及憕死，悲愤自誓，不仕，不娶，不食肉。居寺中五十余年。寺有僧圆泽，富而知音，源与之游甚密，促膝交语竟日，人莫能测。

【注释】

①三生石：高约十米，宽两米多，峭拔玲珑，为西湖十六遗迹之一。三生，佛教用语，指前生、今生和来生。

②下天竺寺：在今浙江杭州西湖灵隐天竺路旁。原名法镜寺，始建于东晋，几经废毁重建。

③《圆泽传》：即《僧圆泽传》，该文系苏轼依据唐袁郊《甘泽谣》改写而成。

④洛师：洛阳。惠林寺：在今河南洛阳北。

⑤光禄卿：职官名。南朝梁天监七年（508）设置，位列十二卿，掌宫殿门户及部分宫廷供御事务。李憕（？—755）：文水（今山西文水）人。官至礼部尚书。安禄山陷洛阳，遇害。

⑥禄山：即安禄山（？—757），本姓康，名阿荦山，后冒姓安氏，名禄山，营州（今辽宁朝阳）人。发动安史之乱，后为其子安庆绪所杀。东都：唐代以洛阳为东都。

⑦贵游子：没有官职的贵游子弟。

【译文】

三生石在下天竺寺的后面。苏轼在《圆泽传》中写道：

洛阳惠林寺，是已故唐光禄卿李憕的居所。安禄山攻陷东都洛阳，李憕留居守城而死。他的儿子李源，年少时凭着贵游子弟的身份，以行为豪奢、善于歌唱而闻名一时。等到李憕去世，李源悲愤地发誓，不做官，不娶妻，不吃肉。在寺中住了五十多年。寺中有个僧人圆泽，富有且通晓音律，李源和他交往很是密切，整日促膝交谈，别人不知道他们在谈什么。

一日，相约游蜀青城峨嵋山，源欲自荆州溯峡，泽欲取长安斜谷路[①]。源不可，曰："吾以绝世事，岂可复到京师哉！"泽默然久之，曰："行止固不由人。"遂自荆州路。舟次南浦[②]，见妇人锦裆负罂而汲者[③]，泽望而叹曰："吾不欲由此者，为是也。"源惊问之。泽曰："妇人姓王氏，吾当为之子。孕三岁矣，吾不来，故不得乳[④]。今既见，无可逃者。公当以符咒助吾速生。三日浴儿时，愿公临我[⑤]，以笑为信[⑥]。后十三年中秋月夜，杭州天竺寺外，当与公相见。"源悲悔，而为具沐浴易服。至暮，泽亡而妇乳。三日，往观之，儿见源果笑。具以语王氏，出家财葬泽山下。源遂不果行⑦。返寺中，问其徒，则既有治命矣⑧。

【注释】

①斜谷：山谷名。在陕西终南山，两旁山势险峻，历来为兵家必争之地。

②南浦：唐代县名，今重庆万州。

③锦裆：用丝绸做的坎肩、背心。罂（yīng）：一种大腹小口的容器。

④乳：生育，生产。

⑤临：来，到。

⑥信：凭据，凭证。

⑦不果：不成，不能实现。

⑧治命：人死前神智清醒时的遗嘱。泛指生前遗言。

【译文】

有一天，二人相约游览蜀地的青城山、峨眉山，李源打算从荆州溯游而上穿过三峡，圆泽则想取道长安斜谷。李源不同意，说："我已经谢绝世事，怎么能再到京城呢！"圆泽沉默良久，说："事情本来就是身不由己的。"于是两人从荆州上路。船只停泊在南浦，看见有位穿着丝绸坎肩的妇人背着容器在取水，圆泽望着叹息道："我不想从这条路走的原因，就是因为这个。"李源惊讶地问他是怎么回事。圆泽说："这个妇人姓王，我应当是她的儿子。她已经怀孕三年了，我不来，她就不能生产。现在已经见到，没有办法逃开。你应用符咒帮助我尽快降生。三日后为婴儿洗浴时，希望你能来看我，我用笑容为凭证。十三年后的中秋月夜，在杭州天竺寺外，我将与你相见。"李源既悲痛又后悔，于是为圆泽准备沐浴更衣。到了黄昏，圆泽去世，那个妇人生产。第三天，李源前去探望，婴儿看见李源果然笑了。李源将事情的原委讲给王氏，王氏拿出家里的财物将圆泽葬在山下。李源于是没有成行。返回寺中，询问圆泽的徒弟，原来圆泽早已留下遗言了。

后十三年，自洛还吴①，赴其约。至所约，闻葛洪川畔有牧童扣角而歌之曰："三生石上旧精魂②，赏月吟风不要论。惭愧情人远相访，此身虽异性长存。"呼问：'泽公健否？'答曰："李公真信士③，然俗缘未尽，慎弗相近，惟勤修不堕，乃复相见。"又歌曰："身前身后事茫茫，欲话因缘恐断肠。吴越山川寻已遍，却回烟棹上瞿塘④。"遂去，不知所之。

后二年，李德裕奏源忠臣子⑤，笃孝⑥，拜谏议大夫⑦。不就⑧，竟死寺中，年八十一。

【注释】

①吴：泛指今江苏南部和浙江北部一带。

②精魂：灵魂。

③信士：诚实可信的人。

④烟棹：烟波中的小舟。瞿塘：即瞿塘峡，长江三峡之首。

⑤李德裕（787—850）：字文饶，赞皇（今河北赞皇）人。牛李党争中李党领袖，唐代名臣，中书侍郎李吉甫之子。有《会昌一品集》等。

⑥笃孝：非常孝顺。

⑦谏议大夫：职官名。职掌规谏朝政得失、百官任免诸事务。

⑧就：担任，开始从事。

【译文】

十三年后，李源从洛阳赶到吴地，奔赴他们的约定。到了约定的地方，听到葛洪川边有个牧童扣着牛角唱道："三生石上旧精魂，赏月吟风不要论。惭愧情人远相访，此身虽异性长存。"李源喊道："圆泽公是否康健？"牧童回答说："李公真是守信用的人，然而俗世的缘分未尽，慎重起见不要靠近，只有勤勉修行不堕落，才能再次相见。”又唱道：“身前身后事茫茫，欲话因缘恐断肠。吴越山川寻已遍，却回烟棹上瞿塘。”于是便离开了，不知道去了哪里。

两年之后，李德裕上奏说李源是忠臣之子，非常孝顺，任命其为谏议大夫。但李源没有就任，最后死在寺中，享年八十一岁。

王元章《送僧归中竺》诗[①]：

天香阁上风如水，千岁岩前云似苔。
明月不期穿树出，老夫曾此听猿来。
相逢五载无书寄，却忆三生有梦回。
乡曲故人凭问讯，孤山梅树几番开。

【注释】

①王元章：即王冕（1287—1359），字元章，号梅花屋主等。诸暨（今浙江诸暨）人。工诗善画。有《竹斋集》。

苏轼《赠下天竺惠净师》诗[①]：

予去杭十六年而复来，留二年而去。平生自觉出处老少，粗似乐天，虽才名相远，而安分寡求亦庶几焉。三月六日，来别南北山诸道人，而下天竺惠净师以丑石赠，作三绝句：

当年衫鬓两青青，强说重来慰别情。
衰鬓只今无可白，故应相对说来生。

出处依希似乐天，敢将衰朽较前贤。

便从洛社休官去，犹有闲居二十年。

在郡依前六百日，山中不记几回来。
还将天竺一峰去，欲把云根到处栽。

【注释】

①元祐六年（1091），苏轼以翰林学士承旨被召回京，离别杭州时作此诗。

上天竺[①]

上天竺，晋天福间[②]，僧道翊结茅庵于此[③]。一夕，见毫光发于前涧[④]，俛视之[⑤]，得一奇木，刻画观音大士像。后汉乾祐间[⑥]，有僧从勋自洛阳持古佛舍利来[⑦]，置顶上，妙相庄严[⑧]，端正殊好[⑨]，昼放白光，士民崇信。钱武肃王常梦白衣人求葺其居[⑩]，寤而有感[⑪]，遂建天竺观音看经院。

【注释】

①上天竺：亦称“法喜寺”。在浙江杭州天竺山白云峰麓。

②天福：后晋高祖石敬瑭年号（936—942）。

③道翊：吴越国僧人，在后晋天福年间建上天竺。

④毫光：白毫光，佛光。佛教传说佛陀两眉间有白色的毫毛，右旋宛转，能放光明。

⑤俛：同“俯”，低头。

⑥乾祐：五代时期后汉高祖刘知远年号（947—948）。

⑦从勋：生平事迹不详。舍利：又作“舍利子”。意为尸体或身骨，

佛教称释迦牟尼遗体火焚后结成的珠状物。后来也指高僧火化剩下的骨烬。

⑧妙相:佛教语。庄严的相貌。

⑨殊:特别。

⑩钱武肃王:此处记载有误,《西湖游览志》原作“吴越王”,指钱镠的后继者钱俶。

⑪寤:醒来。

【译文】

上天竺,后晋天福年间,僧人道翊在这里搭建茅庵。一天夜里,他看到有细亮的光芒从前面的溪涧中发出,低头查看,得到一块神奇的木头,上面刻着观音大士的神像。后汉乾祐年间,有位叫从勋的僧人从洛阳将古佛舍利带来,放在神木顶端,宝相庄严,端正貌美,白日也放出亮光,当地民众十分崇信。吴越王钱俶常常梦到有白衣人请他修葺居所,醒来后有所感念,于是建造天竺观音看经院。

宋咸平中①,浙西久旱②,郡守张去华率僚属具幡幢华盖③,迎请下山,而澍雨沾足④。自是有祷辄应,而雨每滂薄不休,世传烂稻龙王焉。南渡时⑤,施舍珍宝,有日月珠、鬼谷珠、猫睛等⑥,虽大内亦所罕见⑦。

【注释】

①咸平:宋真宗赵恒年号(998—1003)。

②浙西:指今浙江钱塘江以西地区。

③张去华(938—1006):字信臣,开封(今河南开封)人。建隆二年(961)状元。曾任杭州知府。幡幢华盖:华丽的旗帜与伞盖。

④澍(shù)雨:及时雨。

⑤南渡:北宋徽、钦二宗为金人所执,宋室自汴梁迁都临安,史称

"南渡"。

⑥日月珠:一种稀见的珍珠,一赤一白。鬼谷珠:一种稀见的珍珠,白黑相间,如枣核状,故名。猫睛:即猫睛石,一种具有幻光性的金绿宝石。

⑦大内:皇宫。

【译文】

北宋咸平年间,浙西地区长时间干旱,郡守张去华率领下属置备华丽的旗帜伞盖,迎请神木下山,雨水及时降下,雨量丰沛。从此之后有求必应,而且下雨每每滂沱不止,世人相传那是烂稻龙王。宋室南渡时,向寺院施舍珍宝,其中有日月珠、鬼谷珠、猫睛石等,即便是皇宫也相当罕见。

嘉祐中[①],沈文通治郡[②],谓观音以声闻宣佛力[③],非禅那所居[④],乃以教易禅[⑤],令僧元净号辨才者主之[⑥]。凿山筑室,几至万础。治平中[⑦],郡守蔡襄奏赐"灵感观音"殿额[⑧]。辨才乃益凿前山,辟地二十有五寻[⑨],殿加重檐。

【注释】

①嘉祐:宋仁宗赵祯年号(1056—1063)。

②沈文通:即沈遘(1025—1067),字文通。钱塘人。皇祐元年(1049)进士,曾任杭州知府。有《西溪文集》传世。

③声闻:《西湖游览志》作"声音",《法华经》记载,观音菩萨观察众生苦恼的音声,循声解救,故称"观世音"。

④禅那:佛教用语。一种持修方法。修行者需高度集中精神。

⑤以教易禅:用一般的佛理教化取代禅那修行。

⑥元净:即徐元净,字无象。於潜(今浙江杭州)人。十岁出家,二

十五岁被赐紫衣及辨才法号，与苏轼等文人多有交往。

⑦治平：宋英宗赵曙年号（1064—1067）。

⑧蔡襄（1012—1067）：字君谟。仙游（今福建仙游）人。天圣八年（1030）进士，曾任杭州知府。有《蔡襄集》传世。殿额：大殿的匾额。

⑨辟地：开垦荒地。寻：八尺为一寻。

【译文】

宋仁宗嘉祐年间，沈遘担任郡守，他认为观音用声闻宣教佛法，不是禅那这种修行方式的适合场所，于是用一般佛理教化代替惮那修行，让一位号辨才名元净的僧人做住持。开凿山石，修筑僧舍，用了几乎上万块基石。宋英宗治平年间，郡守蔡襄奏请御赐"灵感观音"匾额。辨才于是又开凿前山，辟有荒地二十五寻，还将殿堂扩大加高。

建炎四年[①]，兀术入临安，高宗航海[②]。兀术至天竺，见观音像，喜之，乃载后车[③]，与《大藏经》并徙而北[④]。时有比丘知完者[⑤]，率其徒以从。至燕[⑥]，舍于都城之西南五里，曰玉河乡，建寺奉之。天竺僧乃重以他木刻肖前像[⑦]，诡曰[⑧]："藏之井中，今方出现。"其实并非前像也。

【注释】

①建炎四年：即公元1130年，建炎为宋高宗赵构年号（1127—1130）。

②高宗：即赵构（1107—1187），南宋皇帝。

③后车：副车，侍从所乘的车。

④《大藏经》：佛教经典总集。

⑤比丘：佛教用语。为梵语的音译。男子出家受具足戒者的通称。知完：生平事迹不详。

⑥燕：金国首都燕京（今北京西南）。

⑦肖：比拟，仿效。

⑧诡曰：谎称。

【译文】

南宋建炎四年，兀术攻进临安，宋高宗赵构逃到海上。兀术到上天竺寺，看到观音像，很是喜爱，就将其装到后车上，和《大藏经》一起带到北方。当时有个叫知完的僧人，带领弟子们跟着。到了金国首都燕京，在都城西南五里一个叫玉河乡的地方停下，在那里建造寺院供奉。上天竺的僧人就重新用其他木头仿照之前的神像雕刻，谎称："观音像藏在井里，如今才出现。"其实并不是以前的神像。

乾道三年①，建十六观堂。七年，改院为寺，门扁皆御书②。庆元三年③，改天台教寺④。元至元三年毁⑤。五年，僧庆思重建⑥，仍改天竺教寺⑦。元末毁。明洪武初重建⑧，万历二十七年重修⑨。崇祯末年又毁，清初又建。

【注释】

①乾道三年：即公元1167年，乾道为宋孝宗赵慎年号（1165—1173）。

②扁：古同"匾"，匾额。御书：皇帝书写的字。

③庆元三年：即公元1197年，庆元为宋宁宗赵扩年号（1195—1200）。

④天台教：中国佛教宗派之一，创始人是陈、隋之际僧人智顗。因其晚年住在浙江天台山。故名。

⑤元至元三年：公元1337年，至元为元惠宗妥懽帖睦尔年号（1335—1340）。

⑥庆思：生平不详。

⑦天竺教寺：即佛教寺院。

⑧洪武：明太祖朱元璋年号（1368—1398）。

⑨万历二十七年：即公元1599年。

【译文】

宋孝宗乾道三年，修建十六观堂。乾道七年，改院为寺，门上的匾额都是皇帝所题。宋宁宗庆元三年，改为天台教寺。元至元三年被毁。至元五年，僧人庆思重新修建，仍改为天竺教寺。元朝末年被毁。明洪武初年重新建造，万历二十七年再次修葺。崇祯末年再一次被毁，清朝初年又进行重建。

时普陀路绝[①]，天下进香者，皆近就天竺，香火之盛，当甲东南[②]。二月十九日[③]，男女宿山之多，殿内外无下足处，与南海潮音寺正等[④]。

【注释】

①普陀：即普陀山，在今浙江舟山普陀区东北。我国佛教四大名山之一。

②甲：居第一，居首。

③二月十九日：相传这一天为观音诞辰日。

④正等：相当，相同。

【译文】

当时去往普陀山的道路断绝，天下进香的人，都就近去上天竺寺，其香火之鼎盛，在东南一带当居首位。每年二月十九日观音诞辰，善男信女在山中住宿的很多，大殿内外都无处下脚，和南海潮音寺的情况差不多。

张京元《上天竺小记》[1]：

天竺两山相夹，回合若迷。山石俱骨立，石间更绕松篁。过下竺，诸僧鸣钟肃客，寺荒落不堪入。中竺如之。至上竺，山峦环抱，风气甚固，望之亦幽致。

【注释】

①该文选自张京元《西湖小记》。

萧士玮《上天竺小记》：

上天竺，叠嶂四周，中忽平旷，巡览迎眺，惊无归路。余知身之入而不知其所由入也。从天竺抵龙井，曲涧茂林，处处有之。一片云、神运石，风气遒逸，神明刻露。选石得此，亦娶妻得姜矣。泉色绀碧，味淡远，与他泉迥异。

苏轼《记天竺诗引》[1]：

轼年十二，先君自虔州归，谓予言："近城山中天竺寺，有乐天亲书诗云：'一山门作两山门，两寺原从一寺分。东涧水流西涧水，南山云起北山云。前台花发后台见，上界钟鸣下界闻。遥想吾师行道处，天香桂子落纷纷。'笔势奇逸，墨迹如新。"

今四十七年，予来访之，则诗已亡，有刻石在耳。感涕不已，而作是诗。

【注释】

①该文为苏轼诗作《天竺寺》的小引。

又《赠上天竺辨才禅师》诗：

南北一山门，上下两天竺。
中有老法师，瘦长如鹳鹄。
不知修何行，碧眼照山谷。
见之自清凉，洗尽烦恼毒。
坐令一都会，方丈礼白足。
我有长头儿，角颊峙犀玉。
四岁不知行，抱负烦背腹。
师来为摩顶，起走趁奔鹿。
乃知戒律中，妙用谢羁束。
何必言法华，佯狂啖鱼肉。

张岱《天竺柱对》：

佛亦爱临安，法像自北朝留住；
山皆学灵鹫，洛伽从南海飞来。

卷三

【题解】

本卷所写为西湖中路各处景致。这个区域是西湖景区的核心地带，也是游客最为集中的地方，最能体现西湖的繁华富丽，也最能体现西湖的人文气息。

十四处景致皆因历史人物而闻名，或为纪念白居易、欧阳修、苏轼，或为祭拜关公、葛洪。他们有的到过西湖，有的则是阴差阳错来到这里。比如陆贽，如果不是他那个不肖子孙想拿祖先显摆，怎么也不会和西湖联系上，就连苏小小、小青这样的柔软女子在这里也有一席之地。人因景而永恒，景因人而增色。

西湖就像一个大舞台，每个人都想在这里留下自己的印迹，能否留得下，以什么样的方式留下，则非个人所能决定。不同时代的人物在同一个空间聚集，如一道历史人物的长廊，一起组成内涵丰富、色彩斑斓的千年西湖文化。从这个角度来看，西湖可以看作透视中国文化的一个窗口。这也许正是作者所要表达的。

以下对本卷所收各文进行简要评述：

《秦楼》：苏轼为此楼起名“水明楼”，是有讲究的。语出杜甫《月》诗：“四更山吐月，残夜水明楼。”苏轼对这一诗句特别喜欢，曾以此为韵，作《江月》诗五首，并在序中写道：“杜子美云：‘四更山吐月，残夜水明楼。'此殆古今绝唱也。因其句以作五首,仍以'残夜水明楼'为韵。"

《片石居》:清人陆次云在其《湖壖杂记》一书中讲了一则与片石居相关的趣事:

> 顺治辛卯,有云间客扶乩于片石居。一士以休咎问,乩曰:"非余所知。"问:"仙来何处?"书曰:"儿家原住古钱塘,曾有诗编号《断肠》。"士问:"仙为何氏?"书曰:"犹传小字在词场。"……士曰:"仙得非苏小小乎?"书曰:"漫把若兰方淑女。"士曰:"然则李易安乎?"书曰:"须知清照异真娘,朱颜说与任君详。"士方悟为朱淑真。

朱淑真到片石居一游,虽属乩语,倒也风雅。

《十锦塘》:西湖诸名胜得自然之灵秀,天生丽质。那些文人雅士诗酒风流的轶闻趣事,又为美景增色不少。比如白居易、苏轼等,他们的名字已融入这片土地,成为景观的重要组成部分。但也有一些奸佞之辈,比如文中提到的司礼监太监孙隆,他利用权势,在江南疯狂敛财,激起民变,但与此同时,他也在西湖留下诸多痕迹,比如修建灵隐寺、湖心亭、三茅观等,到底该如何评价这一人物呢?对其"装塑西湖"之举,作者还是给予肯定的。

《孤山》:古往今来,孤山留下了众多名人的印迹,其中最为有名的当属林逋。何以如此?因为人们从他身上看到了那种高洁超然的品质和情怀。

梅妻鹤子,说起来是一段佳话,但不是谁都能做到的,这需要毅力和境界。毕竟,这个世界上真正能耐得住寂寞的人并不多。

《关王庙》:魏、蜀、吴三国中,最先灭亡的是蜀国。蜀国的灭亡,关羽要负很大的责任。但就是这样一位败军之将日后竟成为一位全民崇拜的神灵。这背后有什么秘密?可以用一句简单的话来回答,那就是文学的力量。一部《三国演义》成书传播史,就是一部关羽从凡人到圣君的成长史。其地位至明代达到顶峰,取代姜尚,成为与孔子并列的武圣人。

《苏小小墓》:西湖所展示的既是一幅绝美的自然风光图,也是一幅浪漫的世态风情画,各类历史人物在这里粉墨登场,也在这里留下了自己的印迹。对苏小小来说,她留给西湖的是美貌与才情,没有像她与司马槱这样的传奇故事,风景会缺少灵性。

苏小小墓历经岁月沧桑,多次损毁。2004年重修。

《陆宣公祠》:陆宣公祠的修建让人有一种啼笑皆非的滑稽感。按说,以陆贽的政绩、才学,修祠纪念也未尝不可。这位修建者陆炳说自己是陆贽的后人,也许并非捕风捉影。但问题在于,这家伙仗着自己执掌锦衣卫的权势巧取豪夺,做了很多坏事,他可能也知道做的事情见不得人,就想借先人为自己洗白。

陆宣公祠建好了,陆炳依然被钉在历史的耻辱柱上。

《六一泉》:泉以欧阳修六一之号为名,意在表达怀念之情。后来此处不断改建变更,折腾了一番之后,仍旧恢复旧观。这说明对历史人物的评价自有公论,不是谁都可以随意改变的,即便是皇帝也不行。

《葛岭》:西湖一带名胜,多因历史传奇人物的加持而增色,比如葛岭,就深深打着道士葛洪的烙印。至于葛洪何时到杭州,在这里如何修道,则于史无据,只能用据说、听说之类的词语含糊应付。

如今的葛岭依然游人如织,岭上有座抱朴道院,里面有炼丹台、炼丹井、初阳台等名胜古迹。岭巅的初阳台是观看日出的佳处,钱塘十景中的"葛岭朝暾"指的就是这一景观。

《苏公堤》:为官一任,造福一方。苏轼初任杭州通判,再任杭州知州,疏浚西湖,修筑长堤,广种桃柳,发展经济,给当地老百姓带来了实实在在的实惠。公务之余,与民同乐,诗酒风流,享受人生,给西湖留下的不仅仅是政绩,还有很多轶闻趣事、名篇佳作。他本人也因此成为西湖名胜的重要组成部分,苏公堤就是最好的证明。

《湖心亭》:与《陶庵梦忆》中的《湖心亭看雪》一文不同,这一篇是先交代湖心亭的由来及演变。从湖心寺到湖心亭,与西湖其他名胜建筑一样,也是屡毁屡建,历经沧桑。春夏确实是到湖心亭游览的好时节,缺点是游人太多,喧闹嘈杂。在作者看来,除了雪天外,夜月游赏也是一个不错的选择,前提是要耐得住凄清和寂寞。

《放生池》:寺庙圈养各类动物,看似保护生灵,但实际上又构成了对这些动物的另一种伤害。不管是鱼类还是飞禽走兽,被禁闭在狭小的空间里,不得自由,这很难说是爱护生灵。与其如此,不如像作者所讲的,"物性自遂","放之山林",让这些动物去过无拘无束的自由生活,这才是对生灵最好的爱护。

《醉白楼》:"绝不分官民体",一句话点出白居易做官的特点,那就是放下官架子,与民同乐。各个朝代在杭州做父母官的至少也有上百人,但人们能记住且将其名字融入地名的,也就聊聊几个,其中的奥秘何在,这不仅仅是为官之道,也是为人之道。

《小青佛舍》:冯小青是实有其人还是想象虚构的传说人物,历来争论不休,至今也没有一致的结论。有意思的是,明清时期,围绕冯小青形成了一个不大不小的创作热潮,除了大量诗文,还有很多戏曲、说唱、小说等作品。人们何以对这样一个女性如此关注?除了对其才貌的欣赏和仰慕外,更多的是对其不幸命运的同情。红颜薄命,这是冯小青命运的写照。

西湖中路

秦楼

秦楼初名水明楼，东坡建，常携朝云至此游览[①]。壁上有三诗[②]，为坡公手迹。过楼数百武[③]，为镜湖楼，白乐天建。宋时宦杭者，行春则集柳州亭[④]，竞渡则集玉莲亭[⑤]，登高则集天然图画阁[⑥]，看雪则集孤山寺[⑦]，寻常宴客则集镜湖楼。兵燹之后[⑧]，其楼已废，变为民居。

【注释】

①朝云（1062—1095）：即王朝云，字子霞，钱塘人。苏东坡的侍妾。

②三诗：即苏轼《水明楼》诗三首，见文后附诗。

③武：半步，泛指脚步。

④行春：踏青春游。柳州亭：南宋都城临安著名的大酒楼，地处涌金门外西湖岸边。旧名众乐亭，又名耸翠楼。宋政和年间（1111—1117）改名为丰乐楼，南宋时又称柳州亭。

⑤竞渡：竞相渡过，指划船比赛。

⑥天然图画阁：见作者《保俶塔》：“塔下石壁孤峭，缘壁有精庐四五间，为天然图画阁。”

⑦孤山寺：在杭州西湖孤山。始建于南朝陈文帝天嘉初年（560），初名永福寺。后遭兵燹，寺被毁。宋真宗大中祥符年间，僧人方简在孤山寺废墟上重建寺观，改额广化寺。

⑧兵燹（xiǎn）：战火。因战争所遭受的焚烧破坏。

【译文】

秦楼起初的名字叫水明楼，是苏东坡建造的，他常常带着朝云来这里游览。墙壁上有三首诗，都是苏东坡亲手写的。过了秦楼几百步，是镜湖楼，是白居易建造的。宋时在杭州做官的人，春游就聚集在柳州亭，赛船就聚集在玉莲亭，登高就聚集在天然图画阁，看雪就聚集在孤山寺，平常宴会请客就聚集在镜湖楼。战火之后，这座楼已经荒废，变成了百姓的住宅。

苏轼《水明楼》诗[①]：

黑云翻墨未遮山，白雨跳珠乱入船。
卷地风来忽吹散，望湖楼下水连天。

放生鱼鸟逐人来，无主荷花到处开。
水浪能令山俯仰，风帆似与月裴回。

未成大隐成中隐，可得长闲胜暂闲。
我本无家更焉往，故乡无此好湖山。

【注释】

①该诗原题《六月二十七日望湖楼醉书》，共五首，此为其中三首。

片石居

由昭庆缘湖而西[①],为餐秀阁,今名片石居。秘阁精庐[②],皆韵人别墅[③]。其临湖一带,则酒楼茶馆,轩爽向湖[④],非惟心胸开涤[⑤],亦觉日月清朗。张谓“昼行不厌湖上山,夜坐不厌湖上月”[⑥],则尽之矣。

【注释】

①昭庆:即昭庆寺,在今浙江杭州西湖北部宝石山东侧,始建于五代后晋天福元年(936),为西湖四大古刹之一。后历经兴废,现已不存。

②秘阁:旧时宫中收藏珍贵图书之处,这里泛指书房。精庐:精庐学舍或精致优雅的房舍。

③韵人:雅人。

④轩爽:高敞舒爽。

⑤开涤:开朗清爽。

⑥张谓(? —777):字正言,河内(今河南沁阳)人。天宝二年(743)进士,官至礼部侍郎。文中所引诗句为其《湖上对酒行》之首联,全诗如下:“夜坐不厌湖上月,昼行不厌湖上山。眼前一樽又长满,心中万事如等闲。主人有黍百余石,浊醪数斗应不惜。即今相对不尽欢,别后相思复何益。茱萸湾头归路赊,愿君且宿黄公家。风光若此人不醉,参差辜负东园花。”

【译文】

从昭庆寺沿湖向西,是餐秀阁,现在叫做片石居。雅致的书房,精美的房舍,都是文人雅士的别墅。靠近西湖的一带,是酒楼、茶馆,面向西湖高敞舒爽,不仅感到心胸开阔,也觉得日月清净明朗。张谓有诗句“昼行不厌湖上山,夜坐不厌湖上月”,把这种感觉描绘得淋漓尽致。

再去则桃花港[1]，其上为石函桥[2]，唐刺史李邺侯所建[3]，有水闸，泄湖水以入古荡[4]。沿东西马塍、羊角埂[5]，至归锦桥[6]，凡四派焉[7]。白乐天记云[8]："北有石函南有笕[9]，决湖水一寸，可溉田五十余顷。"闸下皆石骨磷磷[10]，出水甚急。

【注释】

①桃花港：又称西城河，在今杭州西湖东北圣塘闸下。

②石函桥：在今杭州青少年活动中心广场西南角石函路东段一带。

③李邺侯：即李泌（722—789），字长源，京兆（今陕西西安）人。官至宰相，封邺侯。

④古荡：在今杭州西湖西北部。旧时多水洼河荡，故名。

⑤马塍（chéng）：在今浙江杭州马塍路一带。有东西马塍，以河分界。羊角埂：在杭州城外西湖溜水桥北，是东西马塍的界埂。

⑥归锦桥：俗称卖鱼桥，在今杭州拱墅区。相传此地为渔民卖鱼集散之地，故名。

⑦派（pài）："派"的别字。支流。

⑧白乐天记：指白居易的《钱塘湖石记》。

⑨笕（jiǎn）：引水的细长竹管。

⑩石骨磷磷：水中石块明显可见。磷磷，清晰可见的样子。

【译文】

再向前走就是桃花港，上面有石函桥，是唐代刺史李泌建造的，有水闸，将湖水排入古荡中。沿着东西马塍、羊角埂，到归锦桥，总共四条支流。白居易在《钱塘湖石记》中说："北边有石函桥，南边有引水的细竹管，疏通一寸湖水，就可灌溉五十余顷田地。"水闸下石块都清晰可见，放出的水流得很快。

徐渭《八月十六片石居夜泛》词[①]：

月倍此宵多。杨柳芙蓉夜色蹉。鸥鹭不眠如昼里，舟过。向前惊换几汀莎。　　筒酒觅稀荷。唱尽塘栖《白苎歌》。天为红妆重展镜，如磨。渐照胭脂奈褪何。

【注释】

①该词词牌为［南乡子］，《徐渭集》题作《八月十六夜泛舟西湖》。

十锦塘[①]

十锦塘，一名孙堤，在断桥下，司礼太监孙隆于万历十七年修筑[②]。堤阔二丈，遍植桃柳，一如苏堤。岁月既多，树皆合抱。行其下者，枝叶扶苏[③]，漏下月光，碎如残雪。意向言"断桥残雪"，或言月影也。

【注释】

①十锦塘：即白堤。明万历年间孙隆以沙石花草修治白堤，改为此名。

②孙隆：字东瀛。明万历年间司礼监太监，被派提督苏杭织造，兼理税务。因肆意搜括激起苏州民变，几被杀，逃至杭州得免。万历十七年：即公元1589年。

③扶苏：枝叶繁茂。

【译文】

十锦塘，还有一个名字叫孙堤，在断桥下面，是司礼监太监孙隆在万历十七年修筑的。堤坝宽两丈，种满桃树柳树，就像苏堤那样。岁月已久，树都长成了一人合抱那么粗。走在树下，枝叶繁茂，月光从缝隙间漏下，细碎的光影如同残雪。想想过去人们所说的“断桥残雪”，也许指的就是月光的影子吧。

苏堤离城远，为清波孔道[①]，行旅甚稀；孙堤直达西泠，车马游人，往来如织，兼以两湖光艳，十里荷香，如入山阴道上，使人应接不暇[②]。湖船小者，可入里湖[③]，大者缘堤倚徙[④]，由锦带桥循至望湖亭，亭在十锦塘之尽，渐近孤山，湖面宽厂[⑤]。

【注释】

①清波孔道：通向清波门的大道。清波门是杭州城通往西南方向的城门。

②“如入”二句：像走在山阴道上，让人目不暇接。典出宋刘义庆《世说新语·言语》：“从山阴道上行，山川自相映发，使人应接不暇。”

③里湖：杭州里西湖或西里湖的省称。

④倚徙：流连徘徊。

⑤宽厂：宽阔空敞。

【译文】

苏堤离杭州城远，是通往清波门的要道，往来的人很少；孙堤则一直通向西泠桥，车马游人，来往较多，再加上两湖风光潋滟，荷花香飘十里，仿佛走在山阴道上，让人目不暇接。比较小的船，可以进入里湖，大船就沿着堤坝流连徘徊，从锦带桥顺着到望湖亭，亭子在十锦塘的尽头，逐渐靠近孤山，那里湖面宽广。

孙东瀛修葺华丽，增筑露台[①]，可风可月，兼可肆筵设席[②]。笙歌剧戏[③]，无日无之。今改作龙王堂，旁缀数楹[④]，咽塞离披[5]，旧景尽失。再去，则孙太监生祠，背山面湖，颇极壮丽。近为卢太监舍以供佛，改名卢舍庵，而以孙东瀛像置之佛龛之后。孙太监以数十万金钱装塑西湖，其功不在苏学士之下，乃使其遗像不得一见湖光山色，幽囚面壁[6]，见之大为鲠闷[7]。

【注释】

①露台：露天的高台，可供赏景、休息等用途。

②肆筵设席：指设宴。

③笙歌：合笙歌唱。泛指奏乐唱歌。剧戏：演戏。

④楹：建筑名。为古代厅堂建筑前部的柱子。

⑤咽塞：原指喉咙哽塞，呼吸不畅。这里有不够顺畅之意。离披：零落分散的样子。

⑥幽囚：囚禁。

⑦鲠闷：郁闷，憋闷。鲠，鱼骨。

【译文】

孙隆把十锦塘修整得颇为华丽，还增修了露天高台，可以沐风，可以赏月，还可以设宴开席。乐舞演戏，天天都有。如今露台改成了龙王堂，旁边带着几间房屋，七零八落的，往日的风貌完全失去。再往前，就是孙太监的生祠，背靠着山，面向湖水，非常壮丽。近来被卢太监安排用以供佛，改名为"卢舍庵"，而把孙太监的塑像放在佛龛后面。孙太监花费几十万金钱装点西湖，其功劳并不亚于苏轼，却让他的遗像看不到一点湖光山色，囚禁在室内面壁，看到这样的景象内心十分郁闷。

袁宏道《断桥望湖亭小记》[1]：

湖上由断桥至苏堤一带，绿烟红雾，弥漫二十余里。歌吹为风，粉汗为雨，罗纨之盛，多于堤畔之草，冶艳极矣。然杭人游湖，止午、未、申三时，其实湖光染翠之工，山岚设色之妙，全在朝日始出、夕舂未下，始极其浓媚。月景尤不可言，花态柳情，山容水意，别是一种趣味。此乐留与山僧游客受用，安可为俗士道哉！

望湖亭即断桥一带，堤甚工致，比苏堤犹美。夹道种绯桃、垂柳、芙蓉、山茶之属二十余种。堤边白石砌如玉，布地皆软沙如茵。杭人曰："此内使孙公所修饰也。"此公大是西湖功德主。自昭庆、天竺、静慈、龙井及山中庵院之属，所施不下数十万。余谓白、苏二公，西湖开山古佛，此公异日伽蓝也。"腐儒，几败乃公事！"可厌！可厌！

【注释】

①袁宏道写有四篇题为《西湖》的游记，这里所选为其第二、三篇，其中前一篇题目又作《晚游六桥待月记》。

张京元《断桥小记》①：

西湖之胜，在近；湖之易穷，亦在近。朝车暮舫，徒行缓步，人人可游，时时可游。而酒多于水，肉高于山，春时肩摩趾错，男女杂沓，以挨簇为乐。无论意不在山水，即桃容柳眼，自与东风相倚，游者何曾一着眸子也。

【注释】

①该文选自《西湖小记》。

李流芳《断桥春望图题词》①：

往时至湖上，从断桥一望，便魂消欲死。还谓所知，湖之潋滟熹微，大约如晨光之着树、明月之入庐。盖山水映发，他处即有澄波巨浸，不及也。

壬子正月，以访旧重至湖上，辄独往断桥，裴回终日，翌日为杨谶西题扇云：“十里西湖意，都来到断桥。寒生梅萼小，春入柳丝娇。乍见应疑梦，重来不待招。故人知我否，吟望正萧条。”

又明日作此图。小春四日，同孟旸、子与夜话，题此。

【注释】

①李流芳（1575—1629）：字茂宰、长蘅，号香海、泡庵等。万历三十四年（1606）举人。读书处名檀园，故亦以檀园为号。有《檀园集》传世。后人将其诗与唐时升、娄坚、程嘉燧合编为《嘉定四先生集》。

谭元春《湖霜草序》①：

予以己未九月五日至西湖，不寓楼阁，不舍庵刹，而以琴尊书札，托一小舟。而舟居之妙，有五善焉：

舟人无酬答，一善也；昏晓不爽其候，二善也；访客登山，恣意所如，三善也；入断桥，出西泠，午眠夕兴，四善也；残客可避，时时移棹，五善也。

挟此五善，以长于湖。僧上凫下，觞止茗生，篙楫因风，渔茭聚火。盖以朝山夕水，临涧对松，岸柳池莲，藏身接友，早放孤山，晚依宝石，足了吾生，足济吾事矣。

【注释】

①谭元春（1586—1637）：字友夏。竟陵（今湖北天门）人。天启七年（1627）举人。反对拟古，赞同公安派，诗文冷僻苦涩，以俚率为清真，号称“竟陵体”。有《谭友夏合集》传世。该文又题作《自题〈湖霜草〉》，系节选。

王叔杲《十锦塘》诗①：

横截平湖十里天，锦桥春接六桥烟。
芳林花发霞千树，断岸光分月两川。
几度觞飞堤外景，一清棹发镜中船。
奇观妆点知谁力，应有歌声被管弦。

【注释】

①王叔杲（1517—1600）：字阳德，号旸谷。永嘉（今浙江温州）人，嘉靖四十一年（1562）进士，官至福建布政司左参政。有《玉介园存稿》等。

白居易《望湖楼》诗①：

尽日湖亭卧，心闲事亦稀。
起因残醉醒，坐待晚凉归。
松雨飘苏帽，江风透葛衣。
柳堤行不厌，沙软絮霏霏。

【注释】

①该诗题目一作《湖亭晚归》，作于长庆三年（823）。

徐渭《望湖亭》诗：

亭上望湖水，晶光滄不流。
镜宽万影落，玉湛一矶浮。
寒入沙芦断，烟生野鹜投。

若从湖上望，翻羡此亭幽。

张岱《西湖七月半记》[①]：

西湖七月半，一无可看，止可看看七月半之人。以五类看之。

其一，楼船箫鼓，峨冠盛筵，灯火优傒，声光相乱，名为看月而实不见月者，看之。

其一，亦船亦楼，名娃闺秀，携及童娈，笑啼杂之，环坐露台，左右盼望，身在月下而实不看月者，看之。

其一，亦船亦声歌，名妓闲僧，浅斟低唱，弱管轻丝，竹肉相发，亦在月下，亦看月，而欲人看其看月者，看之。

其一，不舟不车，不衫不帻，酒醉饭饱，呼群三五，挤入人丛，昭庆、断桥，嘄嘑嘈杂，装假醉，唱无腔曲，月亦看，看月者亦看，不看月者亦看，而实无一看者，看之。

其一，小船轻幌，净几暖炉，茶铛旋煮，素瓷静递，好友佳人，邀月同坐，或匿影树下，或逃嚣里湖，看月而人不见其看月之态，亦不作意看月者，看之。

杭人游湖，巳出酉归，避月如避仇。是夕好名，逐队争出，多犒门军酒钱，轿夫擎燎，列俟岸上。一入舟，速舟子急放断桥，赶入胜会。以故二鼓以前，人声鼓吹，如沸如撼，如魇如呓，如聋如哑，大船小船一齐凑岸，一无所见，止见篙击篙，舟触舟，肩摩肩，面看面而已。少刻兴尽，官府席散，皂隶喝道去，轿夫叫船上人，怖以关门，灯笼火把如列星，一一簇拥而去。岸上人亦逐队赶门，渐稀渐薄，顷刻散尽矣。

吾辈始舣舟近岸，断桥石磴始凉，席其上，呼客纵饮。此时，月如镜新磨，山复整妆，湖复颒面。向之浅斟低唱者出，匿影树下者亦出，吾辈往通声气，拉与同坐。韵友来，妙妓至，杯箸安，竹肉发。月色苍凉，东方将白，客方散去。吾辈纵舟，酣睡于十里荷花之中，香气扑人，清梦甚惬。

【注释】

①该文亦见于张岱《陶庵梦忆》卷七,题目亦作《西湖七月半》。

孤山[1]

《水经注》曰[2]:“水黑曰卢,不流曰奴;山不连陵曰孤[3]。梅花屿介于两湖之间[4],四面岩峦[5],一无所丽[6],故曰孤也。是地水望澄明,皦焉冲照[7],亭观绣峙[8],两湖反景[9],若三山之倒水下[10]。”

【注释】

①孤山:在浙江杭州外西湖与里西湖之间,东连白堤,西接西泠桥。

②《水经注》:郦道元撰,四十卷。为《水经》的注本,以《水经》一百三十七条水道为经,以记述地理、人物、古迹、景貌为纬。对山川景物描写生动,文辞隽美,是一部兼具地理及文学价值的著作。

③“水黑曰卢”几句:出自《水经注·滱水》:“此城之东,有山孤峙,世以山不连陵,名之曰孤山。”陵,大土山。

④梅花屿:孤山别名。

⑤岩峦:山峦。

⑥丽:附着,依附。

⑦皦(jiǎo)焉:皎洁。皦,同“皎”。洁白,明亮。冲照:映照。

⑧绣峙:秀美耸立。

⑨两湖反景:里外西湖的倒影。

⑩三山:传说中海上的三座仙山:蓬莱、方丈、瀛洲。

【译文】

《水经注》上说:“黑色的水叫卢,不流动的水叫奴;山和陵不相接叫孤。梅花屿在两湖之间,四周都是山峦,没有任何可以依附的地方,所以叫做孤。从这个地方看水，澄澈清明，皎洁映照，在山上的亭中可观赏到秀美耸立的山峰，里外西湖的倒影，仿佛蓬莱、瀛洲、方丈三座仙山倒挂在水下。”

山麓多梅[①]，为林和靖放鹤之地[②]。林逋隐居孤山，宋真宗征之不就[③]，赐号和靖处士。常畜双鹤，豢之樊中[④]。逋每泛小艇，游湖中诸寺。有客来，童子开樊放鹤，纵入云霄，盘旋良久，逋必棹艇遄归[⑤]，盖以鹤起为客至之验也。临终留绝句曰："湖外青山对结庐，坟前修竹亦萧疏。茂陵他日求遗稿，犹喜曾无封禅书[⑥]。"

【注释】

①山麓：山脚。

②林和靖：即林逋（968—1028），字君复，钱塘人。去世后，宋仁宗赵祯赐谥和靖先生，人称林和靖。

③宋真宗：赵恒（968—1022），初名德昌，后改名元休。就：担任，开始从事。

④豢：饲养，特指喂养。樊：笼子。

⑤棹：桨，作动词，划船。遄（chuán）归：快速归来。遄，快，迅速。

⑥"湖外"四句：为林逋《自作寿堂因作一绝志之》诗。这首诗意在表明心志，愿寄情山水终老，而不愿像司马相如那样热心政务。茂陵，汉武帝刘彻的陵墓，后用以指代汉武帝。封禅书，司马相如未死时，留《封禅书》，因知武帝好虚荣而作此以进。

【译文】

山脚有很多梅树，是林逋养鹤的地方。林逋隐居在孤山，宋真宗征召他为官而不赴任，就为他赐号和靖处士。他常年养着两只鹤，把它们养在笼子中。林逋时常泛着小舟，游览湖中各个寺院。有客人来，童子就打开笼子放出鹤，飞入云端，久久盘旋，林逋必定会马上划着船回来，原来他们用鹤飞起作为客人到来的信号。林逋临终时留下绝句说："湖外青山对结庐，坟前修竹亦萧疏。茂陵他日求遗稿，犹喜曾无封禅书。"

绍兴十六年[①]，建四圣延祥观[②]，尽徙诸院刹及士民之墓，独逋墓诏留之，弗徙。至元，杨连真伽发其墓[③]，唯端砚一、玉簪一[④]。明成化十年[⑤]，郡守李端修复之[⑥]。天启间[⑦]，有王道士欲于此地种梅千树[⑧]。云间张侗初太史补《孤山种梅序》[⑨]。

【注释】

①绍兴十六年：即公元1146年。

②四圣延祥观：详情参见《六一泉》一文。

③杨连真伽：亦作"杨辇真加""杨琏真佳"。色目人。原籍唐兀（今西北一带）。受元世祖忽必烈宠信任僧官，掌江南佛教事务十余年。贪赃枉法，引起南宋遗民反抗。

④端砚：用广东高要端溪地方出产的石头制成的砚台，是砚台中的上品。

⑤成化十年：即公元1474年，成化为明宪宗朱见深年号（1465—1487）。

⑥李端：字宗正，兴宁（今湖南资兴）人。天顺元年（1457）进士，曾任杭州知府。

⑦天启：明熹宗朱由校年号（1621—1627）。

⑧王道士：生平不详。

⑨张侗初：即张鼐（？—1629），字世调，一字侗初，南直松江府华亭（今上海松江区）人。万历三十二年（1604）进士，官至南京礼部

右侍郎。有《宝日堂初集》传世。

【译文】

宋绍兴十六年,宋高宗修建四圣延祥观,把此地各家寺庙及官员百姓的墓地都迁走了,唯独林逋的墓皇帝颁诏留下,没有迁移。到了元朝,杨连真伽盗挖林逋的墓,里面只有一方端砚、一支玉簪而已。明成化十年,郡守李端将其修复。天启年间,有一位姓王的道士想在这个地方栽种上千株梅树。云间张侗初太史补写了《孤山种梅序》。

袁宏道《孤山小记》:

孤山处士,妻梅子鹤,是世间第一种便宜人。我辈只为有了妻子,便惹许多闲事,撇之不得,傍之可厌,如衣败絮行荆棘中,步步牵挂。

近日雷峰下有虞僧儒,亦无妻室,殆是孤山后身。所著《溪上落花诗》,虽不知于和靖如何,然一夜得百五十首,可谓迅捷之极。至于食淡参禅,则又加孤山一等矣,何代无奇人哉!

张京元《孤山小记》①:

孤山东麓,有亭翼然。和靖故址,今悉编篱插棘。诸巨家规种桑养鱼之利,然亦赖其稍葺亭榭,点缀山容。楚人之弓,何问官与民也。

【注释】

①该文选自《西湖小记》。

又《萧照画壁》:

西湖凉堂,绍兴间所构。高宗将临观之。有素壁四堵,高二丈,中贵人促萧照往绘山水。照受命,即乞尚方酒四斗,夜出孤山,每一鼓即饮一斗,尽一斗则一堵已成,而照亦沉醉。上至,览之叹赏,宣赐金帛。

沈守正《孤山种梅疏》[①]:

西湖之上,葱蒨亲人,亦爽朗易尽。独孤山盘郁重湖之间,水石草木皆有幽色。唐时楼阁参差,诗歌点缀,冠于两湖。读“不雨山常润,无云水自阴”之句,犹可想见当时。道孤山者,不径西泠,必沿湖水,不似今从望湖折阛阓而入也。此地尚有古梅偃蹇,云是和靖故居。

【注释】

①沈守正(1572—1623):字允中,更字无回。钱塘人。万历三十一年(1603)举人,曾任黄岩教谕、国子监博士。著有《诗经说通》《四书丛说》等。

李流芳《题孤山夜月图》:

曾与印持诸兄弟醉后泛小艇,从孤山而归。时月初上新堤,柳枝皆倒影湖中,空明摩荡,如镜中,复如画中。久怀此胸臆,壬子在小筑,忽为孟旸写出,真画中矣。

苏轼《书林逋诗后》[①]:

吴侬生长湖山曲,呼吸湖光饮山渌。
不论世外隐君子,佣儿贩妇皆冰玉。
先生可是绝俗人,神清骨冷无由俗。
我不识见曾梦见,瞳子了然光可烛。

遗篇妙字处处有，步绕西湖看不足。
诗如东野不言寒，书似西台差少肉。
平生高节已难继，将死微言犹可录。
自言不作封禅书，更肯悲吟白头曲。
我笑吴人不好事，好作祠堂傍修竹。
不然配食水仙王，一盏寒泉荐秋菊。

【注释】

①该诗作于元丰八年（1085）。

张祐《孤山》诗：

楼台耸碧岑，一径入湖心。
不雨山常润，无云水自阴。
断桥荒藓合，空院落花深。
犹忆西窗月，钟声出北林。

徐渭《孤山玩月》诗：

湖水澹秋空，练色澄初静。
倚棹激中流，幽然适吾性。
举酒忽见月，光与波相映。
西子拂淡妆，遥岚挂孤镜。
座客本玉姿，照耀几筵莹。
忱时吐高怀，四座尽倾听。
却言处士疏，徒抱梅花咏。
如以径寸鱼，蹄涔即成泳。

论久兴弥洽，返棹堤逾迥。
自顾纵清谈，何嫌麈麈柄。

卓敬《孤山种梅》诗①：

风流东阁题诗客，潇洒西湖处士家。
雪冷江深无梦到，自锄明月种梅花。

【注释】

①卓敬（？—1402）：字惟恭。瑞安（今浙江瑞安）人。洪武二十一年（1388）进士，官至户部侍郎。

王穉登《赠林纯卿卜居孤山》诗①：

藏书湖上屋三间，松映轩窗竹映关。
引鹤过桥看雪去，送僧归寺带云还。
轻红荔子家千里，疏影梅花水一湾。
和靖高风今已远，后人犹得住孤山。

【注释】

①王穉登（1535—1612）：字百谷、伯谷。长洲（今江苏苏州）人。少年即有文名，十岁能诗，善书法。其诗风格接近公安派，师承文徵明。有《王百谷全集》传世。

陈鹤《题孤山林隐君祠》诗①：

孤山春欲半，犹及见梅花。

笑踏王孙草，闲寻处士家。
尘心莹水镜，野服映山霞。
岩壑长如此，荣名岂足夸。

【注释】

①陈鹤（？—1560）：字鸣野，号海樵。山阴（今浙江绍兴）人。嘉靖四年（1525）举人。工诗书画，有《海樵先生集》传世。

王思任《孤山》诗：

淡水浓山画里开，无船不署好楼台。
春当花月人如戏，烟入湖灯声乱催。
万事贤愚同一醉，百年修短未须哀。
只怜逋老栖孤鹤，寂寞寒篱几树梅。

张岱《补孤山种梅叙》：

盖闻地有高人，品格与山川并重；亭遗古迹，梅花与姓氏俱香。名流虽以代迁，胜事自须人补。在昔西泠逸老，高洁韵同秋水，孤清操比寒梅。疏影横斜，远映西湖清浅；暗香浮动，长陪夜月黄昏。

今乃人去山空，依然水流花放。瑶葩洒雪，乱飘冢上苔痕；玉树迷烟，恍堕林间鹤羽。兹来韵友，欲步前贤，补种千梅，重修孤屿。凌寒三友，早连九里松篁；破腊一枝，远谢六桥桃柳。伫想水边半树，点缀冰花；待将雪后横枝，低昂铁干。美人来自林下，高士卧于山中。白石苍崖，拟筑草亭招放鹤；浓山淡水，闲锄明月种梅花。有志竟成，无约不践。将与罗浮争艳，还期庾岭分香。实为林处士之功臣，亦是苏长公之胜友。

吾辈常劳梦想，应有宿缘。哦曲江诗（曲江张九龄有《庭梅咏》），便见孤芳风韵；读广平赋，尚思铁石心肠。共策灞水之驴，且向断桥踏雪；遥瞻漆园之蝶，群来林墓寻梅。莫负佳期，用追芳躅。

张岱《林和靖墓柱铭》：

云出无心，谁放林间双鹤；
月明有意，即思冢上孤梅。

关王庙[①]

北山两关王庙，其近岳坟者[②]，万历十五年为杭民施如忠所建[③]。如忠客燕[④]，涉潞河[⑤]，飓风作[⑥]，舟将覆，恍惚见王率诸河神拯救获免，归即造庙祀之，并祀诸河神。冢宰张瀚记之[⑦]。

其近孤山者，旧祠卑隘[⑧]。万历四十二年[⑨]，金中丞为导首鼎新之[⑩]。太史董其昌手书碑石记之[⑪]，其词曰：

【注释】

①关王庙：供奉关羽的庙，北宋徽宗曾封其为武安王。

②岳坟：岳飞的坟墓。在浙江杭州西湖西北栖霞岭岳王庙右侧。

③万历十五年：即公元1587年。施如忠：生平事迹不详。

④客：客居。燕：今河北一带。

⑤潞河：今北京潮白河。

⑥飓风：强烈的风。

⑦冢宰：官名。辅佐帝王治理国家，为宰相之任，百官之首。这里指吏部尚书。张瀚（1511—1593）：字子文，仁和（今浙江杭州）人。

嘉靖十四年(1535)进士,官至工部、吏部尚书。

⑧卑隘:低矮狭窄。

⑨万历四十二年:即公元1614年。

⑩金中丞:即金学曾(1545—1624),字子鲁,钱塘人。隆庆二年(1568)进士,历任礼部主事、右佥都御史,并巡抚福建。导首鼎新:首倡革新。

⑪董其昌(1555—1636):字玄宰,号思白、香光居士。松江府华亭人。万历十七年(1589)进士,官至礼部尚书。长于画山水,著有《容台集》《容台别集》《画禅室随笔》《画旨》《画眼》等。

【译文】

北山有两座关王庙,靠近岳飞坟墓的那一座,是万历十五年杭州百姓施如忠建造的。如忠客居燕地,过潞河时,狂风大作,所坐的船眼看就要倾覆,他隐约间看到关王带着众河神救了自己,幸免于难,回来后立即建庙祭拜关王,并祭拜众河神。吏部尚书张瀚记下此事。

靠近孤山的那座关王庙,原来的祠堂低矮狭窄。万历四十二年,金中丞首倡翻新庙宇。太史董其昌亲手撰写碑文记载此事,其词如下:

西湖列刹相望[1],梵宫之外[2],其合于祭法者,岳鄂王[3]、于少保与关神而三尔[4]。甲寅秋[5],神宗皇帝梦感圣母中夜传诏[6],封神为伏魔帝君,易兜鍪而衮冕[7],易大纛而九旒[8]。五帝同尊,万灵受职。视操、懿、莽、温偶奸大物[9],生称贼臣,死堕下鬼,何啻天渊[10]。顾旧祠湫隘[11],不称诏书播告之意。金中丞父子爰议鼎新[12],时维导首,得孤山寺旧址[13],度材垒土,勒墙墉[14],庄像设,先后三载而落成。中丞以余实倡议,属余记之。

【注释】

①刹:寺庙。

②梵宫:佛寺。

③岳鄂王:即岳飞(1103—1142),去世后被追封鄂王。

④于少保:即于谦(1398—1457),字廷益,号节庵,钱塘人。永乐十九年(1421)进士。"土木堡之变"后守卫北京,论功加封少保,总督军务。后因英宗复辟,被诬枉死。有《于忠肃集》。关神:关羽。

⑤甲寅:万历四十二年(1614)。

⑥神宗:即朱翊钧(1563—1620),年号万历。圣母:女神。

⑦兜鍪(móu):头盔。衮冕:礼服礼帽。

⑧大纛(dào):军队大旗。九旒(liú):天子发冠前的冕旒。

⑨操、懿、莽、温:指权臣曹操、司马懿、王莽、桓温。偶奸大物:指染指神器。喻僭越皇权。

⑩啻(chì):不异于,如同。

⑪湫隘(jiǎo ài):低湿狭窄。

⑫爰:于是。

⑬孤山寺:即孤山广化寺,位于孤山之南,唐宋时期称孤山寺,始建于南朝陈文帝天嘉初年,初名永福寺。

⑭墉:城墙,高墙。

【译文】

西湖一带分布着众多寺庙,佛寺之外,符合祭祀礼法的,只有岳飞、于谦与关公这三位。万历甲寅年秋,神宗皇帝梦中感应圣母,半夜传下旨意,册封关公为伏魔帝君,将头盔战袍换成礼服礼帽,将军中大旗换为天子冠上的冕旒。享受与五帝同样的尊荣,统领世间万物。再看曹操、司马懿、王莽、桓温这类僭越皇权的人,活着的时候被人称作贼臣,死后沦为下等鬼流,相较于关公真是天壤之别。看着原先的祠堂低湿狭窄,与皇帝诏书播告天下的用意不符。金中丞父子因此倡导翻新庙宇,由他们牵头，找到孤山寺的旧址，准备材料，夯实地基，建高墙，设塑像，前后历经三年建成。中丞因我实际上也是倡议者，吩咐我撰文记下此事。

余考孤山寺，且名永福寺。唐长庆四年[①]，有僧刻《法华》于石壁[②]。会元微之以守越州[③]，道出杭，而杭守白乐天为作记。有九诸侯率钱助工，其盛如此。成毁有数[④]，金石可磨，越数百年而祠帝君。以释典言之，则旧寺非所谓现天大将军身[⑤]，而今祠非所谓现帝释身者耶[⑥]？至人舍其生而生在，杀其身而身存。孔曰成仁[⑦]，孟曰取义[⑧]，与《法华》一大事之旨何异也？彼谓忠臣义士犹待坐蒲团、修观行而后了生死者[⑨]，妄矣。然则石壁岿然[⑩]，而石经初未泐也[⑪]。

【注释】

①长庆四年：即公元824年，长庆为唐穆宗李恒年号（821—824）。

②《法华》：《法华经》，全称《妙法莲华经》。鸠摩罗什译。

③元微之：元稹（779—831），字微之，别号威明，洛阳（今河南洛阳）人。贞元九年（793）明经及第，历任秘书省校书郎、左拾遗、河南尉等职，官至宰相。与白居易并称“元白”，有《元氏长庆集》传世。越州：今浙江绍兴。

④数：命数。

⑤天大将军：观音菩萨所现天大将军身为红脸，手持宝杵，武将形象。《法华经·普门品》：“应以天大将军身得度者，即现示天大将军身而为说法。”

⑥帝释：佛教的护法神。为忉利天之主。

⑦孔曰成仁：指孔子说的“成仁”。语出《论语·卫灵公》：“志士仁人，无求生以害仁，有杀身以成仁。”

⑧孟曰取义：孟子说的“取义”。语出《孟子·告子上》：“生，亦我所欲也；义，亦我所欲也，二者不可得兼，舍生而取义者也。”
⑨修观行：佛教徒的一种修行方法。
⑩岿然：高大挺立的样子。
⑪泐（lè）：通“勒”，铭刻。

【译文】

我考察孤山寺的由来，知道它又名永福寺。唐长庆四年，有位僧人在石壁上镌刻《法华经》。正值元稹担任越州太守，途经杭州，杭州太守白居易撰文记载此事。曾有九位诸侯带头捐助钱财和人力，盛况空前。成败自有命数，金石可以打磨，经过数百年，人们建祠供奉关公。按佛经所说，过去的寺庙并不是所说的天大将军现身之地，而现在的祠堂不同样也不是所说的帝释现身之所吗？那些大德圣人牺牲生命而生命长在，失去肉体而精神永存。孔子说这是成仁，孟子说这是取义，这与《法华经》的义旨又有什么不同呢？有的人说忠臣义士也要坐上蒲团、静默修行之后才能了悟生死，这样的说法不对。然而石壁高大挺立，石经一开始也没有刻上去。

顷者四川歼叛[①]，神为助力，事达宸聪[②]，非同语怪[③]。惟辽西黠卤[④]，尚缓天诛[⑤]，帝君能报曹而有不报神宗者乎[⑥]？左挟鄂王，右挟少保，驱雷部[⑦]，掷火铃[⑧]，昭陵之铁马嘶风[⑨]，蒋庙之塑兵濡露[⑩]，谅荡魔皆如蜀道矣[⑪]。先是，金中丞抚闽，藉神之告，屡歼倭夷[⑫]，上功盟府[⑬]，故建祠之费，视众差钜[⑭]，盖有夙愿云。

【注释】

①顷者：近来。四川歼叛：指击溃四川土司部落的叛乱。

②宸（chén）聪：皇帝的听闻。

③语怪：谈论怪异。语出《论语·述而》："子不语怪力乱神。"

④辽西黠卤：指东北地区的少数民族。"黠卤"当为"黠虏"。

⑤天诛：天谴。

⑥报曹：关羽因曹操对自己有恩，为曹操斩杀袁绍大将颜良。

⑦雷部：雷神。

⑧火铃：道士所用的法器。

⑨"昭陵"句：唐太宗昭陵的铁马对风嘶鸣。

⑩"蒋庙"句：相传南北朝时蒋帝神助南军战胜北军，事后庙中人马塑像的脚上尚有湿泥。蒋帝即东汉广陵人蒋子文。濡（rú），沾湿，润泽。

⑪荡：清除，剿灭。蜀道：蜀中的道路，亦泛指蜀地。

⑫倭夷：倭寇。

⑬上功盟府：将功勋载入官府。

⑭钜：通"巨"，大。

【译文】

近来四川的反叛被歼灭，这是神力相助，此事上呈皇帝，并非在谈论怪异之事。只有辽西的少数民族，还没有被剪除，关公当年能报答曹操，现在又岂能不报答神宗皇帝？左边是岳飞，右边是于谦，驱遣雷神，投掷火铃，唐太宗昭陵前的铁马对风嘶鸣，蒋帝庙中的兵士塑像也曾显灵，想来关公也会像在四川那样荡平妖魔。先前，金中丞巡抚福建，凭借神明的提示，多次歼灭倭寇，功勋载入官府，因此建造关王庙的费用，与通常相比投入很大，大概他一直有这样的心愿吧。

寺中规制精雅[①]，庙貌庄严[②]，兼之碑碣清华[③]，柱联工确[④]，一以文理为之[⑤]，较之施庙[⑥]，其雅俗真隔霄壤[⑦]。

【注释】

①规制：规模形制。精雅：精致典雅。

②庙貌：庙宇及神像。

③清华：清明秀丽。

④工确：工整严确。确，确实，确切。

⑤文理：文章内容和行文方面的条理。

⑥施庙：施如忠所建关王庙。

⑦霄壤：天和地，天地之间。比喻相去极远，差别很大。霄，天空。壤，土地。

【译文】

寺中的规模形制精致典雅，神像庄严，再加上碑刻清明秀丽，楹柱上的对联工整严确，全都符合文法，与施如忠建造的关王庙相比，雅俗之间真有天壤之别。

董其昌《孤山关王庙柱铭》：

忠能择主，鼎足分汉室君臣；
德必有邻，把臂呼岳家父子。

宋兆禴《关帝庙柱联》①：

从真英雄起家，直参圣贤之位；
以大将军得度，再现帝王之身。

【注释】

①宋兆禴（1600—1642）：字尔孚，号喜公。揭阳（今广东揭阳）人。崇祯元年（1628）进士，历官广昌、仁和知县。有《旧耕堂存稿》。

张岱《关王庙柱对》：

统系让偏安，当代天王归汉室；
春秋明大义，后来夫子属关公。

苏小小墓

苏小小者，南齐时钱塘名妓也。貌绝青楼，才空士类[①]，当时莫不艳称[②]。以年少早卒，葬于西泠之坞[③]。芳魂不殁[④]，往往花间出现。宋时有司马槱者[⑤]，字才仲，在洛下梦一美人搴帷而歌[⑥]，问其名，曰："西陵苏小小也[⑦]。"问歌何曲？曰："《黄金缕》[⑧]。"

【注释】

①士类：文人，读书人。

②艳称：羡慕，赞美。

③坞：四面高中间凹下的地方。

④殁（mò）：死。

⑤司马槱（yǒu）：字才仲，陕州夏县（今山西夏县）人。司马光侄子。元祐六年（1091）赐同进士出身，曾任河中府司理参军。工诗词。

⑥洛下：洛阳。搴（qiān）帷：掀起帷幕。搴，拔取。

⑦西陵：苏小小陵墓的别称。

⑧黄金缕：唐教坊曲名。

【译文】

苏小小，是南齐时钱塘的名妓。美貌远超一般青楼女子，才学胜过那些读书人，当时人们无不称赏。年纪轻轻就亡故了，被葬在西泠坞。但芳魂没有消散，常常在花丛中出现。宋朝时有一位叫司马槱的人，字才仲，在洛阳梦见一位美人掀起帷幕唱歌，问她的名字，对方答道："西陵苏小小。"问她唱的是什么曲子？她回答说："《黄金缕》。"

后五年，才仲以东坡荐举，为秦少章幕下官[①]，因道其事。少章异之，曰："苏小之墓，今在西泠，何不酹酒吊之[②]。"才仲往寻其墓拜之。是夜，梦与同寝，曰："妾愿酬矣[③]。"自是幽昏三载，才仲亦卒于杭，葬小小墓侧。

【注释】

①秦少章：即秦覯，字少章，高邮（今江苏高邮）人，秦观之弟。元祐六年（1091）进士，曾任临安仁和主簿等。

②酹（lèi）：以酒洒地祭奠。

③酬：实现，满足。

【译文】

五年后，司马槱因苏东坡的荐举，担任秦少章的幕僚，于是说到了这件事。少章为此感到惊讶，说道："苏小小的墓，现在在西泠，为什么不去洒酒凭吊呢？"司马槱前去找到苏小小的墓进行祭拜。当天夜里，他梦见自己与苏小小同床就寝，苏小小说："我的愿望实现了。"从那时起，人鬼幽会三年，司马槱也死在杭州，葬在苏小小墓旁。

西陵苏小小诗：

妾乘油壁车，郎跨青骢马。
何处结同心，西陵松柏下。

又词：

妾本钱塘江上住，花落花开，不管流年度。燕子衔将春色去，纱窗几阵黄梅雨。　　斜插玉梳云半吐，檀板轻敲，唱彻《黄金缕》。梦断彩云无觅处，夜凉明月生南浦。

李贺《苏小小》诗[①]：

幽兰露，如啼眼。
无物结同心，烟花不堪剪。
草如茵，松如盖。
风为裳，水为佩。
油壁车，久相待。
冷翠烛，劳光彩。
西陵下，风吹雨。

【注释】

①李贺（790—816）：字长吉。福昌（今河南宜阳）人。因避父名"晋肃"讳，不得参加进士考试。曾官奉礼郎。有《李长吉歌诗》传世。

沈原理《苏小小歌》[①]：

歌声引回波，舞衣散秋影。
梦断别青楼，千秋香骨冷。
青铜镜里双飞鸾，饥乌吊月啼勾栏。
风吹野火火不灭，山妖笑入狐狸穴。

西陵墓下钱塘潮，潮来潮去夕复朝。
墓前杨柳不堪折，春风自绾同心结。

【注释】

①沈原理：一说即沈理，字原礼，元朝人。生平事迹不详。

元遗山《题苏小像》[①]：

槐阴庭院宜清昼，帘卷香风透。美人图画阿谁留，宣和名笔、内家收。　莺莺燕燕分飞后，粉浅梨花瘦。只除苏小不风流，斜插一枝萱草、凤钗头。

【注释】

①元遗山：即元好问（1190—1257），字裕之，号遗山。秀容（今山西忻州）人。金宣宗兴定五年（1221）进士，官至行尚书省左司员外郎，金亡不仕。工诗文，有《遗山集》传世。该词词牌为[虞美人]。

徐渭《苏小小墓》诗：

一抔苏小是耶非，绣口花腮烂舞衣。
自古佳人难再得，从今比翼罢双飞。
薤边露眼啼痕浅，松下同心结带稀。
恨不颠狂如大阮，欠将一曲恸兵闱。

陆宣公祠[①]

孤山何以祠陆宣公也？盖自陆少保炳为世宗乳母之子[②]，

揽权怙宠③,自谓系出宣公,创祠祀之。规制宏厂④,吞吐湖山⑤。台榭之盛⑥,概湖无比⑦。

【注释】

①陆宣公:即陆贽(754—805),字敬舆,嘉兴(今浙江嘉兴)人。唐大历八年(773)进士,官至宰相,谥号“宣”,故称陆宣公。有《陆宣公翰苑集》。

②陆少保炳:即陆炳(1510—1560),字文明,平湖(今浙江平湖)人。明嘉靖八年(1529)武进士,历任锦衣副千户、太子太保、加少保,曾执掌锦衣卫。其母是明世宗朱厚熜的乳母。

③怙(hù)宠:恃宠而骄。

④宏厂:宏大。

⑤吞吐:这里是容纳的意思。指湖光山色尽收眼底。

⑥台榭:亭台楼榭,泛指楼台等建筑物。

⑦概:整个,全部。

【译文】

孤山为何要为陆贽建祠堂?原因在于陆炳是明世宗乳母的儿子,他把持权势,恃宠而骄,自称是出自陆贽这一脉,因此建造祠堂祭拜。祠堂规模形制宏大,湖光山色尽收眼底。亭台楼阁的华丽,在整个西湖都无与伦比。

炳以势焰,见有美产①,即思攫夺。傍有故锦衣王佐别墅壮丽②,其孽子不肖③,炳乃罗织其罪,勒以献产。捕及其母,故佐妾也。对簿时④,子强辩。母膝行前⑤,道其子罪甚详。子泣,谓母忍陷其死也。母叱之曰:“死即死,尚何说!”指炳座顾曰:“而父坐此非一日,作此等事亦非一日,而生汝不肖子，天道也，汝死犹晚！”炳颊发赤，趣遣之出[6]，弗终夺。

【注释】

①美产：值钱的财物，此指家产。

②王佐（？—1538）：字号及生年不详。正德十二年（1517）武举人。曾执掌锦衣卫。他和陆炳的父亲陆松是好朋友，很是器重陆炳。

③孽子：非正妻所生之子。不肖：品行不好，没有出息。不才，不贤。

④对簿：受审问。簿，文状，即现在的诉状。古代审讯时，依据文状核对事实，所以称对簿。

⑤膝行：跪地用膝盖支撑身体前进。表示恭敬或屈服。

⑥趣：催促，急促。

【译文】

陆炳凭借炙手可热的权势，见到有美产，就想抢夺。祠堂旁有已故锦衣卫王佐的别墅，宏伟华丽，他儿子不肖，陆炳就罗织罪名，逼他献出家产。陆炳还抓到了那人的母亲，即王佐的小妾。在公堂受审时，王佐的儿子强词辩解。其母跪着上前，细数儿子的罪行。儿子哭了，说母亲怎么忍心陷他于死地。母亲责骂他说：“死就死，还有什么可说的！”她指着陆炳的座位回头说：“你父亲坐在这里不止一天，做这样的事也不是一天，却生了你这样不肖的儿子，这是天道啊，你死得还嫌晚呢！”陆炳脸颊发红，催着把母子俩赶出去，最终没有抢夺他们的家产。

炳物故[1]，祠没入官[2]，以名贤得不废。隆庆间，御史谢廷杰以其祠后增祀两浙名贤[3]，益以严光、林逋、赵忭、王十朋、吕祖谦、张九成、杨简、宋濂、王琦、章懋、陈选[4]。会稽进士陶允宜以其父陶大临自制牌版[5]，令人匿之怀中，窃置其傍。时人笑其痴孝。

【注释】

①物故：亡故，去世。

②入官：没收罪人的财产上交官府。充公。

③谢廷杰：字宗圣，号虬峰，新建（今江西南昌）人。嘉靖三十八年（1559）进士，曾任监察御史、浙江巡抚。

④严光：本姓庄，后人因避汉明帝刘庄讳改其姓。又名遵，字子陵，余姚（今浙江余姚）人。少有高名，曾与刘秀同学，刘秀称帝后隐居不仕。王十朋（1112—1171）：字龟龄，号梅溪，乐清（今浙江乐清）人。官至侍御史。有《梅溪集》传世。吕祖谦（1137—1181）：字伯恭，婺州（今浙江金华）人。官至直秘阁著作郎兼国史院编修。有《东莱集》传世。张九成（1092—1159）：字子韶，自号横浦居士，钱塘人。绍兴二年（1132）状元，官至礼部侍郎、刑部侍郎。有《横浦集》传世。杨简（1141—1226）：字敬仲，世称慈湖先生，慈溪（今浙江慈溪）人。官至宝谟阁学士。有《慈湖遗书》《慈湖诗传》传世。宋濂（1310—1381）：字景濂，号潜溪，浦江（今浙江金华浦江）人。官至翰林院学士。曾被明太祖朱元璋誉为“开国文臣之首”。有《宋学士文集》传世。王琦：字文琏，仁和（今浙江杭州）人。曾任监察御史、山西按察司提学佥事等。为官廉洁。致仕回杭后，不接受官府馈赠，因饥寒而死。章懋（1436—1521）：字德懋，兰溪（今浙江兰溪）人。历任南京大理寺评事、福建按察佥事。陈选（1429—1486）：字士贤，临海（今浙江临海）人。天顺四年（1460）进士，官至广东右布政使。有《丹崖集》传世。

⑤陶允宜（1550—1613）：字懋中，号兰亭，会稽人。官至南京刑部主事。有《镜心堂集》传世。陶大临（1526—1574）：字虞臣，号念斋，嘉靖三十五年（1556）榜眼，官至吏部侍郎。

【译文】

陆炳死后，陆贽祠堂被充公，因陆贽有贤能之名而没有被废。隆庆年间，御史谢廷杰在祠堂后增加祭祀两浙的名人贤士，增加的有严光、林逋、赵忭、王十朋、吕祖谦、张九成、杨简、宋濂、王琦、章懋、陈选。会稽进士陶允宜为其父亲陶大临自制牌位，让人藏在怀里，偷偷放在旁边。当时的人都笑话他是痴孝。

祁彪佳《陆宣公祠》诗[①]：

东坡佩服宣公疏，俎豆西泠蘋藻香。
泉石苍凉存意气，山川开涤见文章。
画工界画增金碧，庙貌巍峨见鬲皇。
陆炳湖头夸势焰，祟韬乃敢认汾阳。

【注释】

①祁彪佳（1602—1645）：字虎子，号世培、远山堂主人。山阴（今浙江绍兴）人。天启二年（1622）进士，官至右佥都御史。明亡后坚持抗清，后自沉而死。

六一泉

六一泉在孤山之南[①]，一名竹阁，一名勤公讲堂。宋元祐六年[②]，东坡先生与惠勤上人同哭欧阳公处也[③]。勤上人讲堂初构，阙地得泉[④]，东坡为作泉铭。以两人皆列欧公门下，此泉方出，适哭公讣，名以六一，犹见公也。其徒作石屋覆泉，且刻铭其上。

【注释】

①六一泉：作者在《夜航船》中对六一泉亦有介绍："在孤山之南。宋元祐六年，东坡与惠勤上人同哭欧阳公处也。勤上人讲堂初构，阙地得泉，东坡为作泉铭。以两人皆列欧公门下，此泉方出，适哭公讣，名以六一，犹见公也。参寥泉在智果寺。东坡泉在昌县。醉翁亭侧，亦有六一泉。"可与本文对读。

②元祐六年：此处张岱记年有误，当为熙宁五年（1072）。因欧阳修于熙宁五年去世，当时苏轼任杭州通判，曾与惠勤一同哭悼欧阳修。

③惠勤上人：北宋诗僧。钱塘人。欧阳公：即欧阳修（1007—1072），字永叔，号醉翁，又号六一居士。庐陵（今江西吉安）人。天圣八年（1030）进士。官至参知政事。北宋古文运动领袖，唐宋八大家之一。有《欧阳文忠公集》传世。

④阙地：挖地。

【译文】

六一泉在孤山的南边，也叫竹阁，或者叫勤公讲堂。这里是宋元祐六年东坡先生与惠勤上人一起哀悼欧阳修的地方。惠勤上人的讲堂刚修建时，挖地得到泉水，苏东坡为此泉写了铭文。因两人都名列欧阳修门下，这口泉水刚挖出，恰逢大家听到欧阳修去世的消息而痛哭之时，就用欧阳修的号"六一"来命名，仿佛又见到他一样。惠勤上人的门徒建造了一座石屋遮盖泉水，并在上面刻下铭文。

南渡高宗为康王时[①]，常使金，夜行，见四巨人，执殳前驱[②]。登位后，问方士[③]，乃言紫薇垣有四大将[④]，曰：天蓬[⑤]、天猷、翊圣、真武[⑥]。帝思报之，遂废竹阁，改延祥观，以祀四巨人。

【注释】

①高宗为康王：宋高宗赵构系宋徽宗第九子，宣和三年（1121）晋封康王。

②“执殳（shū）”句：拿着兵器在前面开道，指为皇室效力。语出《诗经·卫风·伯兮》：“伯也执殳，为王前驱。”《毛传》：“殳，长丈二而无刃。”

③方士：炼制丹药以求得道成仙的术士。

④紫薇垣：即紫微垣。星官名，三垣（紫微垣、太微垣、天市垣）之一，为三垣的中垣，位于北天中央位置，相传是天帝居住的地方。

⑤天蓬：天神名。为紫微大帝手下四圣之首。

⑥真武：即玄武，北方神名。

【译文】

南渡的宋高宗还是康王的时候，曾经出使金国，夜晚行走时，遇到四位巨人，在前面为他护驾开道。高宗登基后，询问方士，方士说：“紫微垣有四位大将，叫做天蓬、天猷、翊圣、真武。高宗想着报答他们，于是废除竹阁，将其改为延祥观，用来祭拜这四位巨人。

至元初[①]，世祖又废观为帝师祠[②]。泉没于二氏之居二百余年[③]。元季兵火，泉眼复见，但石屋已圮，而泉铭亦为邻僧舁去[④]。

【注释】

①至元：元世祖年号（1279—1294）。

②世祖：即忽必烈（1215—1294），元代皇帝。

③二氏：指佛、道二家。

④舁（yú）：抬，运。

【译文】

至元初年，元世祖又废除延祥观，改为帝师祠。泉水在佛、道两家的居所消失了二百多年。元末战火起,泉眼又出现了,但是石屋已经坍塌,且泉水的铭文也被邻近的僧人抬走了。

洪武初[1],有僧名行升者,锄荒涤垢,图复旧观。仍树石屋[2],且求泉铭,复于故处。乃欲建祠堂以奉祀东坡、勤上人,以参寥故事[3],力有未逮[4]。

【注释】

①洪武:明太祖朱元璋年号(1368—1398)。

②树:立,建立。

③参寥:即道潜(1043—1102),号参寥,俗姓何,於潜人。自幼出家。与苏轼、秦观诸人友善。元祐中卜居杭州智果禅院,时苏轼知杭,颇多交往唱和。有《参寥子集》传世。故事:旧例,先例。

④未逮:不及,没有达到。

【译文】

明洪武初年,有一个名叫行升的僧人,开垦荒地,洗去污垢,希望恢复旧日的景观。他依旧建造了石屋,并且找来泉水铭文,重新放在原来的地方。他还想修建祠堂来供奉祭祀苏东坡、惠勤上人,依照过去参廖在智果寺为苏轼立像的先例,但是心有余而力不足。

教授徐一夔为作疏曰[1]:“睠兹胜地[2],实在名邦。勤上人于此幽栖,苏长公因之数至。迹分缁素[3],同登欧子之门;谊重死生,会哭孤山之下。惟精诚有感通之理[4],故山岳出迎劳之泉[5]。名聿表于怀贤[6],忱式昭于荐菊[7]。虽存古迹,必肇新祠[8]。此举非为福田[9],实欲共成胜事。儒冠僧衲[10],请恢雅量以相成[11];山色湖光,行与高峰而共远。愿言乐助[12],毋诮滥竽[13]。”

【注释】

①徐一夔(1319—?):字惟精,又字大章,号始丰,天台(今浙江天台)人。博学善属文,擅名于时。曾任杭州府学教授,著有《始丰稿》等。

②睠:同"眷",顾念,关心。兹:这,这个。

③缁素:指僧俗,僧徒衣缁,俗众服素,故以此代称。

④感通:以至诚通达而获得回应。

⑤迎劳:迎接慰劳。

⑥名:命名。聿:语助词。用于句首或句中。

⑦忱:情谊,情义。式:语助词。荐菊:杭州临安西双溪侧畔有洼泉,苏轼常用此泉来试茶,泉上有"荐菊"亭,取苏轼《书和靖林处士诗后》"一盏寒泉荐秋菊"诗句。

⑧肇:创建,建造。

⑨福田:佛教用语。敬三宝之德为"敬田",报君父之恩为"恩田",怜贫者为"悲田",这三种称为"福田",意思能获得福报。

⑩儒冠:儒生。僧衲:僧衣,代指僧人。

⑪恢:弘大,宽广。

⑫愿言:殷切期盼的样子。乐助:即随缘乐助,随各人缘分,乐意捐献多少便捐献多少。

⑬滥竽:即滥竽充数。比喻没有真才实学,只是居位充数。

【译文】

杭州府学教授徐一夔为此撰文写道:"如此风景宜人之地,又在杭州名城。惠勤上人在此隐居,苏轼因此多次来访。他们虽然有僧俗之别,但都同在欧阳先生门下;师生情谊重于生死,两人一起在孤山之下哀悼。至诚之心可以获得感应,故而山岳涌现慰劳的泉水。将怀念先贤的情思寄托在命名中,荐菊亭则彰显着师生间的情谊。古迹虽然留存,但新的祠堂也必定要建造。此举并非为了福报,实在想要共同做成一件好事。

不管是儒生还是僧侣，请慷慨解囊襄助此事；山色湖光，将与高耸的山峰久远留存。殷切期盼随缘捐助，不必担心受到滥竽充数的讥笑。”

苏轼《六一泉铭》：

欧阳文忠公将老，自谓六一居士。予昔通守钱塘，别公于汝阴而南。公曰：“西湖僧惠勤甚文而长于诗。吾昔为《山中乐》三章以赠之。子闲于民事，求人于湖山间而不可得，则往从勤乎？”

予到官三日，访勤于孤山之下，抵掌而论人物，曰：“六一公，天人也。人见其暂寓人间，而不知其乘云驭风、历五岳而跨沧海也。此邦之人，以公不一来为恨。公麾斥八极，何所不至。虽江山之胜，莫适为主，而奇丽秀绝之气，常为能文者用。故吾以为西湖盖公几案间一物耳。”勤语虽怪幻，而理有实然者。

明年公薨，予哭于勤舍。又十八年，予为钱塘守，则勤亦化去久矣。访其旧居，则弟子二仲在焉。画公与勤像，事之如生。

舍下旧无泉，予未至数月，泉出讲堂之后、孤山之趾，汪然溢流，甚白而甘。即其地凿岩架石为室。二仲谓：“师闻公来，出泉以相劳苦，公可无言乎？”乃取勤旧语，推本其意，名之曰“六一泉”。

且铭之曰：“泉之出也，去公数千里，后公之没十八年，而名之曰‘六一’，不几于诞乎？曰：君子之泽，岂独五世而已，盖得其人，则可至于百传。常试与子登孤山而望吴越，歌山中之乐而饮此水，则公之遗风余烈，亦或见于此泉也。”

白居易《竹阁》诗[①]：

晚坐松檐下，宵眠竹阁间。
清虚当服药，幽独抵归山。

巧未能胜拙，忙应不及闲。
无劳事修炼，只此是玄关。

【注释】

①该诗题目一作《宿竹阁》。

葛岭[①]

葛岭者，葛仙翁稚川修仙地也[②]。仙翁名洪，号抱朴子，句容人也[③]。从祖葛玄学道[④]，得仙术，传其弟子郑隐[⑤]。洪从隐学，尽得其秘，上党鲍玄妻以女[⑥]。咸和初[⑦]，司徒导召补主簿[⑧]，干宝荐为大著作[⑨]，皆固辞[⑩]。闻交趾出丹砂[⑪]，独求为勾漏令[⑫]。行至广州，刺史郑岳留之[⑬]，乃炼丹于罗浮山中[⑭]。如是者积年。

【注释】

①葛岭：在杭州西湖之北宝石山西面，海拔166米。

②葛仙翁：葛洪（284—364），字稚川，号抱朴子，句容（今江苏句容）人。曾在罗浮山修行炼丹，卒于此。著有《抱朴子》等。

③句容：今属江苏镇江。

④从祖：祖父的兄弟。葛玄（164—244）：字孝先，号葛仙翁。句容人。曾从左慈学道，道教尊其为“葛仙公”“太极左仙公”。

⑤郑隐（？—302）：字思远，早年为儒生，后拜葛玄为师。

⑥上党：在今山西长治上党区。鲍玄：字太玄。曾任南海太守，好道。

⑦咸和：东晋成帝司马衍年号（326—334）。

⑧司徒导：指司徒王导（276—339），字茂弘，琅邪（今山东临沂）

人。他是东晋政权的奠基者，官至太傅。主簿：古代官名。掌管文书、簿籍的佐吏。

⑨干宝（？—336）：字令升，新蔡（今河南新蔡）人。官至散骑常侍，著有《晋纪》《搜神记》。大著作：著作郎的别称。专掌文史之任。

⑩固：坚决。

⑪交趾：汉武帝所置十三刺史部之一，辖境相当今广东、广西大部和越南的北部、中部。丹砂：道家炼丹之物。葛洪《抱朴子·金丹》："丹砂烧之成水银，积变又还成丹砂。"

⑫勾漏：即今广西北流。

⑬郑岳：《晋书·葛洪传》作"邓岳"。邓岳，字伯山，东晋将领，曾为广州刺史，《晋书》有传。

⑭罗浮山：在今广东博罗西北。道教称其为"第七洞天"。葛洪晚年栖于此山，起炉炼丹，著书立说。

【译文】

葛岭，是仙翁葛稚川修炼成仙的地方。仙翁名洪，号抱朴子，是江苏句容人。他的叔祖葛玄学道，得到仙术，传给弟子郑隐。葛洪跟随郑隐学道，学到全部的奥秘，上党鲍玄把女儿嫁给他。咸和初年，司徒王导招募主簿，干宝推荐葛洪担任著作郎，他都坚决推辞了。他听说交趾出产丹砂，只请求担任勾漏县令。走到广州，刺史郑岳挽留他，于是在罗浮山中炼丹。像这样住了很多年。

一日，遗书岳曰："当远游京师，克期便发①。"岳得书，狼狈往别②，而洪坐至日中，兀然若睡③，卒，年八十一。举尸入棺，轻如蝉蜕④，世以为尸解仙去⑤。

【注释】

①克期:约定日期。

②狼狈:慌张匆忙。

③兀然:昏沉的样子。

④蝉蜕:蝉褪下的外壳。

⑤尸解:修仙者死后魂魄成仙,留下身体。

【译文】

一天,葛洪给郑岳写信说:"我要前往京城游历,定下日期便出发。"郑岳看到书信,慌忙前去告别,葛洪却一直坐到中午,昏沉得像睡着一样,就这样去世了,享年八十一岁。将尸身抬入棺材时,感觉轻得如蝉的外壳,世人认为这是他魂魄得道升仙了。

智果寺西南为初阳台[①],在锦坞上[②],仙翁修炼于此。台下有投丹井[③],今在马氏园。宣德间大旱[④],马氏甃井得石匣一、石瓶四[⑤]。匣固不可启,瓶中有丸药若芡实者[⑥],啖之[⑦],绝无气味,乃弃之。施渔翁独啖一枚,后年百有六岁。浚井后[⑧],水遂淤恶不可食[⑨],以石匣投之,清冽如故[⑩]。

【注释】

①智果寺:在杭州宝石山大佛寺西边。初阳台:在葛岭之巅,为清代"西湖十八景"之一。

②锦坞:在杭州宝石山东麓。《西湖游览志》卷八:"在宝云山之东。宋时、此地花卉灿然若锦、故名。"

③投丹井:即葛洪井,又名葛翁井,相传葛洪曾在此炼丹。

④宣德:明宣宗朱瞻基年号(1426—1435)。

⑤甃(zhòu):以砖石砌物。

⑥芡实：芡的种子，含淀粉，可食用。

⑦啖：吃。

⑧浚：疏通，挖掘。

⑨淤恶：淤积恶臭。

⑩清冽：清澄而寒凉。

【译文】

智果寺的西南是初阳台，在锦坞上面，仙翁当年在这里修炼。台下有一口投丹井，现在在马氏园。宣德年间大旱，马氏砌井的时候得到一只石匣、四个石瓶。石匣坚固打不开，瓶里有像芡实一样的药丸，把它们吃下去，没有任何气味，就把它们扔掉了。施渔翁一个人吃了一枚，后来活到一百零六岁。疏通水井后，井水变得淤积恶臭不能喝，把石匣扔到里面，井水变得像原来一样清澈。

祁豸佳《葛岭》诗①：

抱朴游仙去有年，如何姓氏至今传。
钓台千古高风在，汉鼎虽迁尚姓严。

勾漏灵砂世所稀，携来烹炼作刀圭。
若非渔子年登百，几使还丹变井泥。

平章甲第半湖边，日日笙歌入画船。
循州一去如烟散，葛岭依然还稚川。

葛岭孤山隔一丘，昔年放鹤此山头。
高飞莫出西山缺，岭外无人勿久留。

【注释】

①祁豸佳(1595—1683):字止祥,号雪瓢。彪佳之从兄。山阴(今浙江绍兴)人。天启七年(1627)举人,明亡后隐居。善画山水、花卉,工篆刻。

苏公堤

杭州有西湖,颍上亦有西湖[①],皆为名胜,而东坡连守二郡。其初得颍,颍人云:"内翰只消游湖中[②],便可以了公事。"秦太虚因作一绝云[③]:"十里荷花菡萏初,我公身至有西湖。欲将公事湖中了,见说官闲事亦无[④]。"

【注释】

①颍上:今属安徽阜阳市,在安徽西北部,淮河与颍河交汇处。颍上西湖又称汝阴西湖,是古代颍河、清河、小汝河、白龙沟四水汇流之处。

②内翰:宋代对翰林学士的称呼。苏轼曾任翰林学士。

③秦太虚:即秦观(1049—1100),字少游,号淮海居士,高邮(今江苏高邮)人。元丰八年(1085)进士,曾任杭州通判。有《淮海集》传世。

④"十里"四句:这首诗写苏轼在杭州做官时的恬淡风雅,在十里荷花的西湖中处理公务,见到朋友则说为官清闲,无事可做。菡萏,旧时称未开放的荷花为菡萏,即花苞。秦观《淮海集》无此诗,宋王直方认为其作者是秦觏。

【译文】

杭州有西湖,颍上也有西湖,都是名胜,而苏东坡连着在这两个郡做太守。他刚到颍上的时候,当地颍人说:"学士只需在湖中游览,就可以了结公务。”秦观于是作了一首绝句：“十里荷花菡萏初，我公身至有西湖。欲将公事湖中了，见说官闲事亦无。”

后东坡到颍，有《谢执政启》云①：“入参两禁②，每玷北扉之荣③；出典二邦④，迭为西湖之长。”故其在杭，请浚西湖，聚葑泥⑤，筑长堤，自南之北，横截湖中，遂名苏公堤。夹植桃柳，中为六桥。南渡之后，鼓吹楼船，颇极华丽。后以湖水漱啮⑥，堤渐凌夷⑦。

【注释】

①《谢执政启》：全文名称为《颍州到任谢执政启》。

②“入参”句：意思是担任翰林学士。北宋时期翰林学士直舍在皇宫北门两侧，故以两禁指翰林院。

③玷：谦辞。犹“忝”，忝辱之意。北扉：翰林院的别称。宋沈括《梦溪笔谈》：“学士院北扉者，为其在浴堂之南，便于应召。”故以“北扉”为学士院的代称。

④出典二邦：指苏轼出知颍州、杭州二郡。

⑤葑（fèng）泥：湖水干涸之后的泥土。

⑥漱啮：冲击，侵蚀。

⑦凌夷：衰落，衰败。

【译文】

后来东坡到颍上，写有《谢执政启》一文说：“入职翰林院，总是忝辱学士院的荣光；出知颍上、杭州二郡，接连成为两处西湖的长官。”苏轼在杭州，请求疏浚西湖，聚拢葑泥，修筑长堤，从南到北，横贯截断西湖，于是取名苏公堤。在堤上栽种桃树、柳树，中间是六桥。宋朝皇室南渡之后，在楼船上鼓乐吹奏，很是华丽。后来因湖水侵蚀，堤坝逐渐破败。

入明，成化以前[①]，里湖尽为民业[②]，六桥水流如线。正德三年[③]，郡守杨孟瑛辟之[④]，西抵北新堤为界，增益苏堤，高二丈，阔五丈三尺，增建里湖六桥，列种万柳，顿复旧观。久之，柳败而稀，堤亦就圮[⑤]。嘉靖十二年[⑥]，县令王钇令犯罪轻者种桃柳为赎[⑦]，红紫灿烂，错杂如锦。后以兵火，砍伐殆尽。万历二年[⑧]，盐运使朱炳如复植杨柳[⑨]，又复灿然。

【注释】

①成化：明宪宗朱见深年号（1465—1487）。

②民业：民众的产业。

③正德三年：即1508年。

④辟：开拓，开发。

⑤圮：倒塌，毁坏。

⑥嘉靖十二年：即1533年。

⑦王钇（yì）：字公仪，侯官（今福建福州）人。嘉靖十一年（1532）进士，曾任钱塘令。

⑧万历二年：即1574年。

⑨朱炳如（1513—?）：字稚文，又字仲南，别号白野，衡阳（今湖南衡阳）人。嘉靖三十八年（1559）进士，曾任两浙盐运使、浙江按察使。

【译文】

进入明朝，成化以前，内湖都是民众的产业，六桥下的水流像细线一样。正德三年，郡守杨孟瑛进行开拓，向西到北以新堤为界，扩修苏堤，高二丈，宽五丈三尺，增修里湖六桥，沿线种植上万株柳树，顿时恢复旧日的景观。时间久了，柳树衰败稀疏，堤坝也坍塌了。嘉靖十二年，县令王钇让罪轻的人种桃树、柳树来赎罪，这里红紫相映，交错间杂，如同锦缎。后来因为战乱,都几乎被砍光了。万历二年,盐运使朱炳如又重新种植杨柳,又恢复了勃勃生机。

迨至崇祯初年[①],堤上树皆合抱,太守刘梦谦与士夫陈生甫辈时至[②]。二月,作胜会于苏堤。城中括羊角灯、纱灯几万盏[③],遍挂桃柳树上,下以红毡铺地,冶童名妓,纵饮高歌。夜来万蜡齐烧,光明如昼。湖中遥望堤上万蜡,湖影倍之。箫管笙歌,沉沉昧旦[④]。传之京师,太守镌级[⑤]。

【注释】

①迨(dài):等到,达到。

②太守:汉朝设立的一郡最高行政主管官吏。隋唐后的知府也别称太守。刘梦谦:罗山(今河南信阳)人。崇祯七年(1634)进士,曾任杭州知府。士夫:士大夫阶层的人。陈生甫:即陈绍英,字生甫,仁和(今浙江杭州)人。曾任贵州平越知府、贵州按察副使。有《五石居诗》传世。

③括(guā):榨取,搜求。

④沉沉:形容夜深的样子。昧旦:破晓之时。语出《诗经·郑风·女曰鸡鸣》:“女曰鸡鸣,士曰昧旦。”

⑤镌级:降职,降级。

【译文】

等到崇祯初年的时候,堤坝上的树都已长到合抱粗,太守刘梦谦和士夫陈生甫这些人经常到这里。二月,他们在苏堤举行胜会。在城中搜寻几万盏羊角灯、纱灯,把它们都挂在桃树、柳树上,树下用红地毯铺地,那些妖艳的娈童、有名的妓女,尽情饮酒高歌。夜间上万支蜡烛一起点燃,像白天一样明亮。从湖中远远望着堤坝上的上万支蜡烛,加上映在湖中的倒影，又多了一倍。笙箫歌乐之声，从夜晚持续到天明。这件事传到京城，太守因此被降级。

因想东坡守杭之日，春时每遇休暇，必约客湖上，早食于山水佳处。饭毕，每客一舟，令队长一人，各领数妓，任其所之。晡后鸣锣集之①，复会望湖亭或竹阁，极欢而罢。至一二鼓，夜市犹未散，列烛以归，城中士女夹道云集而观之。此真旷古风流，熙世乐事②，不可复追也已。

【注释】

①晡：申时，相当于现在下午三时至五时。

②熙世：盛世。熙，兴盛。

【译文】

于是想到东坡在杭州任太守的那些日子，春天的时候每到休息闲暇时间，必定在湖上约见客人，早晨在山水优美处用餐。吃完饭，每位客人坐一条船，让一个人领队，各自带着几名歌妓，任凭他们去哪里。申时后鸣锣召集大家，接着又在望湖亭或竹阁聚会，直到尽兴才散席。到一二更的时候，夜市还没有散，点起一排排蜡烛回去，城里的百姓、女眷聚集在道路两侧来看他们。这真是千古风流之事，盛世欢乐之景，现在已不可能再有了。

张京元《苏堤小记》①：

苏堤度六桥，堤两旁尽种桃柳，萧萧摇落。想二三月，柳叶桃花，游人阗塞，不若此时自为清胜。

【注释】

①该文选自《西湖小记》。

李流芳《题两峰罢雾图》：

三桥龙王堂，望西湖诸山，颇尽其胜。烟林雾障，映带层叠；淡描浓抹，顷刻百态。非董、巨妙笔，不足以发其气韵。余在小筑时，呼小舟桨至堤上，纵步看山，领略最多。然动笔便不似甚矣，气韵之难言也。

予友程孟旸《湖上题画》诗云："风堤露塔欲分明，阁雨縈阴两未成。我试画君团扇上，船窗含墨信风行。"此景此诗，此人此画，俱属可想。癸丑八月清晖阁题。

苏轼《筑堤》诗[①]：

六桥横截天汉上，北山始与南屏通。
忽惊二十五万丈，老葑席卷苍烟空。

昔日珠楼拥翠钿，女墙犹在草芊芊。
东风第六桥边柳，不见黄鹂见杜鹃。

【注释】

①此处前一首题目原作《轼在颍州与赵德麟同治西湖，未成，改扬州。三月十六日湖成，德麟有诗见怀，次其韵》。后一首非苏轼所作，系元人陈孚的《湖上感旧》。陈孚（1259—1309）：元官吏。字刚中，号笏斋。天台临海（今浙江临海）人。官至翰林院待制，兼国史院编修官。著有《观光稿》《交州稿》《玉堂稿》等。

又诗（惠勤、惠思皆居孤山。苏子倅郡，以腊日访之，作诗云）[①]：

天欲雪时云满湖，楼台明灭山有无。
水清石出鱼可数，林深无人鸟相呼。
腊月不归对妻孥，名寻道人实自娱。
道人之居在何许，宝云山前路盘纡。
孤山孤绝谁肯庐，道人有道山不孤。
纸窗竹屋深自暖，拥褐坐睡依团蒲。
天寒路远愁仆夫，整驾催归及未晡。
出山回望云水合，但见野鹤盘浮屠。
兹游澹泊欢有余，到家恍如梦蘧蘧。
作诗火急追亡逋，清景一失后难摹。

【注释】

①该诗诗题一作《腊日游孤山访惠勤、惠思二僧》。

王世贞《泛湖度六桥堤》诗：

拂幰莺啼出谷频，长堤夭矫跨苍旻。
六桥天阔争虹影，五马飙开散曲尘。
碧水乍摇如转盼，青山初沐竞舒颦。
莫轻杨柳无情思，谁是风流白舍人？

李鉴龙《西湖》诗[①]：

花柳曾闻暗六桥，近来游舫甚萧条。
折残画阁堤边失，倒入山光波上摇。

秋水湖心眸一点，夜潭塔影黛双描。
兰亭感慨今移此，痴对雷峰话寂寥。

【注释】

①李鉴龙：生平事迹不详，待考。

湖心亭[①]

湖心亭旧为湖心寺，湖中三塔[②]，此其一也。明弘治间[③]，按察司佥事阴子淑秉宪甚厉[④]，寺僧怙镇守中官[⑤]，杜门不纳官长[⑥]。阴廉其奸事[⑦]，毁之，并去其塔。嘉靖三十一年[⑧]，太守孙孟寻遗迹[⑨]，建亭其上。露台亩许[⑩]，周以石栏，湖山胜概[⑪]，一览无遗。数年寻圮[⑫]。万历四年[⑬]，佥事徐廷裸重建[⑭]。

【注释】

①湖心亭：在今浙江杭州西湖中央，与三潭印月、阮公墩合称湖中三岛。

②湖中三塔：三潭印月景区岛南湖上的三座石塔，由基座、圆形塔身、宝盖、六边小亭、葫芦顶组成，塔身球形中空，周身开有五个小圆孔，孔边饰浮雕花纹。最初为苏轼所建界塔，明代重建，演变为景观塔。

③弘治：明孝宗朱祐樘年号（1488—1505）。

④按察司佥（qiān）事：按察使副职。按察司，职官名。主管司法长官，掌刑名按劾之事。佥事，职官名。专司判断之事，相当于现在的副职或助理等职。阴子淑：字宗孟，内江（今四川内江）人。成化八年（1472）进士，官至浙江按察司佥事。秉宪甚厉：执行法令

很严格。秉,执掌。

⑤怙:凭仗,依仗。中官:太监。

⑥杜门:闭门。

⑦廉:考察,查访。奸事:不法之事,不正当的事。

⑧嘉靖三十一年:即公元1552年。

⑨孙孟:字端夫,滁州(今安徽滁州)人。嘉靖十七年(1538)进士,曾任杭州知府。

⑩露台:露天的高台,可供赏景、休息等用途。

⑪胜概:美景。

⑫寻圮:倒塌。

⑬万历四年:即公元1576年。

⑭徐廷祼:字士敏,昆山(今江苏昆山)人。嘉靖二十八年(1549)进士,曾任按察司佥事。

【译文】

湖心亭以前是湖心寺,湖中有三座塔,这是其中之一。明朝弘治年间,按察司佥事阴子淑执法很严,湖心寺中的僧人仗着镇守中官的势力,闭门不接纳长官。阴子淑暗中查访寺中众人不法之事,毁掉湖心寺,并拆除塔身。嘉靖三十一年,杭州太守孙孟寻访湖心寺的遗址,在上面建了一座亭子。前面的露天高台有一亩左右,用石栏环绕,湖山美景,一览无遗。过了几年,湖心亭倒塌。万历四年,佥事徐廷祼重新建造。

二十八年[①],司礼监孙东瀛改为清喜阁[②],金碧辉煌,规模壮丽,游人望之如海市蜃楼,烟云吞吐[③],恐滕王阁、岳阳楼俱无其伟观也[④]。春时山景睺罗、书画骨董[⑤],盈砌盈阶[⑥],喧阗扰嚷[⑦],声息不辨[⑧]。夜月登此,阒寂凄凉[⑨],如入鲛宫海藏[⑩],月光晶沁[⑪],水气滃之[⑫],人稀地僻,不可久留。

【注释】

①二十八年：即万历二十八年（1600）。

②清喜阁：《西湖游览志》作“喜清阁”。

③吞吐：吞进和吐出，比喻隐现、聚散等变化。此指烟云缭绕的样子。

④滕王阁：系唐时滕王李元婴都督洪州时营建，阁以其封号命名。在今江西南昌沿江路赣江边。与湖南岳阳楼、湖北黄鹤楼齐名，并称江南三大名楼。作者在《夜航船》中亦有解释：“滕王阁：南昌府城章江门上。唐高宗子元婴封滕王时建。都督阎伯屿重九宴宾僚于阁，欲夸其婿吴子章才，令宿构序。时王勃省父经此与宴。阎请众宾序，至勃不辞。阎恚甚，密令吏得句即报，至‘落霞秋水’句，叹曰：‘此天才也！’其婿惭而退。”岳阳楼：在今湖南岳阳西门。相传为三国吴将鲁肃所建阅兵台，唐开元四年（716）重修，定名岳阳楼。后几经兴废，清光绪六年（1880）再建。作者在《夜航船》中介绍：“岳阳楼：岳州西门，滕子京建楼，范希文记，苏子美书，邵竦篆，称四绝。”

⑤睺（hóu）罗：即摩睺罗。又名“磨喝乐”“魔合罗”，一种用土、木、蜡等制成的婴孩形玩具。骨董：指珍贵罕见的古器物。也作“古董”。

⑥盈：充满。

⑦喧阗（tián）：喧哗吵闹。

⑧声息：声音。

⑨阒（qù）寂：寂静。

⑩鲛宫海藏：龙宫水府。鲛，神话传说中生活在海中的人，其泪珠能变成珍珠。亦作“蛟人”。

⑪晶沁：光亮透入。

⑫滃（wěng）：腾涌弥漫的样子。

【译文】

万历二十八年，司礼监太监孙隆将湖心亭改为清喜阁，金碧辉煌，规模壮丽，游人看着像海市蜃楼一般，烟云缭绕，恐怕滕王阁、岳阳楼都没有这样壮丽的景观。春天时山景睺罗、书画古董等，堆满台阶，喧闹嘈杂，连说话的声音都无法听清。月夜来到这里，寂静凄凉，好像进入龙宫水府，月光晶莹，湖面水气弥漫，行人稀少，位置偏僻，不能在这里待太久。

张京元《湖心亭小记》①：

湖心亭雄丽空阔。时晚照在山，倒射水面，新月挂东，所不满者半规，金盘玉饼，与夕阳彩翠重轮交网，不觉狂叫欲绝。恨亭中四字匾、隔句对联，填楣盈栋，安得借咸阳一炬，了此业障。

【注释】

①该文选自《西湖小记》。

张岱《湖心亭小记》①：

崇祯五年十二月，余住西湖。大雪三日，湖中人鸟声俱绝。是日更定矣，余拏一小舟，拥毳衣炉火，独往湖心亭看雪。雾凇沆砀，天与云、与山、与水，上下一白。湖上影子，惟长堤一痕，湖心亭一点，与余舟一芥，舟中人两三粒而已。

到亭上，有两人铺毡对坐，一童子烧酒，炉正沸。见余大惊喜，曰："湖中焉得更有此人！"拉与同饮。余强饮三大白而别。问其姓氏，是金陵人，客此。及下船，舟子喃喃曰："莫说相公痴，更有痴似相公者。"

【注释】

①该文亦见于张岱《陶庵梦忆》卷三，题目作《湖心亭看雪》。

胡来朝《湖心亭柱铭》[①]：

四季笙歌，尚有穷民悲夜月；
六桥花柳，浑无隙地种桑麻。

【注释】

①胡来朝（1561—1627）：字杼丹，别号光六。赞皇（今河北赞皇）人。万历二十六年（1598）进士，官至都察院右佥都御史。

郑烨《湖心亭柱铭》[①]：

亭立湖心，俨西子载扁舟，雅称雨奇晴好；
席开水面，恍东坡游赤壁，偏宜月白风清。

【注释】

①郑烨：字文光。钱塘人。嘉靖三十一年（1552）举人，曾官安庆府丞。

张岱《清喜阁柱对》：

如月当空，偶以微云点河汉；
在人为目，且将秋水剪瞳神。

放生池

宋时有放生碑，在宝石山下[①]。盖天禧四年[②]，王钦若请以西湖为放生池[③]，禁民网捕，郡守王随为之立碑也[④]。今之放生池，在湖心亭之南。外有重堤，朱栏屈曲，桥跨如虹，草树蓊翳[⑤]，尤更岑寂[⑥]。古云"三潭印月"[⑦]，即其地也。

【注释】

①宝石山：又称巨石山、石甑山，在今浙江杭州西湖北部，与葛岭一起组成西湖的北屏。

②天禧四年：即公元1020年，宋真宗赵恒年号（1017—1021）。

③王钦若（962—1025）：字定国，新喻（今江西新余）人。淳化三年（992）进士，官至宰相。曾奉旨编撰《册府元龟》。

④王随（973—1039）：字子正，河南（今河南洛阳）人。咸平五年（1002）进士，官至宰相，曾任杭州知府。

⑤蓊翳：树木茂盛的样子。

⑥岑寂：寂静，冷清。

⑦三潭印月：在今杭州西湖外湖小瀛洲南。宋元祐四年（1089），苏轼任杭州知州，疏浚西湖，在水中立三石塔，为禁止种植菱芡标志。塔毁于明弘治间，天启元年（1621）重建。明月之夜，置烛火于塔中，光从洞孔透出，宛如一轮明月印映水中，故名为三潭印月。

【译文】

宋时有块放生碑，立在宝石山下。天禧四年，王钦若请求将西湖作为放生池，禁止百姓用网捕鱼，郡守王随为此立了一块这样的碑。现在的放生池，在湖心亭的南边。池外有重重堤坝，朱栏曲折，有桥如彩虹飞跨其上，草木茂盛，显得尤其寂静冷清。古时所说的"三潭印月"，就是这里。

春时游舫如鹜[①]，至其地者，百不得一。其中佛舍甚精，复阁重楼，迷禽暗日[②]，威仪肃洁，器钵无声[③]。但恨鱼牢幽闭[④]，涨腻不流[⑤]，刿鬐缺鳞[⑥]，头大尾瘠[⑦]，鱼若能言，其苦万状。以理揆之[⑧]，孰若纵壑开樊[⑨]，听其游泳，则物性自遂，深恨俗僧难与解释耳。

【注释】

①如鹜（wù）：即趋之如鹜，像鸭子一样成群地跑去。形容很多人追逐某一事物。鹜，野鸭。

②“迷禽”句：形容楼阁密集，使飞禽迷目，日光昏暗。

③器钵：法器。

④鱼牢：渔网。

⑤涨腻：浑浊高涨。语出杜牧《阿房宫赋》：“渭流涨腻者，弃脂水也。”

⑥刿（guì）：刺伤。鬐：鱼脊。

⑦瘠：瘦弱。

⑧揆（kuí）：思量，揣度。

⑨樊：笼子。

【译文】

春天的时候湖上游船很多，但到这个地方的，连百分之一都不到。这里的佛舍很是精致，楼阁重叠密布，几乎达到飞禽迷目、日光昏暗的程度，殿内威严庄重而整洁，法器安静地摆放着。遗憾的是池中渔网紧闭，水流浑浊而闭塞，里面的鱼儿要么脊背刺伤，要么鳞片缺损，头大尾瘦，鱼儿如果能说话，它们必定有许多苦要诉。以常理来推测，哪里比得上挖开沟渠，打开笼子，让鱼儿在水中随意游动，顺应它们的自然本性，很遗憾的是这个道理很难和那些庸俗的僧人们讲清楚。

昔年余到云栖[①]，见鸡鹅豚羖[②]，共牢饥饿[③]，日夕挨挤，堕水死者不计其数。余向莲池师再四疏说[④]，亦谓未能免俗，聊复尔尔[⑤]。后见兔鹿猢狲亦受禁锁[⑥]，余曰："鸡凫豚羖[⑦]，皆藉食于人[⑧]，若兔鹿猢狲，放之山林，皆能自食，何苦锁禁，待以胥縻[⑨]？"莲师大笑，悉为撤禁，听其所之，见者大快。

【注释】

①云栖：即云栖寺，在西湖南五云山云栖坞，始建于北宋乾德五年（967）。

②羖（gǔ）：公羊。

③共牢：旧时婚礼时，夫妇共食一牲。这里指聚集在一起喂食。牢，祭祀用的牺牲。

④莲池师：即莲池大师（1535—1615），俗姓沈，名袾宏，字佛慧，别号莲池。疏说：解释说明。

⑤"未能免俗，聊复尔尔"：不能免俗，姑且如此罢了。意谓表面应付一下。出自《世说新语·任诞》的典故：阮咸、阮籍住在路南，其他阮姓住在路北。七月七日，按习俗要晒衣，北阮晒的都是绫罗绸缎，而阮咸却挂起一条粗布短裤晒在院子里；有人对他的做法感到奇怪，他回答说："未能免俗，聊复尔耳！"

⑥猢狲：猴子。

⑦凫：野鸭。

⑧藉：凭借。

⑨胥縻：同"胥靡"，古代服劳役的奴隶或刑徒。这里指束缚、捆绑。

【译文】

从前那些年我到云栖寺，看到鸡鹅猪羊，被圈养在一起喂食，从早到晚挤在一起，掉到水中淹死的不知道有多少。我向莲池大师反复说明情况，但他也不能免俗，只是表面上应付一下。后来看见兔子、鹿和猴子等也受到这样的囚禁，我就说："鸡鸭猪羊，都需要靠人才能得到食物，像兔子、鹿和猴子，将它们放回山林中，都能自己觅食，何苦非要拘禁它们，用捆绑束缚的方式对待它们呢？"莲池大师听完大笑，把所有囚禁这些动物的笼子撤掉，任凭它们去哪里，看到的人们大为快意。

陶望龄《放生池》诗①：

介卢晓牛鸣，冶长识雀哕。
吾愿天耳通，达此音声类。
群鱼泣妻妾，鸡鹜呼弟妹。
不独死可哀，生离亦可嘅。
闽语既嘤咿，吴听了难会。
宁闻闽人肉，忍作吴人脍。
可怜登陆鱼，唫喁向人谇。
人曰鱼口喑，鱼言人耳背。
何当破网罗，施之以无畏。

昔有二勇者，操刀相与酤。
曰子我肉也，奚更求食乎。
互割还互啖，彼尽我亦屠。
食彼同自食，举世嗤其愚。
还语血食人，有以异此无？

吴越王钱镠于西湖上税渔，名"使宅鱼"。一日，罗隐入谒，壁有磻溪垂钓图，王命题之。题云："吕望当年展庙谟，直钩钓国又何如。假令身住西湖上，也是应供使宅鱼。"王即罢渔税。

【注释】

①陶望龄(1562—1609):字周望,号石篑。会稽人。万历十七年(1589)进士,官至国子监祭酒。著有《歇庵集》。

放生池柱对:

天地一网罟,欲度众生谁解脱;
飞潜皆性命,但存此念即菩提。

醉白楼

杭州刺史白乐天啸傲湖山时[①],有野客赵羽者[②],湖楼最畅,乐天常过其家,痛饮竟日,绝不分官民体。羽得与乐天通往来,索其题楼。乐天即颜之曰"醉白"。在茅家埠[③],今改吴庄。一松苍翠,飞带如虬[④],大有古色,真数百年物。当日白公,想定盘礴其下[⑤]。

【注释】

①刺史:职官名。古代执掌地方纠察的官,后沿称地方长官。白乐天:即白居易,字乐天。唐穆宗长庆二年(822)出任杭州刺史。啸傲:放歌长啸,傲然自得。指行为旷达,不受世俗礼法拘束。湖山:湖水,山峦。

②野客:山野之人。这里借指隐逸者。

③茅家埠:在今杭州西湖以西,东望杨公堤,西接龙井路。据周密《武林旧事》记载,旧时在此居住的多是茅姓人家,以采茶养蚕为生。

④虬:古代传说中有角的小龙。

⑤盘礴：箕坐，随意舒展两腿而坐，不拘礼节。

【译文】

杭州刺史白居易畅游湖山时，有位叫赵羽的隐逸者，他湖边的楼房最令人畅怀，白居易时常造访他家，痛痛快快喝上一整天，全然不顾官员与百姓之别。赵羽得以与白居易来往，他请其为自家的楼题字。白居易当即题写"醉白"二字。这个地方在茅家埠，现在被改称吴庄。有一棵苍松，树枝盘绕弯曲如虬龙，很有古韵，真称得上是百年珍品。那时的白居易，想来一定随意伸着腿坐在树下。

倪元璐《醉白楼》诗[①]：

金沙深处白公堤，太守行春信马蹄。
冶艳桃花供祗应，迷离烟柳藉提携。
闲时风月为常主，到处鸥凫是小傒。
野老偶然同一醉，山楼何必更留题。

【注释】

①倪元璐（1594—1644）：字玉汝，号鸿宝。上虞（今浙江绍兴）人。天启二年（1622）进士，官至户部尚书。有《倪文贞集》传世。

小青佛舍

小青，广陵人[①]。十岁时遇老尼，口授《心经》[②]，一过成诵。尼曰："是儿早慧福薄，乞付我作弟子。"母不许。长好读书，解音律，善弈棋。误落武林富人[③]，为其小妇[④]。大妇奇妒，凌逼万状[⑤]。

【注释】

①广陵:今江苏扬州广陵区。

②《心经》:《般若波罗蜜多心经》的简称。

③误落:陷入不好的境地。这里是错嫁、误嫁的意思。

④小妇:妾,小老婆。

⑤凌逼:欺凌逼迫。

【译文】

小青,是广陵人。十岁的时候遇到一位老尼姑,亲口传授她《心经》,小青学了一遍就能背诵。尼姑说:"这个孩子年少聪慧,但福缘浅薄,请给我做弟子。"她的母亲不答应。小青长大后喜欢读书,通晓音律,擅长下棋。错嫁给武林的一个富人,成了人家的妾室。那家的正妻嫉妒心很强,用各种方式威逼折磨小青。

一日携小青往天竺①,大妇曰:"西方佛无量②,乃世独礼大士③,何耶?"小青曰:"以慈悲故耳。"大妇笑曰:"我亦慈悲若。"乃匿之孤山佛舍,令一尼与俱。小青无事,辄临池自照,好与影语,絮絮如问答④,人见辄止。故其诗有"瘦影自临春水照,卿须怜我我怜卿"之句⑤。

【注释】

①天竺:即天竺寺。在杭州灵隐山飞来峰南,有上、中、下三座。

②无量:难以计算,指数量极多。

③大士:本为菩萨的通称,这里特指观音菩萨。

④絮絮:指说话连续不断。

⑤瘦影自临春水照,卿须怜我我怜卿:这两句诗抒写了小青顾影自怜、非常寂寞的心态。

【译文】

一天正妻带着小青去天竺寺，正妻说："西方世界的佛那么多，但世人却只礼拜观音菩萨，这是为什么呢？"小青说："因为观音大士慈悲为怀。"正妻笑着说："我也会对你慈悲一些。"于是把小青藏在孤山的佛舍里，让一个尼姑和她在一起。小青没事的时候，就对着池水照自己，她喜欢和自己的影子说话，絮叨不断好像有问有答，如果被人看到，她就马上停下。所以她的诗里有"瘦影自临春水照，卿须怜我我怜卿"的句子。

后病瘵绝粒[①]，日饮梨汁少许，奄奄待尽。乃呼画师写照，更换再三，都不谓似。后画师注视良久，匠意妖纤[②]。乃曰："是矣。"以梨酒供之榻前，连呼："小青！小青！"一恸而绝，年仅十八。遗诗一帙[③]。大妇闻其死，立至佛舍，索其图并诗焚之，遽去。

【注释】

①瘵（zhài）：病，多指痨病。绝粒：不吃不喝，断绝饮食。

②匠意：措意，刻意。巧妙的创作意念。妖纤：娇媚纤弱。

③帙（zhì）：书的卷册、卷次。

【译文】

后来小青得了痨病，不进饮食，每天只喝少量的梨汁，奄奄一息。她叫来画师为自己画像，画了三次，小青都说画的不像。后来画师观察了她很久，匠心独具刻画出其娇媚纤弱的意态。小青才说："就是这样。"她在床榻前用梨酒供奉这幅画像，连声呼唤："小青！小青！"在极度哀伤中离世，年仅十八岁。小青留下一卷诗。正妻听说小青死了，立刻赶到佛舍，要走她的画像和诗歌一并烧毁，随后急忙离开。

小青《拜慈云阁》诗：

稽首慈云大士前，莫生西土莫生天。
愿将一滴杨枝水，洒作人间并蒂莲。

又《拜苏小小墓》诗：

西泠芳草绮粼粼，内信传来唤踏青。
杯酒自浇苏小墓，可知妾是意中人。

卷四

【题解】

本卷所写为西湖南路十六处景致，其中有一个名字被反复提起，那就是钱镠。这位生在乱世的吴越国国王不过是偏安一隅的地方诸侯，在后世很少被提及，但对西湖乃至杭州来说，则有着非同寻常的意义，因为其统治的核心地带就是杭州。正是在其当政期间，西湖得到有效开发，奠定了后世繁荣的基础。这位草莽出身的传奇英雄为西湖留下了很多建筑，也留下了许多传说故事，谈到西湖的逸闻趣事，少不了这样一位特殊的人物。

以下对本卷所收各文进行简要评述：

《柳州亭》：柳州亭见证的不仅仅是南宋时期都城的繁华，到了作者所在的时代，这里依然“车马喧阗，驺从嘈杂”，一派盛世景象。在其周围，分布着很多名人雅士的园林精舍。不幸的是，一场战火之后，荡然无存。作者很赞同李格非《洛阳名园记》的观点，从名园的兴废可以看出一座城市的盛衰，从一座城市的盛衰可以看出天下的治乱。刚刚经历过王朝兴替的作者对此有着刻骨铭心的感受。

《灵芝寺》：这篇文章介绍了两处建筑，即灵芝寺和显应观。前者的核心人物是钱镠，后者的核心人物是宋高宗赵构，两人因缘际遇，都将杭州作为人生的舞台，在这里留下了太多的印迹。深入了解西湖，解读杭州，要先从这些人物入手。

《钱王祠》：在中国历史上，五代十国几乎成为乱世的代名词。这一段历史时间并不长，但头绪繁多，因而关注者不多，很多人物、事件被遮蔽，比如这位颇有传奇色彩的钱镠。如今知道他的人并不多，甚至可以说是很少，但在当年，这可是一位风云人物。讲到西湖的前生今世，必然会讲到他，他在这里留下了很多自己的印迹，包括这座钱王祠。

清代康熙皇帝南巡时，曾为钱王祠题写“保障江山”四字，并勒石建牌坊。钱王祠在灵芝寺遗址中，大部分房宇已毁，仅剩一小院，主要建筑有门楼大殿等。

《净慈寺》：千年古刹，总有一些神奇的传说，净慈寺也不例外。其中有两个值得关注，一是济颠即济公和尚化缘重修寺庙的故事，与人们对这位传奇人物的认知颇为符合。这是一个颇受欢迎的另类僧人，举止怪异，狂放不羁，有关他的传说很多，后来被写成小说《济公全传》，被拍成电影电视，可谓家喻户晓。另一个是建文帝在此避祸的故事。有关建文帝的下落，是一个众说纷纭、没有结论的话题，作者所记，当是众多传说中的一个。正是这些传说，为寺庙增添了几分神秘色彩，也增加了寺庙的文化内涵。

《小蓬莱》：作者在写奔云石，更是在写人。旧地重游，石在人亡，那份失落和伤感挥之不去。怀旧本来就是一件容易伤感的事情，更何况作者不时进行今昔对比。

《雷峰塔》：雷峰塔是西湖的标志性建筑，作者只是简单交代其初建情况，对其自身及周围风景并没有花费笔墨，而是将篇幅留给李流芳的题画文字。李流芳主要说了一件事，那就是将雷峰塔比作老衲或醉翁，哪一个更好。闻启祥将雷峰塔比作老衲，李流芳则写出“雷峰倚天如醉翁”这样的诗句，严调御认为后者更好，“尤得其情态”。之所以将雷峰塔比作醉翁，是因为李流芳曾朝夕与雷峰塔相对，对其有更深的领会。

《包衙庄》：从此文可见明代繁华的另一面，这位包涵所的生活真是到了穷奢极欲的程度,“索性繁华到底”,且得以善终。这可能不符合有些人因果报应、盛极必衰的心理期待,似乎这位老兄一定要家道中落、晚年凄凉、忏悔不已才显得有意义。

《南高峰》:与西湖的妩媚秀丽不同,南高峰的特点在高耸险峻,与北高峰环抱西湖,形成“双峰插云”的景观,成为西湖十景之一。历经岁月洗刷,这里渐趋冷清,山顶的七级石塔到作者撰写此文时,仅存三级,后来则更是荡然无存,还有一座荣国寺,也同样无迹可寻。因缘际遇,西湖周围名胜的归宿也各个不同。

《烟霞石屋》:这篇文章的题目如果叫“烟霞三洞”会更合适。所谓烟霞三洞,指的是位于烟霞岭的三个溶洞,即石屋洞、水乐洞和烟霞洞。其中石屋洞由很多洞组成,洞洞相连,洞壁原有的五百罗汉石雕今已不存。水乐洞如今仍有清泉流出,声如金石,内有梁山伯、祝英台两座石像。烟霞洞顶端有很多钟乳石,洞壁上有五代时期的石窟造像,十分珍贵。

《高丽寺》:这座寺庙是中朝文化交流的一个见证。从佛教的角度来看,它也有着重要的地位,这里是华严宗的中兴重地及教藏中心,被誉为“华严第一道场”。寺庙历经沧桑,屡建屡毁,至清末则毁于战火,遗迹无存。2007年,参照古高丽寺图重建,里面有一座学者如归殿,专门展示中国与朝鲜半岛佛教文化交流的情况。

《法相寺》:旧时每年正月初六,人们就会到庙里瞻仰法真和尚的金身。进入民国,法相寺逐渐衰败,后来则建筑全部毁坏,法真和尚的金身也不知下落。近年来,法相寺得以重建,地址从原来的山腰移至山脚。值得一提的是,在法相寺旁,有一棵一千多年树龄的香樟树,高约十七米,冠幅广达四百多平方米。

《于坟》:青山有幸埋忠骨。从这个角度来看,西湖是幸运的,不少忠臣义士在这里长眠。本书写到的就有岳飞、于谦、周新等,他们感人的事迹与优美的风景相映衬,为湖山增色。有关于谦,因陷入皇家的内部争斗中,许多是非曲直一言难尽。

《风篁岭》:相比西湖的繁华喧闹,风篁岭“林壑深沉”,较少人迹,显得有些凄清。不过这正是修行的好地方,苏轼造访辨才的轶事,又为景色增加了几分雅趣。如今虎溪上的过溪亭仍保存完好,与风篁岭一起入选“龙井八景”。

《龙井》:这篇文章讲了两处龙井:一处是上龙井,也就是老龙井,这里因产茶而名闻天下。也许是了解的人比较多吧,作者重点讲的是另一处即下龙井,也就是龙井寺。下龙井的龙井泉与虎跑泉、玉泉并称西湖三大名泉,可惜知道的人并不多。1949年后,龙井寺被废,原址另作他用。2005年,龙井寺按历史原貌修复,重新开放。

《一片云》:这篇文章写了两块奇石:一是神运石,如今上面有十七处题刻,其中乾隆五次御题,这些题刻不少处字迹已模糊难辨;二是一片云,石高三米多,青润玲珑,巧若镂刻,石身所刻“一片云”为乾隆手迹。两块奇石成自天然,历经风雨,被赋予丰富的历史文化内涵,皆入选“龙井八景”,成为龙井一带的标志性景观。

《九溪十八涧》:西湖的妙处在于它处处是风景,景观丰富,适合所有人。你喜欢热闹,尽可以在断桥、苏堤流连;你喜欢清静,同样可以找到驻足处,比如九溪十八涧。这里的九、十八皆为虚指,溪流的实际数量要多出不少。该处以清幽静谧的自然风光取胜,几处古迹在作者写这篇文章时就已“湮没无存”,正如其所说的“别有天地,自非人间”。

西湖南路

柳州亭

柳州亭，宋初为丰乐楼[①]。高宗移汴民居杭地[②]，嘉、湖诸郡[③]，时岁丰稔[④]，建此楼以与民同乐，故名。门以左，孙东瀛建问水亭[⑤]。高柳长堤，楼船画舫，会合亭前，雁次相缀[⑥]。朝则解维[⑦]，暮则收缆[⑧]，车马喧阗[⑨]，驺从嘈杂[⑩]，一派人声[⑪]，扰嚷不已。

【注释】

①丰乐楼：北宋初名众乐亭，后改耸翠楼，宋徽宗政和年间又改名丰乐楼。

②高宗：即宋高宗赵构（1107—1187）。汴民：汴梁（今河南开封）的居民。

③“嘉、湖”句：嘉兴、湖州一带。

④丰稔（rěn）：丰收。稔，谷物成熟。

⑤孙东瀛：即孙隆，明万历年间任司礼监太监，被派提督苏杭织造，兼理税务。因肆意搜括激起苏州民变，几被杀，逃至杭州得免。

⑥“雁次”句：像雁阵一样排列着。次，行列、队伍。缀，相连缀。连结，跟随。

⑦维：系物的大绳。

⑧缆：系船的粗绳或铁索。

⑨喧阗（tián）：喧哗吵闹。阗，众多，旺盛。

⑩驺（zōu）从：侍从。驺，养马驾车的侍从。

⑪派（pài）：“派”的别字。支流。

【译文】

柳州亭，在宋朝初年叫丰乐楼。宋高宗将汴梁的居民迁到杭州地区，嘉兴、湖州一带，当年是大丰收的年成，就建造这座楼与百姓同乐，因此叫这个名字。大门的左边，是孙隆所建的问水亭。长长的湖堤上种着高大的柳树，楼船画舫在亭前会合，像雁阵一样密密排列着。早晨就解开绳索，傍晚则收起缆绳，车马喧闹，侍从嘈杂，人声鼎沸，吵闹不已。

堤之东尽为三义庙[①]。过小桥折而北，则吾大父之寄园、铨部戴斐君之别墅[②]。折而南，则钱麟武阁学、商等轩冢宰、祁世培柱史、余武贞殿撰、陈襄范掌科各家园亭[③]，鳞集于此。过此，则孝廉黄元辰之池上轩、富春周中翰之芙蓉园[④]，比间皆是[⑤]。今当兵燹之后[⑥]，半椽不剩[⑦]，瓦砾齐肩，蓬蒿满目。

【注释】

①三义庙：供奉刘备、关羽、张飞的庙宇。故址在涌金门外濒湖，今已不存。

②吾大父：作者的祖父张汝霖。铨部：吏部别称。戴斐君：即戴澳，生卒年不详。字有斐，号斐君，奉化（今浙江奉化）人。万历四十

一年（1613）进士，官至顺天府丞。有《杜曲集》。

③钱麟武：即钱象坤（1569—1640），字弘载，号麟武，会稽人。万历二十九年（1601）进士，官至礼部尚书。崇祯二年（1629），兼东阁大学士入内阁。阁学：即内阁大学士。商等轩：即商周祚，字明兼，号等轩，会稽人。万历二十九年（1601）进士，官至兵部尚书、都察院右佥都御史。冢宰：周朝六卿之一，这里指吏部尚书。祁世培：即祁彪佳（1602—1645），字弘吉，号世培、幼文，山阴人。天启二年（1622）进士，官至右佥都御史。明亡后自杀殉节。善山水、书法，工诗文，有《远山堂曲品》《远山堂剧品》等。柱史：周秦官名。这里指御史。余武贞：即余煌（？—1646），字武贞，会稽人。天启五年（1625）状元，历任左谕德、经筵讲官。明亡坚持抗清，后殉国。殿撰：状元的别称。陈襄范：即陈尔翼，字襄范，山阴（今浙江绍兴）人，万历四十四年（1616）进士，曾官吏科给事中。掌科：六科给事中。

④孝廉：举人。黄元辰：生平事迹不详。富春：今浙江杭州富阳区。周中翰：生平事迹不详。中翰，即中书，明朝内阁设中书舍人，负责缮写文书。

⑤比间：比邻相接。

⑥兵燹（xiǎn）：因战乱造成的焚烧破坏。燹，兵火，战火。

⑦椽：安放在梁上支架屋面和瓦片的木条。

【译文】

湖堤东侧尽头是三义庙。过小桥折而向北，就是我祖父的寄园、吏部戴斐君家的别墅。折而向南，则是内阁大学士钱麟武、吏部尚书商等轩、御史祁世培、状元余武贞、六科给事中陈襄范等各家的园林亭台，在这里密布。从这里走过去，就是举人黄元辰家的池上轩、富春周中翰家的芙蓉园，都是比邻相接。如今经历战火之后，连半根房梁都没剩下，破碎的砖瓦堆得齐肩高，满眼看到的都是荒草。

李文叔作《洛阳名园记》[①]，谓以名园之兴废，卜洛阳之盛衰；以洛阳之盛衰，卜天下之治乱。诚哉言也！余于甲午年[②]，偶涉于此，故宫离黍[③]，荆棘铜驼[④]，感慨悲伤，几效桑苎翁之游苕溪[⑤]，夜必恸哭而返[⑥]。

【注释】

①李文叔：即李格非（生卒年不详），字文叔，章丘（今山东济南）人。李清照之父。熙宁九年（1076）进士，历任校书郎、礼部员外郎等。《洛阳名园记》：李格非所撰园林名作。记述北宋私家园林的总体布局以及山池、花木、建筑所构成的园林景观等。其中有"天下之治乱，候于洛阳之盛衰而知；洛阳之盛衰，候于园圃之废兴而得。"

②甲午年：清顺治十一年（1654）。

③"故宫"句：也作"故宫禾黍"，慨叹亡国之典，比喻怀念故国的情思。语出《诗经·王风·黍离》序："《黍离》，闵宗周也。周大夫行役至于宗周，过故宗庙宫室，尽为禾黍，闵周室之颠覆，彷徨不忍去，而作是诗也。"

④"荆棘"句：铜驼弃于荆棘丛中，指变乱后的残破景象。语出《晋书·索靖传》："靖有先识远量，知天下将乱，指洛阳宫门铜驼，叹曰：'会见汝在荆棘中耳！'"

⑤桑苎（zhù）翁之游苕溪：指陆羽游览苕溪。语出《新唐书·陆羽传》："上元初，更隐苕溪，自称桑苎翁，阖门著书。或独行野中，诵诗击木，裴回不得意，或恸哭而归，故时谓今接舆也。"桑苎翁，指唐代茶圣陆羽（733—约804），字鸿渐，竟陵（今湖北天门）人。精于茶道，著有《茶经》。苕溪，这里指浙江湖州的别称，以境内有苕溪而名。

⑥恸（tòng）哭：大哭。

【译文】

李格非作《洛阳名园记》，认为可以用名园的兴废，预测洛阳的盛衰；用洛阳的盛衰，预测天下的治乱。这话说得真对啊！我在甲午年，偶尔来到这里，怀着感念故国的情思，看着变乱后的破败景象，内心很是感慨悲伤，差点要效仿陆羽当年游览苕溪之举，夜间必定大哭着返回。

张杰《柳州亭》诗[①]：

谁为鸿濛凿此陂，涌金门外即瑶池。
平沙水月三千顷，画舫笙歌十二时。
今古有诗难绝唱，乾坤无地可争奇。
溶溶漾漾年年绿，销尽黄金总不知。

【注释】

①张杰（生卒年不详）：字子兴，号平洲生。仁和（今浙江杭州）人。生活在明正德时期。

王思任《问水亭》诗：

我来一清步，犹未拾寒烟。
灯外兼星外，沙边更槛边。
孤山供好月，高雁语空天。
辛苦西湖水，人还即熟眠。

赵汝愚《丰乐楼》[柳梢青]词[①]：

水月光中，烟霞影里，涌出楼台。空外笙箫，云间笑语，人在蓬莱。　天香暗逐风回，正十里荷花盛开。买个小舟，山南游遍，山北归来。

【注释】

①赵汝愚（1140—1196）：字子直。余干（今江西余干）人。乾道二年（1166）进士，官至丞相。有《赵忠定集》。

灵芝寺[①]

灵芝寺，钱武肃王之故苑也[②]。地产灵芝，舍以为寺。至宋而规制寖宏[③]，高、孝两朝四临幸焉[④]。内有浮碧轩、依光堂，为新进士题名之所[⑤]。

【注释】

①灵芝寺：遗址在今浙江杭州涌金门外西湖东南岸柳浪闻莺公园内。

②钱武肃王：五代时期吴越国王钱镠（852—932），字具美，临安（今浙江杭州）人。为吴越开国君主，在位四十一年，谥号武肃王。

③寖（jìn）：同“浸”，逐渐。

④高、孝两朝：指宋高宗赵构与宋孝宗赵昚在位时。临幸：帝王驾临。

⑤题名：唐代举人及第后有曲江会题名席，进士张莒有雁塔题名的故事，后世用作应考录取的意思。

【译文】

灵芝寺，是吴越国王钱镠过去的宫苑。因该地生产灵芝，就施舍作为寺院。到了宋朝，寺庙的规模形制逐渐增大，宋高宗、宋孝宗两朝皇帝曾四次驾临这里。寺内有浮碧轩、依光堂，是新科进士题名的地方。

元末毁，明永乐初[①]，僧竺源再造[②]，万历二十二年重修[③]。余幼时至其中看牡丹，干高丈余，而花蕊烂熳，开至数千余朵，湖中夸为盛事。寺畔有显应观[④]，高宗以祀崔府君也[⑤]。

崔名子玉，唐贞观间为磁州滏阳令[⑥]，有异政[⑦]，民生祠之[⑧]，既卒，为神。

【注释】

①永乐：明成祖朱棣年号（1403—1424）。

②竺源：生平事迹不详，待考。

③万历二十二年：即公元1594年。

④显应观：在南宋临安城丰豫门外，聚景园之北，后迁到金门外灵芝寺之右，宋末元初毁。

⑤崔府君：即崔子玉，乐平人。曾任县令、刺史，有善政，死后被民众奉为神灵，人称"崔府君"，敕封护国显应真君。

⑥贞观：唐太宗李世民年号（627—649）。磁州：今河北磁县。滏（fǔ）阳：古县名。治所在今河北磁县。

⑦异政：突出的政绩。

⑧生祠：为生人所立的祠堂。

【译文】

元朝末年寺庙被毁，明永乐初年，僧人竺源重新建造，万历二十二年进行重修。我小时候到里面看牡丹，枝干有一丈多高，花蕊色彩鲜丽，能开到几千余朵，湖中一带夸赞其为盛事。灵芝寺旁有座显应观，是宋高宗祭祀崔府君的地方。崔府君，字子玉，唐贞观年间担任磁州滏阳县令，有突出的政绩，百姓为他建造生祠，他死了以后，成为神仙。

高宗为康王时[①]，避金兵，走钜鹿[②]，马毙，冒雨独行，路值三岐[③]，莫知所往。忽有白马在道，鞚驭乘之[④]，驰至崔祠，马忽不见。但见祠马赭汗如雨[⑤]，遂避宿祠中。梦神以杖击地，促其行。趋出门，马复在户，乘至斜桥，会耿仲南来迎[⑥]，策马过涧，见水即化。视之，乃崔府君祠中泥马也。及即位，立祠报德，累朝崇奉异常[⑦]。六月六日是其生辰，游人阗塞[⑧]。

【注释】

①康王：宋高宗赵构即位前为定武军节度使、检校太尉，受封蜀国公、广平郡王。宣和三年（1121）进封康王。

②钜鹿：在今河北平乡西南。

③值：遇到。岐：岔路。

④鞚（kòng）驭：驾驭。

⑤赭（zhě）汗：红褐色的汗水。

⑥耿仲南：当为耿南仲（？—1129），字希道，开封（今河南开封）人。元丰五年（1082）进士，官至宰辅。

⑦崇奉：尊敬祀奉。

⑧阗（tián）塞：充塞，拥塞。

【译文】

宋高宗还是康王时，躲避金兵，逃到钜鹿，马死了，他就冒雨独自前行，路上遇到三岔道口，不知道该朝哪个方向走。忽然有匹白马停在路上，他翻身上马，跑到崔祠，结果马忽然不见了。只见祠中的泥马身上像下雨一样满是红褐色的汗水，于是便在祠中避雨住宿。夜里梦到神灵用木杖敲打地面，催促他动身。宋高宗快步出门，马又在门口等着，骑着到了斜桥，遇到耿仲南前来迎接，宋高宗骑马淌过水沟，结果马一遇到水就化了。仔细一看，原来是崔府君祠中的那匹泥马。等到宋高宗即位，就建显应观来报答崔府君的恩德，历代皇帝的祭祀都非常隆重。六月六日是崔府君的生日，游人挤满了祠堂。

张岱《灵芝寺》诗：

项羽曾悲骓不逝，活马犹然如泥塑。
焉有泥马去如飞，等闲直至黄河渡。
一堆龙骨蜕厓前，迢递芒砀迷云路。
茕茕一介走亡人，身陷柏人脱然过。
建炎尚是小朝廷，百灵亦复加呵护。

钱王祠

钱镠[①]，临安石鉴乡人，骁勇有谋略。壮而微，贩盐自活。唐僖宗时[②]，平浙寇王仙芝[③]，拒黄巢[④]，灭董昌[⑤]，积功自显。梁开平元年[⑥]，封镠为吴越王。有讽镠拒梁命者，镠笑曰："吾岂失一孙仲谋耶[⑦]！"遂受之。改其乡为临安县，军为锦衣军。

【注释】

①钱镠（852—932）：字具美，小字婆留，临安（今浙江杭州）人。五代十国时期吴越国的创建者，在位四十一年，谥号武肃王。

②唐僖宗：即唐朝皇帝李俨（862—888），后改名李儇。

③王仙芝（？—878）：濮州（今山东鄄城）人。贩私盐出身，率众起义反唐，后阵亡。

④黄巢（？—884）：曹州冤句（今山东曹县）人。唐末农民起义首领。881年，攻入长安。883年，撤出长安，兵败自杀。

⑤董昌（？—896）：临安人。唐末叛臣。被任为义胜军节度使。后自称"大越罗平"国皇帝。

⑥开平：后梁太祖朱温年号（907—911）。

⑦孙仲谋：即孙权（182—252），字仲谋，吴郡富春（今浙江富阳）人，三国时期吴国开国皇帝。

【译文】

钱镠是临安石鉴乡人，勇猛有谋略。壮年时身份低微，靠卖盐为生。唐僖宗时，他平定浙江贼寇王仙芝，抵挡黄巢，歼灭董昌，屡立战功，名声显赫。后梁开平元年，封钱镠为吴越王。有人劝钱镠拒绝后梁的任命，钱镠笑着说："我哪能失去一位孙仲谋呢？"于是接受了后梁的任命。将其家乡改为临安县，将其军队改为锦衣军。

是年，省茔垄[①]，延故老[②]，旌钺鼓吹[③]，振耀山谷。自昔游钓之所，尽蒙以锦绣，或树石至有封官爵者，旧贸盐担，亦裁锦韬之[④]。一邻媪九十余，携壶泉迎于道左，镠下车亟拜[⑤]。媪抚其背，以小字呼之曰："钱婆留，喜汝长成。"

【注释】

①茔（yíng）垄：坟墓，墓地。

②故老：年长有见识者。

③旌钺（jīng yuè）：旌旗与斧钺。

④韬：掩盖，覆盖。

⑤亟（qì）：屡次，每每。

【译文】

这一年，钱镠祭祖扫墓，邀请故老，旌旗飘扬，鼓乐齐鸣，声震山谷。钱镠昔日游玩垂钓的地方，都用精美的丝绸蒙上，有的树乃至石头都被封赏官爵，过去卖盐的担子，也剪块锦缎盖上。一位九十多岁的邻家老妇人，带着一壶泉水在道旁迎接，钱镠下车一再作揖行礼。老妇人抚摸着他的背，用小名称呼他道："钱婆留，很高兴看到你长大成人了。"

盖初生时，光怪满室，父惧，将沉于了溪，此媪苦留之，遂字焉[①]。为牛酒大陈以饮乡人[②]，别张蜀锦为广幄[③]，以饮乡妇。年上八十者饮金爵，百岁者饮玉爵。镠起劝酒，自唱还乡歌以娱宾，曰："三节还乡兮挂锦衣[④]，父老远近来相随。斗牛光起天无欺[⑤]，吴越一王驷马归[⑥]。"时将筑宫殿，望气者言[⑦]："因故府大之，不过百年；填西湖之半，可得千年。"武肃笑曰："焉有千年而其中不出真主者乎[⑧]？奈何困吾民为。"遂弗改造。

【注释】

①字：养育，抚养。

②牛酒：牛和酒。古代用来馈赠、犒劳、祭祀的物品。

③广幄：大帐幕。

④三节：三镇节度使。钱镠先后做过三个节度使，清王鸣盛《十七史商榷》："'三节'者，镠在唐已领镇海、镇东两军节度，入梁又兼淮南也。"

⑤斗牛：二十八星宿中的斗宿和牛宿。

⑥驷马：这里指显贵者所乘的驾四匹马的高车，表示地位显赫。钱镠的这首还乡歌通过衣锦还乡情景的描摹，写出了志得意满的欢乐心态。

⑦望气者：风水术士，占卜者。

⑧真主：真命天子或贤明的君主。

【译文】

钱镠刚降生时，满屋子都是异光，他的父亲感到害怕，准备把他扔到了溪中淹死，这位老妇人苦苦请求留下他，就养育他长大。钱镠大摆酒席款待乡民吃喝，另外展开蜀锦搭了个大帐幕，让乡里的妇女在里面吃喝。年龄超过八十岁的人用金爵喝酒，达到百岁的人用玉爵喝酒。钱镠起身劝酒，亲自唱着还乡歌来娱乐宾客，他唱道："三节还乡兮挂锦衣，父老远近来相随。斗牛光起天无欺，吴越一王驷马归。"当时钱镠打算筑造宫殿，风水师说："如果沿着原来的宫殿扩建，不会超过百年；如果将西湖的一半填起来，能够维持千年。"钱镠笑道："哪会有千年的时间还不出真命天子的事情呢？为什么要让我的百姓受苦呢？"于是不再改造宫殿。

宋熙宁间①，苏子瞻守郡②，请以龙山废祠妙音院者，改为表忠观以祀之。今废。明嘉靖三十九年③，督抚胡宗宪建祠于灵芝寺址④，塑三世五王像⑤，春秋致祭，令其十九世孙德洪者守之⑥。郡守陈柯重镌《表忠观碑记》于祠⑦。

【注释】

①熙宁：宋神宗赵顼年号（1068—1077）。

②苏子瞻：苏轼，字子瞻。熙宁四年（1071），苏轼任杭州通判。

③嘉靖三十九年：明世宗朱厚熜年号，即公元1560年。

④胡宗宪（？—1565），字汝贞，号梅林，绩溪（今安徽绩溪）人。明朝抗倭名将。嘉靖十七年（1538）进士。曾任浙江巡按御史，后官至总督。后因列名严党入狱，死于狱中。

⑤三世五王：吴越国共传袭三代，五位封王，分别为钱镠、钱元瓘、钱弘佐、钱弘倧、钱弘俶，故称。

⑥德洪：即钱德洪（1496—1574），名宽，字德洪，号绪山，余姚（今浙江余姚）人。嘉靖十一年（1532）进士。官至刑部郎中。受业于王阳明，著有《绪山会语》。

⑦陈柯：字君则，闽县（今福建福州）人。嘉靖二十九年（1550）进士，历任户部主事、杭州知府。

【译文】

北宋熙宁年间，苏轼在此担任郡守，请求将龙山的废祠妙音院，改为表忠观以祭祀钱镠。如今已经废弃了。明嘉靖三十九年，督抚胡宗宪在灵芝寺的旧址修建钱王祠，设立吴越国三代五位君王的塑像，春秋两季祭拜，命钱镠的十九世孙钱德洪守护它。郡守陈柯重刻《表忠观碑记》放在祠堂里。

苏轼《表忠观碑记》：

熙宁十年十月戊子，资政殿大学士、右谏议大夫、知杭州军事臣抃言：

故越国王钱氏坟庙及其父、祖、妃、夫人、子孙之坟，在钱塘者二十有六，在临安者十有一，皆芜秽不治，父老过之，有流涕者。

谨按：故武肃王镠，始以乡兵破走黄巢，名闻江淮。复以八都兵讨刘汉宏，并越州以奉董昌，而自居于杭。及昌以越叛，则诛昌而并越，尽有浙东西之地，传其子文穆王元瓘。至其孙忠献王仁佐，遂破李景兵而取福州。而仁佐之弟忠懿王俶又大出兵攻景，以迎周世宗之师，其后，卒以国入觐。三世四王，与五代相为终始。

天下大乱，豪杰蜂起。方是时，以数州之地盗名字者不可胜数，既覆其族，延及于无辜之民，罔有孑遗。而吴越地方千里，带甲十万，铸山煮海，象犀珠玉之富，甲于天下，然终不失臣节，贡献相望于道。是以其民至于老死不识兵革，四时嬉游，歌舞之声相闻，至于今不废。其有德于斯民甚厚。

皇帝受命，四方僭乱，以次削平。西蜀江南，负其险远，兵至城下，力屈势穷，然后束手。而河东刘氏百战守死，以抗王师，积骸为城，洒血为池，竭天下之力，仅乃克之。独吴越不待告命，封府库，籍郡县，请吏于朝，视去国如传舍，其有功于朝廷甚大。昔窦融以河西归汉，光武诏右扶风修其父祖坟茔，祀以太牢。

今钱氏功德殆过于融，而未及百年，坟庙不治，行道伤嗟，甚非所以劝奖忠臣、慰答民心之义也。臣愿以龙山废佛寺曰妙音院者为观，使钱氏之孙为道士曰自然者居之。凡坟庙之在钱塘者，以付自然；其在临安者，以付其县之净土寺僧曰道微。岁各度其徒一人，使世掌之。籍其地之所入，以时修其祠宇，封植其草木。有不治者，县令亟察之，甚者，易其人，庶几永终不堕，以称朝廷待钱氏之意。臣抃昧死以闻。

制曰：可。其妙音院赐改名表忠观。

铭曰：

天目之山，苕水出焉。龙飞凤舞，萃于临安。笃生异人，绝类离群。奋梃大呼，从者如云。仰天誓江，月星晦蒙。强弩射潮，江海为东。杀宏诛昌，奄有吴越。金券玉册，虎符龙节。大城其居，包络山川。左江右湖，控引岛蛮。岁时归休，以燕父老。晔如神人，玉带毬马。四十一年，寅畏小心。厥篚相望，大贝南金。五胡昏乱，罔堪托国。三王相承，以符有德。既获所归，弗谋弗咨。先王之志，我维行之。天祚忠孝，世有爵邑。允文允武，子孙千亿。帝谓守臣，治其祠坟。毋俾樵牧，愧其后昆。龙山之阳，岿焉斯宫。匪私于钱，惟以劝忠。非忠无君，非孝无亲。凡百有位，视此刻文。

张岱《钱王祠》诗：

扼定东南十四州，五王并不事兜鍪。
英雄球马朝天子，带砺山河拥冕旒。
大树千株被锦绂，钱塘万弩射潮头。
五胡纷扰中华地，歌舞西湖近百秋。

又《钱王祠柱铭》：

力能分土，提乡兵杀宏诛昌，一十四州，鸡犬桑麻，撑住东南半壁；志在顺天，求真主迎周归宋，九十八年，象犀筐篚，混同吴越一家。

净慈寺[①]

净慈寺，周显德元年钱王俶建[②]，号慧日永明院，迎衢州道潜禅师居之[③]。潜尝欲向王求金铸十八阿罗汉，未白也。王忽夜梦十八巨人随行。翌日，道潜以请，王异而许之，始作罗汉堂。宋建隆初[④]，禅师延寿以佛祖大意[⑤]，经纶正宗[⑥]，撰《宗镜录》一百卷[⑦]，遂作宗镜堂。熙宁中，郡守陈襄延僧宗本居之[⑧]。

【注释】

①净慈寺：在今浙江杭州西湖南岸，雷峰塔对面，是西湖四大古刹之一。

②显德：后周世宗柴荣年号（954—960）。钱王俶：即钱俶（929—988），原名弘俶，字文德。吴越末代国王。

③衢（qú）州：今浙江衢州。道潜（？—961）：俗姓武，蒲津（今山西永济）人。隐于衢州古寺，钱王俶召入，封其为“慈化定慧禅师”。

④建隆：宋太祖赵匡胤年号（960—963）。

⑤延寿（904—976）：字仲玄，号抱一子，余杭（今浙江杭州）人。俗姓王，世称“永明大师”。

⑥经纶：原为整理丝缕，引申为规划、治理。

⑦《宗镜录》：延寿所撰佛学著作。该书详述禅宗祖师的言论和重要经论的宗旨，删去繁杂的文字，呈现佛法的精要，目的在“举一心为宗，照万法如镜”，书名即由此而来。

⑧陈襄（1017—1080）：字述古，号古灵先生，侯官（今福建福州）人。庆历二年（1042）进士，曾任杭州知州。有《古灵先生文集》等。宗本（1020—1099）：字无哲，一说字圆照，无锡（今江苏无锡）人。俗姓管，曾住持瑞光寺、净慈寺。

【译文】

净慈寺，是后周显德元年吴越王钱俶修建的，叫慧日永明院，迎接衢州的道潜禅师住在这里。道潜曾想向吴越王请求用黄金铸造十八阿罗汉像，但还没告诉他。吴越王夜里忽然梦到十八位巨人随行。第二天，道潜请求此事，吴越王感到惊讶并答应了，开始建造罗汉堂。北宋建隆初年，延寿禅师依据佛祖意旨，整理正宗教义，撰写一百卷《宗镜录》，于是将其改叫宗镜堂。北宋熙宁年间，郡守陈襄邀请僧人宗本住在这里。

岁旱，湖水尽涸。寺西隅甘泉出，有金色鳗鱼游焉，因凿井，寺僧千余人饮之不竭，名曰圆照井。南渡时，毁而复建，僧道容鸠工五岁始成[①]。塑五百阿罗汉，以田字殿贮之。绍兴九年[②]，改赐净慈报恩光化寺额。复毁。孝宗时，一僧募缘修殿，日餍酒肉而返[③]，寺僧问其所募钱几何，曰："尽饱腹中矣。"募化三年，簿上布施金钱，一一开载明白[④]。

【注释】

①道容：号佛智。南宋建炎间住持城山妙香禅院，绍兴年间迁临安净慈寺。鸠工：召集工匠。

②绍兴九年：即公元1139年，绍兴为宋高宗赵构年号（1131—1162）。

③餍（yàn）：吃饱。

④开载：逐一记载。

【译文】

有一年大旱，湖水全都干涸了。寺院西边的角落涌出甘泉，有金色的鳗鱼在里面游动，于是开凿水井，寺僧一千多人饮用都不枯竭，取名叫圆照井。宋人南渡时，寺院毁坏又重新建造，僧人道容召集工匠，用时五年才完成。为五百阿罗汉塑像，贮存在田字殿里。绍兴九年，改赐净慈报恩光化寺的匾额。后来又被毁坏。宋孝宗时，有个僧人化缘修造佛殿，每天酒肉吃饱喝足了回来，寺中僧人问他募集了多少钱，他说："都吃到肚子里了。"化缘三年，簿册上布散施舍的金钱，都逐一记载得很清楚。

一日，大喊街头曰："吾造殿矣。"复置酒肴，大醉市中，揠喉大呕[①]，撒地皆成黄金，众缘自是毕集，而寺遂落成。僧名祭颠[②]。识者曰："是即永明后身也[③]。"嘉泰间复毁[④]，再建于嘉定三年[⑤]。寺故闳大，甲于湖山。翰林程珌记之[⑥]，有"湿红映地，飞翠侵霄，檐转鸾翎[⑦]，阶排雁齿[⑧]。星垂珠网，宝殿洞乎琉璃[⑨]；日耀璇题，金椽耸乎玳瑁"之语[⑩]。

【注释】

①揠(yà)：抓着。

②祭颠：即济颠，济公和尚，法号道济，天台(今浙江天台)人。俗姓李。平日嗜食酒肉，不守戒律，举止如痴似狂，人称济颠。

③永明：即永明延寿和尚(904—976)，余杭(今浙江杭州)人。俗姓王，字仲玄。曾应吴越王钱俶之请住杭州永明寺。

④嘉泰：宋宁宗赵扩第二个年号(1201—1204)。

⑤嘉定三年：即公元1210年，嘉定为南宋宁宗赵扩年号(1208—1224)。

⑥程珌(1164—1242)：字怀古，休宁(今安徽休宁)人。绍熙四年

(1193)进士,官至礼部尚书。文中所引,见其《净慈山重建报恩光孝禅寺记》一文。

⑦“檐转”句:形容檐角外翻高挑,像鸾鸟的尾翎。鸾,传说中凤凰一类的鸟。翎,鸟翅膀或尾巴上长而硬的羽毛。

⑧“阶排”句:形容石阶排列整齐,像飞雁的行列。

⑨“星垂”二句:殿中的饰物交织成网,像星星般悬空闪烁,宝殿因琉璃的装饰而显得洞达轩敞。

⑩“日耀”二句:璇题像阳光一样明亮耀眼,金椽因雕梁高架而更觉高耸。璇题,指玉饰的椽头。金椽,指金色的椽子。玳瑁,屋梁常绘上玳瑁花纹,后常以玳瑁代称雕梁。

【译文】

有一天,这个僧人在街头大喊说:“我建造佛殿啦。”又买了酒菜,在市集上喝得大醉,用手抠着喉咙大吐,秽物撒到地上都变成了黄金,募集由此全部完成,寺庙随即建成。这个僧人名叫济颠。知情者说:“这就是永明延寿和尚的转世。”嘉泰年间寺庙又被毁坏,嘉定三年又重新建造。寺庙原本规模宏大,其气势都要超过湖山了。翰林程珌曾撰文记述,其中有“湿湿的落花映照地面,高高的绿树插入云霄,高挑外翻的檐角像鸾鸟的尾翎,排列整齐的石阶如飞雁的阵列。各种饰物交织成网像星星般闪烁,宝殿因琉璃的装饰而显得轩敞;椽头如阳光一样明亮耀眼,金椽因雕梁高架而更觉高耸”这样的语句。

时宰官建议①,以京辅佛寺推次甲乙②,尊表五山③,为诸刹纲领④,而净慈与焉。先是,寺僧艰汲⑤,担水湖滨。绍定四年⑥,僧法薰以锡杖扣殿前地⑦,出泉二泒,甃为双井⑧,水得无缺。淳祐十年⑨,建千佛阁,理宗书“华严法界正偏知阁”八字赐之⑩。元季,湖寺尽毁,而兹寺独存。明洪武间毁⑪,僧法净重建⑫。正统间复毁⑬,僧宗妙复建⑭。

【注释】

①宰官:泛指官吏。

②推次甲乙:评出等级、等次。

③尊表:推重彰表。据田汝成《西湖游览志余》:"嘉定间品第江南诸寺,以余杭径山寺、钱塘灵隐寺、净慈寺、宁波天童寺、育王寺为禅院五山。"

④纲领:总领,要领。

⑤艰汲:取水艰难。

⑥绍定四年:即公元1231年,绍定为南宋理宗年号(1228—1233)。

⑦法薰(1170—1245):字石田,眉山(今四川眉山)人。俗姓彭,端平二年(1235)住灵隐寺。有《石田法薰禅师语录》。

⑧鍫(qiāo):同"锹",这里用作动词,挖。

⑨淳祐十年:即公元1250年,淳祐为宋理宗赵昀年号(1241—1252)。

⑩理宗:即宋理宗赵昀(1205—1264)。

⑪洪武:明太祖朱元璋年号(1368—1398)。

⑫法净:生平事迹不详。

⑬正统:明英宗朱祁镇年号(1436—1449)。

⑭宗妙(1369—1443):字觉庵,别号堆云叟。钱塘人。俗姓赵。

【译文】

当时有官员建议,将京都一带的佛寺评出等级,推崇彰表禅院五山,作为天下寺庙的总领,而净慈寺位列其中。在此之前,寺中僧人取水艰难,要到湖边去挑水。绍定四年,僧人法薰用锡杖敲击佛殿前的地面,涌现了两个泉眼,挖成两口井,寺中不再缺水。淳祐十年,修建千佛阁,宋理宗题写"华严法界正偏知阁"八字作为赏赐。元朝末年,西湖一带的寺庙都被毁坏,只有这座寺庙保存下来。明洪武年间净慈寺被毁,僧人法净重新修建。正统年间又被毁,僧人宗妙再次修建。

万历二十年[①]，司礼监孙隆重修，铸铁鼎，葺钟楼，构井亭，架棹楔[②]。永乐间[③]，建文帝隐遁于此[④]，寺中有其遗像，状貌魁伟[⑤]，迥异常人。

【注释】

①万历二十年：即公元1592年。

②棹楔（zhào xiē）：旧时门旁做旌表、立牌坊所用的木柱，也用以指代旌表牌坊。

③永乐：明成祖朱棣年号（1403—1424）。

④建文帝：即朱允炆，建文为其年号（1399—1422）。有关建文帝的下落有各种揣测，此处所载为其中一个传说。隐遁：隐蔽躲藏。

⑤魁伟：身材高大魁梧。

【译文】

万历二十年，司礼监太监孙隆重修净慈寺，铸造铁鼎，修葺钟楼，修建遮蔽水井的亭子，架起表宅树坊的木桩。永乐年间，建文帝隐蔽躲藏在这里，寺中有他的遗像，形貌高大魁梧，和普通人明显不同。

袁宏道《莲花洞小记》[①]：

莲花洞之前为居然亭。亭轩豁可望，每一登览，则湖光献碧，须眉形影，如落镜中。六桥杨柳，一路牵风引浪，萧疏可爱。晴雨烟月，风景互异，净慈之绝胜处也。洞石玲珑若生，巧逾雕镂。

余常谓吴山南屏一派，皆石骨土肤，中空四达，愈搜愈出。近若宋氏园亭，皆搜得者。又紫阳宫石，为孙内使搜出者甚多。噫，安得五丁神将，挽钱塘江水，将尘泥洗尽，出其奇奥，当何如哉！

【注释】

①该文选自袁宏道《西湖记述》。

王思任《净慈寺》诗：

净寺何年出，西湖长翠微。
佛雄香较细，云饱绿交肥。
岩竹支僧阁，泉花蹴客衣。
酒家莲叶上，鸥鹭往来飞。

小蓬莱

小蓬莱在雷峰塔右，宋内侍甘升园也[①]。奇峰如云，古木蓊蔚[②]，理宗常临幸。有御爱松，盖数百年物也。自古称为小蓬莱。石上有宋刻“青云岩”“鳌峰”等字。今为黄贞父先生读书之地[③]，改名“寓林”，题其石为“奔云”。

【注释】

①内侍：太监。甘升：内侍省押班甘泽的儿子，后亦为内侍押班，受到宋孝宗宠幸，权倾一时，后罪发而死。

②蓊蔚：草木茂盛的样子。

③黄贞父：即黄汝亨（1558—1626），字贞父，号寓庸子，仁和（今浙江杭州）人。万历二十六年（1598）进士，历任进贤知县、礼部郎中、江西布政司参议等。著有《天目游记》《廉吏传》《寓林集》《寓庸子游记》等。他是作者祖父张汝霖的好友，作者曾向其学举业，称其为“举业知己”。

【译文】

小蓬莱在雷峰塔的右边，是南宋太监甘升的园林。这里奇峰如云，古木茂盛，宋理宗经常驾临。有一株御爱松，是几百年的古物了。这里自古被称为小蓬莱。山石上有宋时所刻“青云岩”“鳌峰”等字。现在是黄贞父先生读书的地方，改名为“寓林”，他为山石题名为“奔云”。

余谓“奔云”得其情，未得其理。石如滇茶一朵[1]，风雨落之，半入泥土，花瓣棱棱[2]，三四层折。人走其中，如蝶入花心，无须不缀。色黝黑如英石[3]，而苔藓之古，如商彝周鼎入土千年，青绿彻骨也。

【注释】

①滇茶：即滇山茶，又名云南山茶花，山茶科山茶属植物。原产云南，树体高大，荫浓叶阔，花朵硕大。作者在《夜航船》中亦有解释：“茶花：以滇茶为第一，日丹次之。滇茶出自云南，色似衢红，大如茶碗，花瓣不多，中有层折，赤艳黄心，样范可爱。”

②棱棱：瘦削的样子。

③英石：广东英德所出产的一种奇石。形状如山峦层叠，可供装饰或制作假山。

【译文】

我认为“奔云”二字得其情致，却未得妙理。奔云石像一朵滇茶花，风雨使其凋落，一半没入泥土，花瓣瘦削，叠了三四层。人在其中行走，就像蝴蝶落入花心，不能不仔细品咂。石头的颜色黝黑如英石，而上面的苔藓太久了，就像商周时的彝鼎埋在土里上千年，通体透出青绿色。

贞父先生为文章宗匠[1]，门人数百人。一时知名士，无不出其门下者。余幼时从大父访先生。先生面黧黑[2]，多髭须[3]，毛颊[4]，河目海口[5]，眉棱鼻梁，张口多笑。交际酬酢[6]，八面应之。耳聆客言，目睹来牍，手答回札，口嘱傒奴[7]，杂沓于前[8]，未尝少错。客至，无贵贱，便肉、便饭食之，夜与同榻。余一书记往[⑨]，颇秽恶[⑩]，先生寝食之无异也。

【注释】

①文章宗匠：为人宗仰的文章巨匠。宗匠，技艺高超的工匠。常比喻在政治上或学问上有重大成就、众所推崇之人。

②黧（lí）黑：脸色黑。

③髭（zī）须：胡须。

④毛颊：脸颊两边长满毛发。

⑤河目海口：上下眼眶平而长的眼睛，大而深的口。旧时认为这是圣贤的相貌。河目，形状像河一样的眼睛，上下眼眶平而长；海口，像大海一样的嘴，又大又深。

⑥酬酢（zuò）：应酬，应对。

⑦傒奴：奴仆。

⑧杂沓（tà）：杂乱，纷乱。

⑨书记：掌管文书的人。

⑩秽恶：肮脏，污秽。

【译文】

黄贞父先生是文章巨匠，门人有几百个。当时有名的士子，没有不是出自他门下的。我小时候跟随祖父拜访先生。先生脸色较黑，多有胡须，脸颊两边长满毛发，上下眼眶平而长的眼睛，大而深的嘴巴，眉骨高耸，鼻子挺拔，经常张着嘴笑。交际应酬，可以应对八方。先生耳朵听着客人说话，眼睛看着尺牍，手里回复着信件，嘴里吩咐着奴仆，面对纷杂的事务，不曾出过丝毫差错。客人到了，不论高低贵贱，都准备肉、饭给人家吃，夜里和客人同榻而眠。我一个管文书的人去他那里，此人邋遢肮脏，先生和他吃饭睡觉，没什么不同。

天启丙寅[①]，余至寓林，亭榭倾圮[②]，堂中窀先生遗蜕[③]，不胜人琴之感[④]。今当丁酉[⑤]，再至其地，墙围俱倒，竟成瓦砾之场。余欲筑室于此，以为东坡先生专祠，往鬻其地[⑥]，而主人不肯。但林木俱无，苔藓尽剥。“奔云”一石，亦残缺失次，十去其五。数年之后，必鞠为茂草、荡为冷烟矣[⑦]。菊水、桃源[⑧]，付之一想。

【注释】

①“天启”句：即天启六年（1626）。

②倾圮：倒塌毁坏。

③窀（zhūn）：埋葬。遗蜕：遗体。

④人琴之感：此处指对亲友的哀悼、思念之情。语出《世说新语·伤逝》：“王子猷、子敬俱病笃，而子敬先亡。子猷问左右：‘何以都不闻消息？此已丧矣。’语时了不悲。便索舆来奔丧，都不哭。子敬素好琴，便径入坐灵床上，取子敬琴弹，弦既不调，掷地云：‘子敬，子敬，人琴俱亡！’因恸绝良久。月余亦卒。”

⑤丁酉：即顺治十四年（1657）。

⑥鬻（yù）：卖，出售。

⑦鞠为茂草：杂草塞道，形容衰败荒芜的景象。鞠，穷尽之意。语出《诗经·小雅·小弁》：“踧踧周道，鞠为茂草。”荡：毁坏。

⑧菊水：水名。在今河南内乡。传说饮其水可长寿。桃源：陶渊明在《桃花源记》描写的一个与世隔绝的地方，是陶渊明理想中的国度。后用以比喻世外乐土或避世隐居的地方。

【译文】

天启六年，我再到寓林，亭阁台榭倒塌毁坏，堂中埋着先生的遗体，不禁生出人琴俱亡的感叹。现在是丁酉年，再到这个地方，围墙全都倒塌，最终变成残砖碎瓦堆积之所。我想在这里盖房子，作为专门祭祀东坡先生的祠堂，去请人家卖这块地，但主人不愿意。树木都已没了，苔藓全部剥落。“奔云”奇石，也残缺错乱，比原来缺了一半。数年之后，这里必定变成荒草丛生、人烟冷落之地了。至于菊水、桃源，也只能想一想了。

张岱《小蓬莱奔云石》诗：

滇茶初着花，忽为风雨落。
簇簇起波棱，层层界轮廓。
如蝶缀花心，步步堪咀嚼。
薜萝杂松楸，阴翳罩轻幕。
色同黑漆古，苔斑解竹箨。
土绣鼎彝文，翡翠兼丹臒。
雕琢真鬼工，仍然归浑朴。
须得十年许，解衣恣盘礴。
况遇主人贤，胸中有丘壑。
此石是寒山，吾语尔能诺。

雷峰塔①

雷峰者②，南屏山之支麓也③。穹窿回映④，旧名中峰，亦名回峰。宋有雷就者居之⑤，故名雷峰。吴越王于此建塔，始以十三级为准，拟高千尺。后财力不敷⑥，止建七级。古称王妃塔。元末失火，仅存塔心。雷峰夕照，遂为西湖十景之一⑦。

【注释】

①雷峰塔：在今浙江杭州西湖南岸夕照山雷峰上。北宋开宝八年(975)，吴越王钱俶因黄妃得子而建，故称"黄妃塔"。明嘉靖年间，倭寇入侵，纵火焚塔，仅存塔身。1924年9月倒塌，出土有木刻《宝箧印经》经卷和《华严经》石刻。作者在《夜航船》一书中亦有介绍："雷峰塔：在钱塘西湖净寺前，南屏之支麓也，昔有雷就者居之，故名。上有塔，遭回禄，今存其残塔半株。"

②雷峰：即今浙江杭州南夕照山。旧有郡人雷氏居此，故名。

③南屏山：在今浙江杭州南。因地处杭城之南，有石壁如屏障，故名。支麓：支脉。

④穹窿：中间高而四周低的样子。回映：回环掩映。

⑤雷就：人名。传说是位道士，生平事迹不详。

⑥不敷：不足，接济不上。

⑦西湖十景：浙江杭州西湖的十处特色风景，最早见于宋宁宗年间的绘画，包括：苏堤春晓、柳浪闻莺、花港观鱼、双峰插云、三潭印月、曲院风荷、平湖秋月、南屏晚钟、雷峰夕照、断桥残雪。每当夕阳西下时，峰影波光，互相辉映，雷峰塔点缀其中，景色至美。

【译文】

雷峰，是南屏山的支脉。中间高耸，四周低平，回环掩映，过去名叫中峰，也叫回峰。宋时有位叫雷就的人在此居住，所以叫雷峰。吴越王在这里修建佛塔，开始以十三级为目标，打算建千尺高。后因财力不足，只建了七级。古时称王妃塔。元朝末年失火，只存留塔心。雷峰夕照，于是成为西湖十景之一。

曾见李长蘅题画有云[①]：

"吾友闻子将尝言[②]：'湖上两浮屠[③]，宝俶如美人[④]，雷峰如老衲[⑤]。'予极赏之。辛亥在小筑[⑥]，与沈方回池上看荷花[⑦]，辄作一诗，中有句云：'雷峰倚天如醉翁[⑧]。'严印持见之[⑨]，跃然曰：'子将老衲不如子醉翁，尤得其情态也。'盖余在湖上山楼，朝夕与雷峰相对，而暮山紫气，此翁颓然其间[⑩]，尤为醉心。然予诗落句云[⑪]：'此翁情淡如烟水。'则未尝不以子将老衲之言为宗耳。癸丑十月醉后题[⑫]。"

【注释】

①李长蘅：即李流芳（1575—1629），字茂宰，又字长蘅，号香海、泡庵等。万历三十四年（1606）举人。有《檀园集》《西湖卧游图题跋》等。

②闻子将：即闻启祥（1580—1637），字子将，钱塘人。万历四十年（1612）举人。绝意仕进，以著书读书自逸。

③浮屠：佛塔。

④宝俶：保俶塔。

⑤老衲：老僧。

⑥辛亥：万历三十九年（1611）。小筑：规模小而雅致的住宅，多筑于幽静之处。万历二十六年（1598），严调御、严武顺、严敕兄弟三人创办小筑诗社。

⑦沈方回：生平事迹待考。疑或指邹仲锡，字方回，钱塘人。

⑧"雷峰"句：雷峰塔像醉翁一样靠着天。该诗原题为《小筑看荷花偶成》，兹引如下："白公堤畔烟湖空，四月未尽荷花红。雨湖荡桨无一朵，小筑已见千花丛。昨日梅雨天多风，风翻雨打花龙钟。今朝日出方照耀，半晴半阴态逾工。君不见，雷峰倚天如醉翁，雾树欲睡纷朦胧。此花嫣然向我笑，怯怯新妆出镜中。新妆美人正可喜，笑而不来情何已。且拚一斗酬醉翁，此翁情淡如烟水。"

⑨严印持：即严调御，字印持，号废翁，余杭（今浙江杭州）人。善书

工诗，能琴。

⑩颓然：寂静，寂然。

⑪落句：律诗的尾联句子。

⑫癸丑：万历四十一年（1613）。

【译文】

我曾经看见李长蘅在题画词中写道：

“我的朋友闻子将曾说过：‘西湖有两座佛塔，宝俶塔像美人，雷峰塔像老衲。’我极为赞赏这句话。万历三十九年，我在小筑与沈方回在池塘边看荷花，就写了一首诗，其中有一句说：‘雷峰倚天如醉翁。’严印持见到这句诗，高兴地说：‘闻子将的老衲不如你的醉翁，你尤其抓住了雷峰塔的情态。’大概是因为我在西湖的山楼上，早晚和雷峰塔相对，傍晚山间紫气弥漫，这位老翁寂然站在那里，尤为让人心醉。然而我在诗的尾联写道：‘此翁情淡如烟水。’未尝不是把闻子将的老衲之言作为宗旨。万历四十一年十月醉酒后题。”

林逋《雷峰》诗①：

中峰一径分，盘折上幽云。
夕照前林见，秋涛隔岸闻。
长松标古翠，疏竹动微薰。
自爱苏门啸，怀贤事不群。

【注释】

①林逋（968—1028），字君复。钱塘人。不乐仕进，结庐西湖孤山，终身不娶，植梅蓄鹤，人称“梅妻鹤子”。有《林和靖诗集》传世。

张岱《雷峰塔》诗：

闻子状雷峰，老僧挂偏裻。
日日看西湖，一生看不足。

时有薰风至，西湖是酒床。
醉翁潦倒立，一口吸西江。

惨淡一雷峰，如何擅夕照。
遍体是烟霞，掀髯复长啸。

怪石集南屏，寓林为其窟。
岂是米襄阳，端严具袍笏。

包衙庄

西湖之船之楼，实包副使涵所创为之[①]。大小三号：头号置歌筵，储歌童；次载书画；再次偫美人[②]。涵老以声伎非侍妾比[③]，仿石季伦、宋子京家法[④]，都令见客。常靓妆走马，媻姗勃窣[⑤]，穿柳过之，以为笑乐。明槛绮疏[⑥]，曼讴其下[⑦]，擫籥弹筝[⑧]，声如莺试[⑨]。客至则歌僮演剧，队舞鼓吹，无不绝伦。乘兴一出，住必浃旬[⑩]，观者相逐，问其所之。

【注释】

①包副使涵所：即包应登，字涵所，钱塘人。万历十四年（1586）进士，曾任福建提学副使。

②偫（zhì）：储备。

③声伎：歌妓、艺妓。

④石季伦：石崇（249—300），字季伦，渤海南皮（今河北南皮）人，

历任修武县令、南中郎将、荆州刺史。家巨富,生活豪奢,多蓄声妓。宋子京:宋祁(998—1061),字子京,开封雍丘(今河南杞县)人。天圣二年(1024)进士,与兄宋庠同试进士中第,时称"二宋"。历任大理寺丞、国子监直讲、史馆修撰、工部尚书等。

⑤"媻(pán)姗"句:步履缓慢的样子。语出司马相如《子虚赋》:"于是乃相与獠于蕙圃,媻姗勃窣上金堤。"

⑥明槛:轩前的栏杆。绮疏:雕刻成空心花纹的窗户。

⑦曼讴:轻歌曼舞。

⑧擫篇(yè yuè):演奏乐器。擫,以手轻按。篇,乐器名。为短管形的吹奏乐器,形制似笛,有三孔或六孔之分。

⑨莺试:雏莺试啼,优美婉转。

⑩浃(jiā)旬:一旬,十天。浃,整个,周匝。

【译文】

西湖的楼船,实际上是福建提学副使包涵所创制的。大小有三种型号:头号可以摆下有歌舞的宴席,备有歌童;次一号的可以存放书画;最小号的可以载送美人。包涵所老先生认为歌妓比不得侍妾,他效仿石崇、宋祁的家规,让她们都出来见客人。歌妓们经常精心打扮出来表演,她们步履缓慢,随着楼船在柳荫间穿行,以此为乐。有时在轩前的栏杆旁、镂空雕花的窗户下,轻歌曼舞,弹琴奏乐,歌声如雏莺试啼般优美。客人到了,歌僮演戏,跳舞奏乐,无不精彩绝伦。包涵所乘兴出游,必定要在楼船上住个十来天,观赏的人争先恐后,纷纷询问他停船的地点。

南园在雷峰塔下,北园在飞来峰下。两地皆石薮[①],积牒磊砢[②],无非奇峭,但亦借作溪涧桥梁,不于山上叠山,大有文理[③]。大厅以拱斗抬梁,偷其中间四柱[④],队舞狮子甚畅。北园作八卦房,园亭如规[⑤],分作八格,形如扇面。当其狭处,横亘一床,帐前后开合,下里帐则床向外,下外帐则床向内。涵老据其中，扃上开明窗[⑥]，焚香倚枕，则八床面面皆出。穷奢极欲，老于西湖者二十年。

【注释】

①石薮：石头堆。薮，人或物聚集的地方。

②积牒磊砢（lěi luǒ）：很多石头堆积重叠在一起的样子。

③"大有"句：颇具匠心。

④偷：省去、减去。

⑤规：圆形。

⑥扃（jiōng）：关门的闩。代指门，门户。

【译文】

南园在雷峰塔下，北园在飞来峰下。两地都多有石头，堆叠在一起，无不奇特峻峭，也被用作溪流山涧的桥梁，不在山上叠山，颇具匠心。大厅用拱斗抬起房梁，省去房屋中间的四根立柱，即便在里面跳舞狮子也很宽敞。北园作为八卦房，园中的亭子像规一样圆，分成八个格间，形状像扇面。在其狭窄处，横放一张床，床帐前后可以开合，放下里侧的床帐，床就朝外，放下外侧的床帐，床就朝内。包涵所老先生占据中央，门上开着透明的窗户，焚烧香料，倚靠枕头，八张床每个面都显现出来。包涵所穷奢极欲，在西湖生活长达二十年。

金谷、郿坞[①]，着一毫寒俭不得[②]，索性繁华到底，亦杭州人所谓"左右是左右"也[③]。西湖大家，何所不有，西子有时亦贮金屋[④]。咄咄书空[⑤]，则穷措大耳[⑥]。

【注释】

①金谷：即金谷园，石崇所修建的庄园。唐时已荒废，故址在今河南

洛阳。作者在《夜航船》中亦有解释:“金谷园:石崇为荆州刺史时,劫远使商客,致富不赀。有别馆,在河阳之金谷,一名梓泽园,中有清泉茂林,竹柏药草之属,莫不毕备。尝与众客游宴,屡迁其处,或登高临下,或列坐水滨,琴瑟笙筑合载车中,道路并作,令与鼓吹递奏,昼夜不倦。后房数百,俱极佳丽之选,以殽羞精丽相高,求市恩宠。”郿(méi)坞:城堡名。东汉时董卓所建,高厚七丈,号万岁坞,因地属郿县,世称“郿坞”。坞中广聚珍宝、粮谷。故址在今陕西眉县。

②寒俭:寒酸俭啬,不体面。

③左右是左右:反正就这样,就这么回事。

④贮金屋:即金屋藏娇,原指汉武帝要用金屋接纳阿娇为妇,后常形容娶妻或纳妾。语出《汉武故事》:“初,武帝为太子时,长公主欲以女配帝。时帝尚小,长公主指女问帝曰:‘得阿娇好否?’帝曰:‘若得阿娇,当以金屋贮之。’”

⑤咄咄书空:失意、怀恨的样子。语出《世说新语》:“殷中军被废,在信安,终日恒书空作字。扬州吏民寻义逐之,窃视,唯作‘咄咄怪事’四字而已。”

⑥穷措大:贫穷的读书人,带有贬意。

【译文】

就像金谷园、郿坞那样,带一点寒酸之气都不行,索性繁华到底,也就是杭州人所说的“左右是左右”。西湖的大户人家,什么东西没有,即使是真有西施也要藏入金屋。整日失意怀恨的,就是那些穷书生罢了。

陈函辉《南屏包庄》诗①:

独创楼船水上行,一天夜气识金银。
歌喉裂石惊鱼鸟,灯火分光入藻蘋。

潇洒西园出声妓，豪华金谷集文人。
自来寂寞皆唐突，虽是逋仙亦恨贫。

【注释】

①陈函辉（1589—1645）：初名炜，字木椒，后改为木叔，号小寒山子。临海（今浙江临海）人。崇祯七年（1634）进士，曾任靖江县令，明亡后坚持抗清，后自缢而死。有《陈寒山文集》传世。

南高峰[①]

南高峰在南北诸山之界，羊肠佶屈[②]，松篁葱蒨[③]，非芒鞋布袜[④]，努策支筇[⑤]，不可陟也[⑥]。

塔居峰顶，晋天福间建[⑦]，崇宁、乾道两度重修[⑧]。元季毁。旧七级，今存三级。

【注释】

①南高峰：在今浙江杭州市区西南，为西湖群山中南山的高峰之一。

②羊肠：比喻崎岖曲折的小径。佶（jí）屈：曲折。

③“松篁”句：松树翠竹生长茂盛。篁，竹林，泛指竹子。葱蒨（qiàn），草木繁茂的样子。

④芒鞋：草鞋。

⑤“努策”句：用力扶住竹杖。支筇（qióng），即枝筇，义同“筇杖”，用筇制作的手杖。

⑥陟（zhì）：登高。

⑦天福：后晋高祖石敬瑭年号（936—942）。

⑧崇宁：宋徽宗赵佶年号（1102—1106）。乾道：宋孝宗赵昚年号（1165—1173）。

【译文】

南高峰在南北诸山的交界处，崎岖曲折，松树翠竹，很是茂盛，如果不是穿着草鞋布袜，用力拄着竹杖，是登不上去的。

塔在峰顶，后晋天福年间所建，宋朝崇宁、乾道年间两次重新修建。元朝末年被毁。塔原本有七级，现在仅存三级。

塔中四望，则东瞰平芜①，烟销日出，尽湖中之景。南俯大江，波涛洄洑②，舟楫隐见杳霭间③。西接岩窦④，怪石翔舞，洞穴邃密⑤。其侧有瑞应像⑥，巧若鬼工。北瞩陵阜⑦，陂陁曼延⑧。箭栎丛出⑨，麰麦连云⑩。山椒巨石屹如峨冠者⑪，名先照坛，相传道者镇魔处。

峰顶有钵盂潭、颖川泉，大旱不涸，大雨不盈。潭侧有白龙洞。

【注释】

①平芜：草木丛生的平旷原野。

②洄洑（fú）：水流湍急回转的样子。洑，水流回旋的样子。

③杳霭（yǎo ǎi）：云雾缥缈的样子。

④窦：洞穴。

⑤邃密：深远。

⑥瑞应：吉祥，祥瑞。

⑦陵阜：山陵。

⑧陂陁（pō tuó）：高低起伏的样子。曼延：连绵不断。

⑨箭栎：这里泛指竹木。栎，古书上指栎树。

⑩麰（móu）麦：大麦。连云：与天空之云相连。一望无际的样子。

⑪山椒：山顶。峨冠：高冠。

【译文】

从塔中向四周眺望，东边俯瞰平旷的原野，烟气消散，太阳升起，尽揽湖中的美景。南边俯视大江，波涛湍急，水流回转，船只在缥缈的云雾间隐约显现。西面紧接岩洞，怪石好像在飞翔舞蹈，洞穴幽深。旁边有祥瑞的造型，精巧得如同鬼斧神工。北边远望山陵，高低起伏，绵延不绝。竹木丛生，麦田一望无际。山顶上有块巨石屹立，像高耸的帽子，名叫先照坛，相传是道士镇压妖魔的地方。

峰顶有钵盂潭、颖川泉，遇到大旱不干涸，遇到大雨不盈满。钵盂潭旁边有个白龙洞。

金堡《南高峰》诗[①]：

南北高峰两郁葱，朝朝滃渤海烟封。
极颠螺髻飞云栈，半岭峨冠怪石供。
三级浮屠巢老鹘，一泓清水豢痴龙。
倘思济胜烦携具，布袜芒鞋策短筇。

【注释】

①金堡（1614—1680）：字卫公，又字道隐。仁和（今浙江杭州）人。崇祯十三年（1640）进士。明亡后坚持抗清，失败后出家。有《遍行堂集》传世。

烟霞石屋[①]

由太子湾南折而上[②]，为石屋岭[③]。过岭为大仁禅寺[④]，寺左为烟霞石屋。屋高敞虚明，行迤二丈六尺[⑤]，状如轩榭[⑥]，可布几筵[⑦]。洞上周镌罗汉五百十六身。其底邃窄通幽[⑧]，阴翳杳霭[⑨]。侧有蝙蝠洞，蝙蝠大者如鸦，挂搭连牵，互衔其尾。粪作奇臭，古庙高梁，多受其累。会稽禹庙亦然[⑩]。

【注释】

①烟霞石屋：指烟霞洞、石屋洞两处岩洞。烟霞洞在今浙江杭州西南烟霞岭上，石屋洞在今浙江杭州西南南高峰下。

②太子湾：在今杭州西湖南隅九曜山北坡。南宋时庄文、景献两位太子埋葬于此，故名。

③石屋岭：在今浙江杭州南高峰与青龙山之间。

④大仁禅寺：又称大仁院、石屋寺，吴越王钱俶始建，明成化间重建。

⑤行迤（yǐ）：延伸，这里指洞深。迤，斜着延伸。

⑥轩榭：以高大宽敞为特点的亭阁台榭一类建筑物。

⑦几筵：案桌。

⑧邃窄：深远狭窄。

⑨阴翳（yì）：阴暗。杳霭（ǎi）：幽深渺茫的样子。

⑩会稽禹庙：在今浙江绍兴东南。

【译文】

从太子湾向南走再往上，是石屋岭。翻过石屋岭是大仁禅寺，禅寺左边就是烟霞石屋。石屋高大宽敞十分通透，洞深二丈六尺，形如宽敞的台榭，可以放下案桌。洞壁四周刻有五百一十六尊罗汉像。洞底狭窄通幽，阴暗深渺。旁边有个蝙蝠洞，个头大的蝙蝠像乌鸦那样，挂搭牵连，互相衔着尾巴。粪便发出奇臭，古庙的房梁，大多受其连累。会稽的禹庙也是如此。

由山椒右旋为新庵[①]，王予安亹、陈章侯洪绶尝读书其中[②]。余往访之，见石如飞来峰[③]，初经洗出，洁不去肤，隽不伤骨[④]，一洗杨髡凿佛之惨[⑤]。峭壁奇峰，忽露生面[⑥]，为之大快。建炎间[⑦]，里人避兵其内，数千人皆获免。

【注释】

①山椒：山顶。

②王予安亹（wěi）：即王亹（1589—1667），字予安，山阴人。崇祯六年（1633）举人。有《妙远堂诗三集》。陈章侯洪绶：陈洪绶（1598—1652），字章侯，号老莲、莲子。诸暨人。擅书画，有《题画诗》《宝纶堂集》等。

③飞来峰：一名灵鹫峰。在今浙江杭州西灵隐寺前。

④隽（jùn）：通“俊”。优秀，才智出众。

⑤杨髡（kūn）：即杨连真伽。受元世祖忽必烈宠信，任僧官，掌江南佛教事务十余年。贪赃枉法，引起南宋遗民反抗。

⑥生面：新的景象。

⑦建炎：宋高宗赵构年号（1127—1130）。

【译文】

从山顶右转是新庵，王亹、陈洪绶曾在里面读书。我去拜访过他们，只见这里的山石像飞来峰，刚经历过风雨的清洗，整洁而不失其温润，俊秀却不伤其风骨，一洗当年杨髡凿毁佛像的惨状。峻峭的崖壁、奇特的山峰，忽然露出新的景象，令人感到十分畅快。南宋建炎年间，当地人在里面躲避兵乱，几千人都幸免于难。

岭下有水乐洞[①]，嘉泰间为杨郡王别圃[②]。垒石筑亭，结构精雅。年久芜秽不治，水乐绝响。贾秋壑以厚直得之[③]，命寺僧深求水乐所以兴废者，不得其说。一日，秋壑往游，頫睨旁听[④]，悠然有会[⑤]，曰：“谷虚而后能应，水激而后能响，今水潴其中[⑥]，土壅其外[⑦]，欲其发响，得乎？”亟命疏壅导潴[⑧]，有声从洞涧出，节奏自然。二百年胜概[⑨]，一日始复。乃筑亭，以所得东坡真迹刻置其上。

【注释】

①水乐洞：在今浙江杭州西南烟霞岭东麓。

②嘉泰：宋宁宗赵扩年号（1201—1204）。杨郡王：即杨次山，遂安（今浙江淳安）人。宋宁宗皇后杨桂枝之兄，初封永阳郡王，改封会稽郡王。避权势，为时论所许。别圃：园林，花园。

③贾秋壑：即贾似道（1213—1275），字师宪，号秋壑，天台（今浙江天台）人。厚直：高价。

④頫睨：俯身斜眼看。頫，通“俯”。俯身。

⑤悠然：闲适自得的样子。

⑥潴（zhū）：水积聚。

⑦壅（yōng）：堵塞。

⑧亟（jí）：紧急，急切。

⑨胜概：非常好的风景或环境。

【译文】

岭下有个水乐洞，南宋嘉泰年间是杨郡王的园林。他堆砌石头修筑亭子，架构精巧雅致。年代一久变得荒芜杂乱，悦耳的水声也消失了。贾似道用高价买下园子，命寺里的僧人深入探究水乐产生及消失的原因，但没得到结果。有一天，贾似道去园中游玩，俯身环视，侧耳倾听，悠然有得，说道：“山谷空旷然后才能产生回声，水流激打然后才能发出响动，现在水积聚在里面，泥土堵塞在洞外，想要它发出声响，怎么可能呢？”他急忙命人疏浚淤泥，挖通水道，有声音从洞中传出，节奏自然。两百年的胜景，到这一天才恢复。贾似道于是筑造亭子，把他得到的苏东坡真迹刻在上面。

苏轼《水乐洞小记》[1]：

钱塘东南有水乐洞，泉流岩中，皆自然宫商。又自灵隐、下天竺而上，至上天竺，溪行两山间，巨石磊磊如牛羊，其声空砻然，真若钟鼓，乃知庄生所谓天籁，盖无在不有也。

【注释】

①该文又题作《跋石钟山记后》。

袁宏道《烟霞洞小记》[1]：

烟霞洞，亦古亦幽，凉沁入骨，乳汁涔涔下。石屋虚明开朗，如一片云，欹侧而立，又如轩榭，可布几筵。余凡两过石屋，为佣奴所据，嘈杂若市，俱不得意而归。

【注释】

①选自袁宏道《西湖记述》。

张京元《石屋小记》：

石屋寺，寺卑下无可观。岩下石龛，方广十笏，遂以屋称。屋内，好事者置一石榻，可坐。四傍刻石像如傀儡，殊不雅驯。想以幽僻得名耳。出石屋西，上下山坂夹道皆丛桂，秋时着花，香闻数十里，堪称金粟世界。

又《烟霞寺小记》[1]：

烟霞寺在山上，亦荒落，系中贵孙隆易创，颇新整。殿后开宕取土，石骨尽出，巉峭可观。由殿右稍上两三盘，经象鼻峰东折数十武，为烟霞洞。洞外小亭踞之，望钱塘如带。

【注释】

①以上两文皆选自张京元《西湖小记》。

李流芳《题烟霞春洞画》：

从烟霞寺山门下眺，林壑窈窕，非复人境。李花时尤奇，真琼林瑶岛也。犹记与闲孟、无际，自法相寺至烟霞洞，小憩亭子，渴甚，无从得酒。见两伧父携榼至，闲孟口流涎，遽从乞饮，伧父不顾。予辈大怪。偶见梁间恶诗书一板上，乃抉而掷之。伧父跄踉而走。念此辄喷饭不已也。

高丽寺[①]

高丽寺本名慧因寺，后唐天成二年，吴越钱武肃王建也。宋元丰八年[②]，高丽国王子僧统义天入贡[③]，因请净源法师学贤首教[④]。元祐二年[⑤]，以金书汉译《华严经》三百部入寺[⑥]，施金建华严大阁，藏塔以尊崇之。

【注释】

①高丽寺：又名慧因寺，在今浙江杭州西湖南岸南山中。始建于天成二年（927），后屡建屡毁，至清末建筑无存。2007年，参照古高丽寺图重建。

②元丰八年：即公元1085年，元丰为宋神宗赵顼年号（1078—1085）。

③僧统义天（1055—1101）：俗名王煦，出家后被封祐世僧统。高丽国仁孝王第四子，元祐初入中华求法，后归国弘通华严，著有《义

天目录》。僧统,僧官名。始设于北魏。入贡:外国向本国朝廷进献物品。

④净源(1011—1088):北宋华严宗僧人。俗姓杨。字伯长,号潜叟,泉州晋江(今福建泉州)人。贤首教:即华严宗,中国佛教宗派之一,以《华严经》为主要经典而得名。其创始人法藏字贤首,故亦称"贤首宗"。

⑤元祐二年:即公元1087年,元祐为宋哲宗赵煦年号(1086—1094)。

⑥《华严经》:佛教经典。全称《大方广佛华严经》,是华严宗派的主要典籍。

【译文】

高丽寺本名慧因寺,后唐天成二年,吴越国武肃王钱镠修建。北宋元丰八年,高丽国的王子僧统义天入朝进贡,于是向净源法师请求学习贤首教。元祐二年,僧统义天用金泥抄写汉译《华严经》三百部给寺庙,施舍黄金修建华严大阁,藏在塔中以表示尊崇。

元祐四年[①],统义天以祭奠净源为名,兼进金塔二座。杭州刺史苏轼疏言[②]:"外夷不可使屡入中国[③],以疏边防,金塔宜却弗受。"神宗从之[④]。元延祐四年[⑤],高丽沈王奉诏进香幡经于此[⑥]。至正末毁[⑦],洪武初重葺,俗称高丽寺。础石精工[⑧],藏轮宏丽[⑨],两山所无[⑩]。万历间,僧如通重修[⑪]。余少时从先宜人至寺烧香[⑫],出钱三百,命舆人推转轮藏[⑬],轮转呀呀[⑭],如鼓吹初作[⑮]。后旋转熟滑,藏转如飞,推者莫及。

【注释】

①元祐四年:即公元1089年。

②疏:上疏。

③外夷:指外国人。

④神宗:此处记载有误。应为宋哲宗在位时。

⑤延祐四年:即公元1317年,延祐为元仁宗孛儿只斤·爱育黎拔力八达年号(1314—1320)。

⑥沈王:字仲昂,初名源,后改名璋。高丽王朝第二十六代国王。至大三年(1310)进封沈王。幡经:即缁经、翻经,指阅读佛经。

⑦至正:元顺帝孛儿只斤·妥懽帖睦尔年号(1341—1368)。

⑧础石:柱下石基。

⑨藏轮:即轮藏,一种能旋转的藏置佛经的书架。

⑩两山:指南北高峰。

⑪如通(1523—1595):号易庵,俗姓杭,会稽人。曾住持慧因寺。

⑫先宜人:指作者去世的母亲。宜人,为五品命妇的封号。

⑬舆人:仆人。

⑭呀呀:轮藏转动的声音。

⑮鼓吹:乐器演奏。

【译文】

元祐四年,僧统义天以祭奠净源法师的名义,同时奉献两座金塔。杭州刺史苏轼上疏道:"不能让外国人屡屡进入中国,由此放松边防,应该拒绝接受金塔。"宋哲宗听从了他的建议。元延祐四年,高丽国的沈王奉诏在这里烧香拜佛,翻阅经书。元至正末年寺庙被毁,洪武初年重新修葺,俗称高丽寺。石基做工精良,轮藏宏伟壮丽,是南北高峰一带寺庙所没有的。万历年间,僧人如通重新修建。我小时候跟随母亲到寺里烧香,花三百钱,命仆人推转轮藏,轮藏转起来呀呀作响,如乐器刚演奏那样。后来旋转得熟练顺滑了,藏轮好像飞起来一样,推的人都跟不上。

法相寺

法相寺俗称长耳相[①]。后唐时[②]，有僧法真[③]，有异相，耳长九寸，上过于顶，下可结颐[④]，号长耳和尚。天成二年，自天台国清寒岩来游[⑤]，钱武肃王待以宾礼，居法相院。至宋乾祐四年正月六日[⑥]，无疾，坐方丈[⑦]，集徒众，沐浴，趺跏而逝[⑧]。

【注释】

①法相寺：在杭州三台山东麓，五代晋时修建，供奉高僧法真。

②后唐（923—936）：五代十国时期由沙陀族建立的王朝，定都洛阳（今河南洛阳），传二世四帝，历时一十四年。

③法真：即行修（？—951），号法真，俗姓陈，泉州人。相貌奇特，长耳垂肩，人称长耳和尚。

④颐：面颊，腮。

⑤天台：即天台山，在浙江天台县城北。国清：即国清寺，始建于隋开皇十八年（598），初名天台山寺，大业元年（605）隋炀帝赐国清寺额，为佛教宗派天台宗的发源地。寒岩：即寒岩洞。系天台山第一大洞，有“寒岩洞天”之称。旧称掛石洞，因洞中有米芾所书“潜真”二字，又称“潜真洞”。唐代诗人寒山曾长住于此。

⑥乾祐四年：北宋皇帝并无乾祐年号。五代十国时期，北汉皇帝刘旻年号为乾祐，乾祐四年即951年。

⑦方丈：佛寺中住持所住的房间，因居室四方各为一丈，故名。

⑧趺跏（fū jiā）：双足交叠而坐。

【译文】

法相寺俗称长耳相。后唐时，有位僧人法真，长相奇特，耳朵长达九寸，往上能超过头顶，向下可触到面颊，人称长耳和尚。天成二年，法真从天台山国清寺的寒岩洞来此游历，吴越国武肃王钱镠以宾客的礼仪接待，安排他住在法相院。到北汉乾祐四年正月六日，法真并未生病，坐在方丈室，召集弟子，濯发洗身，然后双足交叠坐着去世。

弟子辈漆其真身①，供佛龛，谓是定光佛后身②。妇女祈求子嗣者，悬幡设供无虚日。以此法相名著一时③。

寺后有锡杖泉，水盆活石④，僧厨香洁⑤，斋供精良⑥。寺前茭白笋⑦，其嫩如玉，其香如兰，入口甘芳，天下无比。然须在新秋八月，余时不能也。

【注释】

①漆其真身：这里指的是制作漆像，通常是用苎麻将尸身裹紧，然后在外面刷上漆，这样可以让尸身长期保持不坏。真身，尸身。

②定光佛：即锭光佛、燃灯佛，相对于释迦牟尼现世佛，定光佛是过去佛之一。佛经说其生时周身光明如灯，故名。

③法相：指佛像。

④活石：水底积结的一种质地疏松的石状物，上可生长藻类植物，通常做盆景用。

⑤香洁：芳香洁净。

⑥斋供：供奉神佛的斋食。

⑦茭白笋：茭白的嫩茎。

【译文】

弟子们把其真身做成漆像，供奉在佛龛里，说这是定光佛的转世。祈求子嗣的妇女们，几乎每天都来挂经幡，献供品。其真身佛像因此名噪一时。

寺后有眼锡杖泉，水盆里铺满活石，寺院的厨房整洁，斋供精良。寺前产的茭白笋，像美玉那样鲜嫩，像兰草那样芬芳，吃进嘴里很是香甜，天下没有可比的。然而必须在早秋八月份过来，其他时间吃不到。

袁宏道《法相寺拜长耳和尚肉身戏题》：

轮相居然足，漆光与鉴新。
神魂知也未，爪齿幻耶真。
骨董休疑客，庄严不待人。
饶他金与石，到此亦成尘。

徐渭《法相寺看活石》：

莲花不在水，分叶簇青山。
径折虽能入，峰迷不待还。
取蒲量石长，问竹到溪湾。
莫怪掩斜日，明朝恐未闲。

张京元《法相寺小记》[①]：

法相寺不甚丽，而香火骈集。定光禅师长耳遗蜕，妇人谒之，以为宜男，争摩顶腹，漆光可鉴。寺右数十武，度小桥，折而上，为锡杖泉。涓涓细流，虽大旱不竭。经流处，僧置一砂缸，挹注供爨。久之，水土锈结，蒲生其上，厚几数寸，竟不见缸质，因名蒲缸。倘可铲置研池炉足，古董家不秦汉不道矣。

【注释】

①该文选自张京元《西湖小记》。

李流芳《题法相山亭画》：

去年在法相，有送友人诗云："十年法相松间寺，此日淹留却共君。忽忽送君无长物，半间亭子一溪云。"时与方回、孟旸避暑竹阁，连夜风雨，泉声轰轰不绝。

又有题扇头小景一诗："夜半溪阁响，不知风雨歇。起视杳霭间，悠然见微月。"一时会心，不知作何语。今日展此，亦自可思也。壬子十月大佛寺倚醉楼灯下题。

于坟①

于坟。于少保公以再造功②，受冤身死，被刑之日，阴霾翳天③，行路踊叹④。夫人流山海关，梦公曰："吾形殊而魂不乱，独目无光明，借汝眼光见形于皇帝。"翌日，夫人丧其明。会奉天门灾，英庙临视⑤，公形见火光中。上悯然⑥，念其忠，乃诏贷夫人归⑦。又梦公还眼光，目复明也。公遗骸，都督陈逵密嘱瘗藏⑧。继子冕请葬钱塘祖茔⑨，得旨奉葬于此。

【注释】

①于坟：即于谦墓，在今浙江杭州西湖三台山麓。

②于少保：于谦（1398—1457），字廷益，号节庵，钱塘人。永乐十九年（1421）进士，官至少保，后世称为"于少保"。再造：重建，复兴。

③阴霾：天气阴晦，昏暗。

④踊叹：跺着脚叹息。踊，跳跃，这里是跺脚的意思。

⑤英庙：即明英宗朱祁镇（1427—1464）。

⑥悯然：感伤的样子。

⑦贷：宽恕，饶恕。于谦夫人流放山海关之事与史实不符，此处所述当系传说。

⑧都督：总兵。旧时的军事长官。陈逵（？—1485）：六合（今江苏南京）人。曾任都督同知。瘗（yì）藏：埋葬，掩藏。

⑨冕：即于冕，字景瞻。历任兵部员外郎、应天府尹。

【译文】

于谦墓。于谦有重建王朝的大功，却蒙受冤屈而死，行刑的那天，乌云密布，行人都跺着脚叹息。于谦的妻子被流放到山海关，她梦见于公说："我的身体毁了但魂魄不散，唯独眼睛无光，要借你的视力在皇帝面前现身。"第二天，夫人失明。适逢奉天府门发生火灾，英宗前去察看，于公的身形出现在火光中。皇上颇为感伤，想到于谦的忠心，就下诏赦免其夫人回京。夫人又梦到于公归还其视力，眼睛又恢复了光明。于公的遗骸，都督陈逵秘密吩咐人隐藏掩埋。于公的继子于冕请求归葬钱塘的祖坟，得到圣旨恩准葬在这里。

成化二年[①]，廷议始白[②]。上遣行人马璇谕祭[③]。其词略曰："当国家之多难，保社稷以无虞[④]；惟公道以自持，为权奸之所害。先帝已知其枉，而朕心实怜其忠。"弘治七年赐谥曰"肃愍"[⑤]，建祠曰"旌功"。万历十八年[⑥]，改谥"忠肃"。四十二年[⑦]，御史杨鹤为公增廓祠宇[⑧]，庙貌巍焕[⑨]，属云间陈继儒作碑记之[⑩]。

【注释】

①成化二年：即公元1466年。

②廷议：朝廷的议论。白：辩白，洗冤。

③行人：职官名。掌管朝觐聘问，接待宾客之事。马璇（xuán）：字季明，平湖（今浙江平湖）人。天顺八年（1464）进士。谕祭：天子下旨祭奠臣下。

④无虞（yú）：没有忧患和顾虑。

⑤弘治七年：即公元1494年。

⑥万历十八年：即公元1590年。

⑦四十二年：万历四十二年，即公元1614年。

⑧御史：官名。秦以前指史官，明清时期指主管纠察的官吏。杨鹤（？—1635）：字修龄，武陵（今湖南常德）人。万历三十二年（1604）进士，官至左副都御史。增廓：开拓，扩大。

⑨巍焕：高大辉煌。

⑩属：同“嘱”，嘱咐。云间：今上海松江区。陈继儒（1558—1639）：字仲醇，号空青公、眉公、麋公，华亭（今上海松江）人。多才多艺，以文学、书画闻名。

【译文】

成化二年，朝廷开始商议为于公辩白洗冤。皇上派行人马璇传达圣谕祭祀于公。谕旨大略说：“当国家多难之际，保全社稷太平无事；只有于公秉持公道，却被权臣陷害。先帝已知道他的冤情，朕心里实在痛惜他的忠心。”弘治七年赐谥号为“肃愍”，建祠庙叫“旌功”。万历十八年，改谥号为“忠肃”。万历四十二年，御史杨鹤为于公扩建庙宇，建筑高大辉煌，嘱咐云间陈继儒撰写碑文记载此事。

碑曰：

大抵忠臣为国，不惜死，亦不惜名。不惜死，然后有豪杰之敢[①]；不惜名，然后有圣贤之闷[②]。黄河之排山倒海，是其敢也；既能伏流地中万三千里[③]，又能千里一曲，是其闷也。

【注释】

①敢：勇气，胆量。

②闷：沉默，静默。

③伏流：潜伏地下的水流。

【译文】

碑文写道：

通常忠臣为国，不吝惜死亡，也不吝惜名声。不吝惜死亡，然后有豪杰的勇气；不吝惜名声，然后有圣贤的隐忍。这就像黄河排山倒海，这是其勇气；既能够在地下潜流一万三千里，又能够千里一曲，这是其隐忍。

昔者土木之变[①]，裕陵北狩[②]，公痛哭抗疏[③]，止南迁之议，召勤王之师。卤拥帝至大同[④]，至宣府[⑤]，至京城下，皆登城谢曰："赖天地宗社之灵，国有君矣。"此一见《左传》[⑥]：楚人伏兵车，执宋公以伐宋[⑦]，公子目夷令宋人应之曰[⑧]："赖社稷之灵，国已有君矣。"楚人知虽执宋公，犹不得宋国，于是释宋公。又一见《廉颇传》[⑨]：秦王逼赵王会渑池。廉颇送至境曰："王行，度道里会遇礼毕还[⑩]，不过三十日，不还，则请立太子为王，以绝秦望。"又再见《王旦传》[⑪]：契丹犯边，帝幸澶州。旦曰："十日之内，未有捷报，当何如？"帝默然良久，曰："立皇太子。"

【注释】

①土木之变：明英宗为瓦喇军所俘的事件。正统十四年（1449），英宗听信宦官王振之言，率领大军亲征瓦喇，于土木堡兵败被俘，兵士死伤惨重，史称"土木之变"。

②裕陵：明英宗陵。在今北京昌平石门山东。这里代指明英宗。北狩：天子巡狩。这是明英宗被俘的委婉说法。

③抗疏：向皇帝上书直言。

④卤：即"虏"。旧时对北方外族的贬称。

⑤宣府：在今河北张家口。

⑥《左传》：此事不见于《左传》，见于《公羊传·僖公二十一年》。

⑦执：捕捉，逮捕。

⑧目夷：姓子，名目夷，字子鱼，宋襄公庶兄，春秋时期宋国宗室、大臣。

⑨《廉颇传》：即《史记·廉颇蔺相如列传》。

⑩度：估算，推测。

⑪《王旦传》：即《宋史·王旦传》。王旦（957—1017），字子明，大名莘（今山东莘县）人。太平兴国五年（980）进士。景德元年（1004）真宗出征澶渊，为东京留守，后官至工部、刑部尚书。

【译文】

当年土木之变，英宗亲征被俘，于公痛哭着上书直言，劝阻向南迁都的议论，征召勤王的军队。北虏挟持皇帝到大同，到宣府，到京城下，于公都登城谢绝道："仰赖天地宗庙社神的佑护，国家已有了君王。"这样的事情见于《左传》记载：楚国人埋伏兵车，捉住宋公去讨伐宋国，公子目夷命宋国人回答道："仰赖社稷神灵的佑护，国家已经有君王了。"楚国人知道即便捉住宋公，也得不到宋国，于是释放了宋公。这样的事情还见于《廉颇传》：秦王逼赵王在渑池相会。廉颇将赵王送到边境说："大王前去，估算路上行程及会面礼仪完毕，然后回国，不会超过三十天，如果过了这个时间大王还不回来，就请立太子为王，以断绝秦国要挟赵国的企图。"这样的事情还见于《王旦传》：契丹侵犯边境，皇帝驾临澶州。王旦说："十天之内，如果还没有捷报传来，应当怎么办？"皇帝沉默了很久，说："立皇太子为皇帝。"

三者，公读书得力处也。由前言之，公为宋之目夷；由后言之，公不为廉颇、王旦，何也？呜呼！茂陵之立而复废[①]，废而后当立，谁不知之？公之识，岂出王直、李侃、朱英下[②]？又岂出钟同、章纶下[③]？盖公相时度势，有不当言者，有不必言者：当裕陵在卤，茂陵在储，拒父则卫辄[4]，迎父则高宗[5]，战不可，和不可，无一而可。为制卤地，此不当言也；裕陵既返，见济薨[6]，郕王病[7]，天人攸归[8]，非裕陵而谁？又非茂陵而谁？明率百官，朝请复辟[9]，直以遵晦待时耳[10]，此不必言也。

【注释】

①茂陵：明宪宗朱见深（1447—1487）的陵墓，这里代指明宪宗朱见深。他是明英宗长子，土木之变后，将其废为沂王，英宗复辟又立为皇太子。

②王直（1379—1462）：字行俭，泰和（今江西泰和）人。永乐二年（1404）进士，官至少詹事兼侍读学士。李侃（1407—1485）：字希正，东安（今河北廊坊）人。正统七年（1442）进士，官至都察院右佥都御史。朱英（1417—1485）：字时杰，桂阳（今湖南汝城）人。正统十年（1445）进士，官至左副都御史。上述三人当时都不赞同废皇太子朱见深。

③钟同（1424—1455）：字世京，吉安（今江西吉安）人。景泰二年（1451）进士，任御史。景帝登基后，因提出立朱见深为太子，被杖毙狱中。章纶（1413—1483）：字大经，乐清（今浙江乐清）人。正统四年（1439）进士，任南京礼部主事。他也曾上疏景帝立朱见深为太子。

④卫辄：即卫出公，春秋时期卫国国公。他曾与自己的父亲争夺王位。

⑤高宗：指宋高宗赵构。徽、钦二宗被金人俘虏后，赵构偏安江南，号称要迎还二圣。

⑥见济：即朱见济（1448—1453），明代宗朱祁钰之子，被立太子，年仅五岁夭折。薨（hōng）：古代称诸侯或有爵位的大官死去。

⑦郕王：明代宗朱祁钰（1428—1457）登基前的封号。明英宗复辟后，仍封其为郕王。

⑧天人攸归：上天预先安排好的归宿。攸，所。归，归宿。

⑨复辟：失位的君主，重新恢复君位。

⑩遵晦：退居以待时机。

【译文】

这三件事，都是于公读书受教益的地方。从前一件事来看，于公就是宋国的目夷；从后面的两件事来看，于公又不是廉颇、王旦那样的人，为什么呢？唉！宪宗被立之后又被废，被废之后又当被立，谁不知道呢？于公的见识，哪里会在王直、李侃、朱英之下？又哪里会在钟同、章纶之下？这应当是于公审时度势，有不应当说的话，也有不必说出来的话：当英宗在胡虏那里，宪宗是储君，拒绝父命就成了卫出公，迎合父意就成为宋高宗，力战不可，讲和也不可，没有一种选择是对的。为了制服胡虏，这是不应当说的话；英宗回来以后，见济太子去世，郕王病重，上天安排的归宿，不是英宗还会是谁呢？不是宪宗还会是谁呢？明确率领百官，在朝廷请求皇帝恢复君位，只是等待合适的时机罢了，这是不必说出来的话。

若徐有贞、曹、石夺门之举[①]，乃变局，非正局；乃劫局，非迟局；乃纵横家局，非社稷大臣局也。或曰：盍去诸？呜呼！公何可去也。公在则裕陵安，而茂陵亦安。若公诤之，而公去之，则南宫之锢，不将烛影斧声乎[②]？东宫之废后，不将宋之德昭乎[③]？公虽欲调郕王之兄弟，而实密护吾君之父子，乃知回銮[④]，公功；其他日得以复辟，公功也；复储，亦公功也。人能见所见，而不能见所不见。能见者，豪杰之敢；不能见者，圣贤之闷。敢于任死，而闷于暴君，公真古大臣之用心也哉！

公祠既盛，而四方之祈梦至者接踵[⑤]，而答如响[⑥]。

【注释】

①徐有贞(1407—1472):初名珵,后改名有贞,字元玉,吴县(今江苏苏州)人。宣德八年(1433)进士。夺门之变后被封武功伯。曹:即曹吉祥(?—1461),滦州(今河北滦州)人。宦官,发动夺门之变,迎英宗复位,迁司礼太监,后谋反失败被杀。石:即石亨(?—1460),渭南(今陕西渭南)人。官至都督同知,夺门之变后被封忠国公,后因谋反罪被杀。

②烛影斧声:相传宋太祖病重,召太宗入宫,屏退左右。在烛影下遥见太宗或离席,或躲离,且听到太祖引斧戳地的声音,当晚太祖即崩殂。宋释文莹《续湘山野录》有载。后比喻疑而不决的悬案。

③宋之德昭:指赵德昭(951—979),字日新,宋太祖次子。为叔父赵光义所迫自杀。

④回銮:君王出巡后还宫。銮,古时皇帝车驾所用的铃,用作帝王的代称。

⑤接踵:接触到前面人的脚跟,谓接连不断,相继,相从。踵,脚后跟。

⑥答如响:即应答如响,指对答有如回声。形容答话敏捷流利。响,回声。

【译文】

像徐有贞、曹吉祥、石亨的夺门政变之举,是变局,而不是正局;是劫局,而不是迟局;是纵横家的局,而不是国家重臣的局。有的人说:于公为什么不离开呢?唉!于公怎么能离开呢。于公在,英宗就安全,宪宗也安全。如果于公谏诤之后又离开,那么英宗被禁锢,不是会再现历史上的烛影斧声这一幕吗?皇太子被废以后,不是会再出现宋朝赵德昭那样的悲剧吗?于公虽想调停郕王兄弟,而实际上是暗中护佑我们国君父子,由此可以知道皇帝回宫,是于公的功劳;他后来得以重回皇位,是于公的功劳;复立储位,也是于公的功劳。一般人能看到他所看到的东西,却不能看到他看不到的东西。能够看到的,是豪杰的勇气;不能看到的,是圣贤的隐忍。敢于赴死，又能够隐忍暴君，于公真是古代大臣中用心良苦的人啊！

于公祠堂兴盛，四面八方来向于公祈梦的人接踵而至，而于公的应答就像回声一样灵验。

王思任《吊于忠肃祠》诗①：

涕割西湖水，于坟望岳坟。
孤烟埋碧血，太白黯妖氛。
社稷留还我，头颅掷与君。
南城得意骨，何处暮杨闻。

一派笙歌地，千秋寒食朝。
白云心浩浩，黄叶泪萧萧。
天柱擎鸿社，人生付鹿蕉。
北邙今古讳，几突丽山椒。

【注释】

①该诗题目一作《于忠肃墓》二首。

张溥《吊于忠肃》诗①：

栝柏风严辞月明，至今两袖识书生。
青山魂魄分夷夏，白日须眉见太平。
一死钱塘潮尚怒，孤坟岳渚水同清。
莫言软美人如土，夜夜天河望帝京。

【注释】

①张溥（1602—1641）：初字乾度，改字天如，号西铭。太仓（今江苏太仓）人。崇祯四年（1631）进士，授庶吉士。有《七录斋诗文合集》传世。诗题一作《吊于忠肃公祠》。

张岱《于少保祠》诗：

平生有力济危川，百二山河去复旋。
宗泽死心援北狩，李纲痛哭止南迁。
渑池立子还无日，社稷呼君别有天。
复辟南宫岂是夺，借公一死取貂蝉。

社稷存亡股掌中，反因罪案见精忠。
以君孤注忧王旦，分我杯羹归太公。
但使庐陵存外邸，自知冕服返桐宫。
属镂赐死非君意，曾道于谦实有功。

杨鹤《于坟华表柱铭》[①]：

赤手挽银河，君自大名垂宇宙；
青山埋白骨，我来何处哭英雄。

【注释】

①杨鹤（？—1635）：字修龄。武陵（今湖南常德）人。万历三十二年（1604）进士，官至左副都御史。素有清望。有《春夏秋冬集》传世。

又《正祠柱铭》：

千古痛钱塘，并楚国孤臣，白马江边，怒卷千堆夜雪；两朝冤少保，同岳家父子，夕阳亭里，伤心两地风波。

董其昌《于少保祠柱铭》：

赖社稷之灵，国已有君，自分一腔抛热血；竭股肱之力，继之以死，独留青白在人间。

张岱《于少保柱铭》：

宋室无谋，岁输卤数万币，和议既成，安得两宫归朔漠；汉家斗智，幸分我一杯羹，挟求非计，不劳三寸返新丰。

张岱《定香桥小记》[①]：

甲戌十月，携朱楚生住不系园看红叶。至定香桥，客不期至者八人：南京曾波臣，东阳赵纯卿，金坛彭天锡，诸暨陈章侯，杭州杨与民、陆九、罗三，女伶陈素芝。余留饮。

章侯携缣素为纯卿画古佛，波臣为纯卿写照，杨与民弹三弦子，罗三唱曲，陆九吹箫。与民出寸许紫檀界尺，据小梧，用北调说《金瓶梅》一剧，使人绝倒。

是夜，彭天锡与罗三、与民串本腔戏，妙绝；与楚生、素芝串调腔戏，又复妙绝。章侯唱村落小歌，余取琴和之，牙牙如话。

纯卿笑曰："恨弟无一长，以侑兄辈酒。"余曰："唐裴将军旻居丧，请吴道子画天宫壁度亡母。道子曰：'将军为我舞剑一回，庶因猛厉以通幽冥。'旻脱缞衣，缠结，上马驰骤，挥剑入云，高数十丈，若电光下射，执鞘承之，剑透室而入，观者惊栗。道子奋袂如风，画壁立就。章侯为纯卿画佛,而纯卿舞剑,政今日事也。”

纯卿跳身起,取其竹节鞭,重三十斤,作胡旋舞数缠,大噱而罢。

【注释】

①此文亦见于张岱《陶庵梦忆》卷四,题名《不系园》。

风篁岭①

风篁岭多苍筤篠簜②,风韵凄清。至此林壑深沉③,迥出尘表④。流淙活活⑤,自龙井而下⑥,四时不绝。岭故丛薄荒密⑦,元丰中⑧,僧辨才淬治洁楚⑨,名曰“风篁岭”。苏子瞻访辨才于龙井,送至岭上,左右惊曰:“远公过虎溪矣⑩。”辨才笑曰:“杜子有云⑪:与子成二老,来往亦风流⑫。”遂造亭岭上,名曰“过溪”,亦曰“二老”。

【注释】

①风篁(huáng)岭:在今浙江杭州西南,为西湖群山南北两大支脉的交界点。

②苍筤(láng)篠簜(xiǎo dàng):指各类竹子。苍筤,青竹。篠,小竹。簜,大竹。

③林壑:树林、山谷。

④迥出:远远高出,超过。尘表:世外,世俗之外。

⑤流淙:水流。活活(guō):水流的声音。

⑥龙井:在今浙江杭州西南风篁岭下。因产茶而闻名。

⑦丛薄:草木丛生。

⑧元丰:宋神宗赵顼年号(1078—1085)。

⑨辨才：即元净（1011—1091），俗姓徐，字无象，於潜（今浙江杭州）人。十岁出家，后赐号辨才。淬治洁楚：整治得干净整齐。淬，淬火，引申为洗浴。

⑩远公过虎溪：相传晋慧远法师送客不过溪，过此，虎就号鸣。作者在《夜航船》中亦有提及："虎溪三笑：惠远禅师隐庐山，送客至虎溪即止。一日，送陶渊明、陆修静，与语道合，不觉过虎溪，因大笑。世传《三笑图》。"远公，即慧远（334—416）。净土宗始祖。另参见苏轼诗作《辩才老师退居龙井，不复出入。余往见之，尝出至风篁岭。左右惊曰："远公复过虎溪矣。"辩才笑曰："杜子美不云乎：与子成二老，来往亦风流。"因作亭岭上，名曰过溪，亦曰二老，谨次辩才韵赋诗一首》。

⑪杜子：即杜甫（712—770），字子美，巩县（今河南巩义）人。曾任左拾遗、工部员外郎，后世又称其"杜拾遗""杜工部"。

⑫"与子"二句：语出杜甫诗作《寄赞上人》。赞上人即赞公和尚，唐代僧人，与杜甫交往甚密。上人是对僧人的尊称。子，指赞上人。二老，尊称同时或异代齐名的长者。这里辨才将自己与苏轼的关系比作赞上人和杜甫。风流，风雅。

【译文】

风篁岭长有各类翠竹，风韵凄清。到了这里，树林、山谷深邃幽静，与世俗迥然不同。水流潺潺，从龙井流下，四季不断。山上过去杂草丛生，荒芜凌乱，元丰年间，僧人辨才将这里整治得干净整齐，取名"风篁岭"。苏轼到龙井拜访辨才，辨才送他到风篁岭上，随行的人惊讶地说："远公已经送过虎溪了。"辨才笑道："杜甫有诗写道：与子成二老，来往亦风流。"于是在岭上建了座亭子，取名"过溪"，也叫"二老"。

子瞻记之，诗云："日月转双毂[①]，古今同一丘[②]。惟此鹤骨老[③]，凛然不知秋[④]。去住两无碍，人土争挽留。去如龙出水，雷雨卷潭湫[⑤]。来如珠还浦[⑥]，鱼鳖争骈头[⑦]。此生暂寄寓，常恐名实浮[⑧]。我比陶令愧[⑨]，师为远公优。送我过虎溪，溪水当逆流。聊使此山人，永记二老游[⑩]。”

【注释】

①毂（gǔ）：车轮。

②“古今”句：指古今相同，没什么区别。语出《汉书·杨恽传》：“古与今如一丘之貉。”

③鹤骨：修道者的骨相。

④凛然：形容令人敬畏的神态。

⑤潭湫：深池。湫，水潭。

⑥珠还浦：即“珠还合浦”，比喻失而复得或去而复还。语出《后汉书·循吏列传·孟尝》：“先时宰守并多贪秽，诡人采求，不知纪极，珠遂渐徙于交址郡界。于是行旅不至，人物无资，贫者饿死于道。尝到官，革易前敝，求民病利，曾未逾岁，去珠复还。”

⑦骈头：浮出水面，露头。

⑧名实：名称和实际。

⑨陶令：指陶渊明（365—427），因其曾任彭泽令，故称。

⑩这首诗描写僧人辨才超凡脱俗的气质，回忆过去交往的趣事，写出两人深厚的情谊。

【译文】

苏轼记录了这件事，他在诗中写道：“日月转双毂，古今同一丘。惟此鹤骨老，凛然不知秋。去住两无碍，人土争挽留。去如龙出水，雷雨卷潭湫。来如珠还浦，鱼鳖争骈头。此生暂寄寓，常恐名实浮。我比陶令愧，师为远公优。送我过虎溪，溪水当逆流。聊使此山人，永记二老游。”

李流芳《风篁岭》诗：

林壑深沉处，全凭篠簜迷。
片云藏屋里，二老到云栖。
学士留龙井，远公过虎溪。
烹来石岩白，翠色映玻璃。

龙井

南山上下有两龙井①。上为老龙井②，一泓寒碧③，清洌异常④，弃之丛薄间⑤，无有过而问之者。其地产茶，遂为两山绝品⑥。再上为天门⑦，可通三竺⑧。南为九溪⑨，路通徐村，水出江干⑩。其西为十八涧⑪，路通月轮山⑫，水出六和塔⑬。

【注释】

①南山：杭州西湖西南诸山的统称。

②老龙井：在今风篁岭西晖落坞狮峰山东麓崖壁下，水池呈半圆形，宽约三米，深约半米。

③一泓：一汪。寒碧：指清冷的井水。

④清洌：清澄而寒凉。

⑤丛薄：杂草丛生的地方。

⑥两山：南高峰、北高峰的合称。

⑦天门：即天门山，又称天竺山，为西湖周围群山中的最高峰。

⑧三竺：上天竺、中天竺、下天竺，为浙江杭州灵隐山飞来峰东南三座山的合称。

⑨九溪：在今浙江杭州西南。与十八涧合称“九溪十八涧”，为杭州胜景之一。

⑩江干：江边，江畔。

⑪十八涧：在杭州龙井南鸡冠垅下，源于龙井，汇合众多细流而成涧，与九溪相连。

⑫月轮山：在杭州城南钱塘江边，因形圆如月而得名。

⑬六和塔：又名六合塔，在杭州钱塘江边月轮山上。

【译文】

南山上下有两个龙井。山上的是老龙井，一汪寒泉，非常清澈，被废弃在杂草丛中，没有谁到此过问。这个地方产茶，是南、北两高峰的绝佳特产。再向上是天门山，可以通往三座天竺山。南面是九溪，有路通往徐村，溪水从江边涌出。西面是十八涧，有路通往月轮山，水从六和塔涌出。

下龙井本名延恩衍庆寺①，唐乾祐二年②，居民募缘改造为报国看经院③。宋熙宁中，改寿圣院，东坡书额。绍兴三十一年，改广福院。淳祐六年，改龙井寺。元丰二年，辨才师自天竺归老于此④，不复出，与苏子瞻、赵阅道友善。后人建三贤阁祀之，岁久寺圮⑤。万历二十三年⑥，司礼孙公重修⑦，构亭轩，筑桥，锹浴龙池⑧，创霖雨阁，焕然一新，游人骈集⑨。

【注释】

①延恩衍庆寺：即龙井寺，在今杭州西湖西面风篁岭上。

②乾祐二年：唐无此年号，当为后汉乾祐二年（949）。

③募缘：化缘。向人募化，使结善缘。

④归老：终老。

⑤圮（pǐ）：毁坏，倒塌。

⑥万历二十三年：即公元1595年。

⑦司礼孙公：即司礼监太监孙东瀛。

⑧锹（qiāo）：用锹挖掘。浴龙池：传宋高宗曾洗手于此，池水冬季不涸。

⑨骈集：聚集，聚会。

【译文】

下龙井本名延恩衍庆寺，后汉乾祐二年，当地居民募款将其改造为报国看经院。北宋熙宁年间，改为寿圣院，苏轼为其题写匾额。绍兴三十一年，改为广福院。淳祐六年，改为龙井寺。元丰二年，辨才禅师从天竺回来在此地终老，不再外出，与苏轼、赵阅道关系友善。后人修建三贤阁祭祀他们，年岁久了寺院倒塌。万历二十三年，司礼监太监孙隆重新修建，架亭台，修桥梁，挖浴龙池，建霖雨阁，焕然一新，游人云集。

一片云①

神运石在龙井寺中②，高六尺许，奇怪突兀③，特立檐下④。有木香一架⑤，穿绕窍窦⑥，蟠若龙蛇⑦。正统十三年⑧，中贵李德驻龙井⑨。天旱，令力士淘之。初得铁牌二十四、玉佛一座、金银一锭⑩，凿大宋元丰年号。后得此石，以八十人舁起之⑪。上有"神运"二字，旁多款识⑫，漶漫不可读⑬，不知何代所镌，大约皆投龙以祈雨者也。

【注释】

①一片云：今浙江杭州西湖龙井景区的一块天然岩石。

②神运石：今浙江杭州西湖龙井景区的一块石灰岩巨石。

③突兀：高耸的样子。

④特立：挺立。

⑤木香：一种多年生草本植物，花黄色，香气如蜜。

⑥窍窦：孔穴。语出《徐霞客游记·粤西游日记》："叶间复分开窍窦，若眼之决眥。"

⑦蟠：屈曲，环绕，盘伏。

⑧正统十三年：即公元1448年。

⑨中贵：太监。

⑩铁牌：一种响器。古时僧人凌晨敲击，用以报晓。《东京梦华录·天晓诸人入市》："每日交五更，诸寺院行者打铁牌子或木鱼循门报晓。"

⑪舁（yú）：抬。

⑫款识：古代钟鼎彝器上铸刻的文字。

⑬漶漫：字迹模糊，难以辨识。

【译文】

神运石在龙井寺中，六尺多高，奇特高耸，挺立在屋檐下。有一架木香，穿绕过石头的孔穴，像龙蛇般盘旋环绕。正统十三年，太监李德进驻龙井。当时天旱，李德命有力气的人淘井。刚开始得到二十四块铁牌、一座玉佛、一锭金银，刻有大宋元丰的年号。后来得到这块石头，用八十个人抬起它。石头上有"神运"两个字，旁边刻有很多款识，字迹模糊难以辨识，不知道是什么年代镌刻的，大概都是投进龙井来求雨的吧。

风篁岭上有一片云石，高可丈许，青润玲珑[①]，巧若镂刻。松磴盘屈[②]，草莽间有石洞[③]，堆砌工致，巉岩[④]。石后有片云亭，为司礼孙公所构，设石棋枰于前[⑤]，上镌"兴来临水敲残月，谈罢吟风倚片云"之句。游人倚徙[⑥]，不忍遽去[⑦]。

【注释】

①青润：色青而润泽。

②松磴：有松树的坂道。磴，石头台阶。

③草莽：丛生的杂草。

④巉（chán）岩：险峻的山石。明田汝成《西游游览志》："一片云石，在风篁岭上，高可丈许，青润玲珑，巧若镂刻。松磴盘屈草莽间，有石洞堆砌工致，巉岩可赏。""巉岩"后有"可赏"二字。

⑤石棋枰：石棋盘。枰，棋盘。

⑥倚徙：流连徘徊。

⑦遽：匆忙，急忙。

【译文】

风篁岭上有块叫"一片云"的石头，高大概一丈多，色青而润泽，精巧得仿佛人工镂刻的。长有松树的坂道盘绕曲折，在丛生的杂草中有座石洞，堆砌得整齐有致，险峻的山石可供欣赏。石头后有片云亭，是司礼监太监孙隆修造的，在前面设有石棋盘，上面刻着"兴来临水敲残月，谈罢吟风倚片云"的诗句。游人流连徘徊，不愿匆忙离去。

秦观《龙井题名记》[1]：

元丰二年，中秋后一日，余自吴兴来杭，东还会稽。龙井有辨才大师，以书邀余入山。比出郭，日已夕，航湖至普宁，遇道人参寥，问龙井所遣篮舆，则曰："以不时至，去矣。"

是夕，天宇开霁，林间月明，可数毫发。遂弃舟，从参寥策杖并湖而行。出雷峰，度南屏，濯足于惠因涧，入灵石坞，得支径上风篁岭，憩于龙井亭，酌泉据石而饮之。

自普宁凡经佛寺十五，皆寂不闻人声。道旁庐舍，灯火隐显，草木深郁，流水激激悲鸣，殆非人间之境。行二鼓，始至寿圣院，谒辨才于朝音堂，明日乃还。

【注释】

①秦观（1049—1100）：字少游，一字太虚，号淮海居士。高邮（今江苏高邮）人。元丰八年（1085）进士。历任太学博士、国史院编修官、杭州通判，后被贬。有《淮海集》传世。这篇文章后，苏轼写了一则《龙井题名记跋尾》。

张京元《龙井小记》①：

过风篁岭，是为龙井，即苏端明、米海岳与辨才往来处也。寺北向，门内外修竹琅琅。井在殿左，泉出石罅，甃小圆池，下复为方池承之。池中各有巨鱼，而水无腥气。池淙淙下泻，绕寺门而出。小座与偕亭，玩一片云石。山僧汲水供茗，泉味色俱清。僧容亦枯寂，视诸山迥异。

【注释】

①该文选自张京元《西湖小记》。

王穉登《龙井诗》：

深谷盘回入，灵泉觱沸流。
隔林先作雨，到寺不胜秋。
古殿龙王在，空林鹿女游。
一尊斜日下，独为古人留。

袁宏道《龙井》诗：

都说今龙井，幽奇逾昔时。
路迂迷旧处，树古失名儿。
渴仰鸡苏佛，乱参玉版师。
破筒分谷水，芟草出秦碑。

数盘行井上，百计引泉飞。
画壁屯云族，红栏蚀水衣。
路香茶叶长，畦小药苗肥。
宏也学苏子，辨才君是非。

张岱《龙井柱铭》：

夜壑泉归，渥洼能致千岩雨；晓堂龙出，崖石皆为一片云。

九溪十八涧[①]

九溪在烟霞岭西、龙井山南[②]。其水屈曲洄环[③]，九折而出，故称九溪。其地径路崎岖[④]，草木蔚秀，人烟旷绝，幽阒静悄[⑤]，别有天地，自非人间[⑥]。

【注释】

①九溪十八涧：在浙江杭州龙井南。九溪起源于杨梅岭的杨家坞，次第汇合青湾、宏法、方家、百丈、唐家、佛石、云栖、渚头、小康等九个山坞的细流成溪，再经徐村注入钱塘江；十八涧在烟霞洞西南，源于龙井山的龙井村，穿绕山麓，次第汇合诗人屿、孙文泷、鸡冠泷等许多细流而成涧，九溪十八涧因而得名。

②烟霞岭：在今浙江杭州西湖南南高峰。龙井山：在今浙江杭州西

湖西南。

③洄环：回环。

④径路：小路。崎区：崎岖不平。

⑤幽阒（qù）：幽静，静寂。阒，形容寂静。

⑥“别有”二句：别有一番天地，不是人间的景象。语出李白《山中问答》：“桃花流水窅然去，别有天地非人间。”

【译文】

九溪在烟霞岭西面、龙井山南面。溪流曲折回环，经过九道弯流出，所以称作九溪。这里小路崎岖不平，草木茂盛秀美，人烟稀少，幽静无声，别有天地，自非人间。

溪下为十八涧，地故深邃，即缁流非遗世绝俗者[①]，不能久居。按志，涧内有李岩寺、宋阳和王梅园、梅花径等迹[②]，今都湮没无存。而地复辽远[③]，僻处江干[④]，老于西湖者[⑤]，各各胜地寻讨无遗[⑥]，问及九溪十八涧，皆茫然不能置对[⑦]。

【注释】

①即：即使。遗世：弃绝世间的俗事。

②李岩寺：亦称法雨寺、理安寺。原址在翁家山附近的理安山麓。阳和王：当为杨和王，即杨存中（1102—1166），本名沂中，字正甫。善骑射，屡有战功，官至殿前都指挥使，死后追封和王。

③辽远：遥远。

④江干：江边，江畔。

⑤老：娴熟，富有经验。

⑥各各：每一个，各个。

⑦置对：回答。

【译文】

九溪下是十八涧，地势幽深，即便是僧人，如果不能弃绝世间俗事，也不能久住在这里。根据方志，涧内有李岩寺、宋杨和王梅园、梅花径等古迹，现在都埋没不见了。而这里又很偏远，位于江边一隅，熟悉西湖的人，对这里的每个风景名胜都寻访一遍，但是被问到九溪十八涧，都十分茫然，不能回答。

李流芳《十八涧》诗：

己酉始至十八涧，与孟旸、无际同到徐村第一桥，饭于桥上。溪流淙然，山势回合，坐久不能去。予有诗云：

溪九涧十八，到处流活活。
我来三月中，春山雨初歇。
奔雷与飞霰，耳目两奇绝。
悠然向溪坐，况对山嵯嵲。
我欲参云栖，此中解脱法。
善哉汪子言，闲心随水灭。

无际亦有和余诗，忘之矣。

卷五

【题解】

本卷所写为西湖外景，共十八篇，是全书各卷篇数最多的。所谓外景，就是西湖周边各处的景致，相比北路、西路、中路和南路的名胜，这些景致位置较偏，名气也不够大，游人自然也会少许多。没人的地方有风景，正如王安石在《游褒禅山记》中所说："夫夷以近，则游者众；险以远，则至者少。而世之奇伟瑰怪非常之观，常在于险远，而人之所罕至焉，故非有志者不能至也。"这也正契合了张岱的审美观，他就是这样的"有志者"，更准确地说，是有心者。

相比前几卷所写名胜古迹，张岱对这些景致更为偏爱，毕竟不需要专门避开喧闹的人流，不需要特意在冬日或月夜前来，可以自由自在，玩得尽兴。

以下对本卷所收各文进行简要评述：

《西溪》：作者写这篇文章时，西溪尚是清幽避世之地，是归隐的好去处。如今则开发成西溪国家湿地公园，每天游人如织。看来宋高宗赵构还是有先见之明，尽管没有在这里建都，但表示要"留下"，这一留就是近千年。

《虎跑泉》：二虎跑地出水的传说给虎跑泉增添了一层神秘色彩，如此甘泉也必须有一段这样的传奇才显得超凡脱俗。泉水从大慈山断层陡壁的砂岩、石英砂中渗出，属于天然优质矿泉水，晶莹甘洌，为西湖诸泉之首，与龙井泉一起被称为“天下第三泉”。“龙井茶叶虎跑水”，人称西湖双绝。

《凤凰山》：凤凰山一带可谓风水宝地，吴越、南宋两个王朝都在这里建都，隋唐、明朝将州治放在这里，可以想象当年亭台楼阁林立的盛况。这一带同时也是伤心之地，至明末已成为人迹罕至的废墟，如今只有报国寺、胜果寺、凤凰池及郭公泉等遗迹，正应了风水轮流转这句老话。

《宋大内》：作者写这篇文章时，别有一番滋味在心头，元之灭宋与当时的清兴明亡何其相似。不管赵构是不是钱镠的后身，两人有一个选择是一致的，那就是都在这里建都，奠定了杭州千年繁华的根基。转眼间，王朝灰飞烟灭，昔日的都城顿成庙宇，再次成为废墟。几百年后，这一幕再次上演，于是有了《西湖梦寻》这部书。

《梵天寺》：又是吴越王时期始建的一座古刹，又是苏轼的一段风雅逸闻。可惜在清咸丰年间被毁，如今只有两座南北相对的经幢保存下来，算是不幸中的万幸。寻访古迹，总算是有迹可循。

《胜果寺》：说起胜果寺，可谓命运多舛。从吴越到宋代，规模宏大，屡受皇家青睐，香火之盛非其他寺庙能比。元至正年间寺院被毁，明洪武年间重建。嘉靖间倭寇入侵被焚，后由僧人正因重建。天启年间再次被毁圮，清初重建，乾隆曾题“江湖广览”“澄观堂”两匾额。咸丰年间又被毁，后逐渐荒废，如今仅存废墟。

《五云山》：五云山距城稍远，自成一体，风景秀丽，且可远眺湖山，也是一处奇观。这里虽稍有些偏远，但并不冷清，不过来的人不是为了欣赏风景，也不是为了寻访古迹，而是来到山顶的庙里借钱。毕竟人首先要生存，能活下来才有心思游山玩水。

《云栖》：这篇文章写云栖的文字并不多，实际上是一篇莲池大师小传。大师出身儒生，历经修炼，终得开悟，成为一代高僧。他精通佛学，但同时又灵活变通，不拘一格，个性鲜明，颇有文人气质。

云栖寺因莲池大师而得以复兴，与灵隐、净慈、虎跑、昭庆并称杭州五大名刹。其后寺院屡有毁建，逐渐败落。1949年后，原址及残存建筑另做他用，不复旧观。

《六和塔》：与那些淹没在历史中的建筑相比，六和塔算是比较幸运的。作者撰写该文后，六和塔又进行了几次大规模的整修，终得完整保存。整个塔高近六十米，内部为砖石结构，分七层；外部为木结构楼阁式檐廊，八面十三层。塔内有明石刻镇海神像、南宋敕赐开化之寺石碑以及清乾隆皇帝手书六和塔塔碑等文物。

《镇海楼》：重建镇海楼及写记这段逸闻趣事来自徐渭本人的《酬字堂记》，可见是真人真事，并非虚构的民间传说，由此可见徐渭与胡宗宪关系之一斑。像徐渭这样狂放不羁的奇人，一般人很难容纳接受，也只有胡宗宪才能如此赏识他，任用他。当然，徐渭也没有辜负胡宗宪的信任和厚爱，为他做了很多事情。

《伍公祠》：伍子胥死后成为掀起惊涛巨浪的潮神。极富想象力的民间传说背后，是人们对这位英雄的同情和尊敬，这也颇为符合伍子胥刚烈爽直的性格，钱塘潮因此增加了厚重的文化内容。

《城隍庙》：从这篇文章所记来看，做城隍和做杭州知府差不多，都是父母官，都要审理官司，只不过一个在阴间一个在阳间而已。人称“冷面寒铁”的周新，生前刚正不阿，善断疑案，可惜他只能为别人昭雪，面对自己的冤案却束手无策，只能做个冤死鬼。

《火德庙》：火德庙在西湖周围的名胜中也许没有多大名气，但从这里看到的风景则是独一无二的，那就是居高临下，俯瞰湖光山色，“尽作盆池小景”。从每一个门、窗向外望去，都是一道别致的风景。有了这个角度，西湖之美才完整地呈现出来，既有美不胜收的近景，又有视野开阔的远景，可谓移步换景，步步皆景。

《芙蓉石》：芙蓉石本来应该是作者家的珍品，结果大意失荆州，得而复失，归了人家。更让作者心痛的是，明珠暗投，这样的奇石到了吴家，虽然爱护有加,但并没有展示出其应有的美。人世间的缺憾不是每个都能弥补的,作者也只能在文章中感叹一番而已。不知道这块奇石的下落如何。

《云居庵》:据有关资料记载,云居庵建造时间当在唐懿宗年间,比作者说的要早。寺庙在清代尚完好,进入民国后,被用作军用医院。1949年后,在其遗址上修建浙江革命烈士纪念馆。

《施公庙》:在中国历史上,能够享受立庙祭祀待遇的大多是帝王将相,要么就是传奇英雄、文人才子,像施全这样的小人物并不多见。秦桧当政时,痛恨他的人肯定很多,但敢于站出来反对乃至刺杀他的人并不多。施全的勇气非一般常人可比,尽管未能成功,但仍然受到后人的敬重。为他建庙,实际上是在传承一种可贵的侠义精神。

《三茅观》:作者文后的议论很有意思,坏人竟然可以通过风雅减罪,即便是千古奸雄。人们评价人物,总喜欢用好人坏人、忠臣奸臣之类的标签,这样做的好处是特性鲜明,便于记忆。但缺陷也很明显,那就是遮蔽了人物的丰富性和复杂性。奸邪如阮大铖,此人品行之劣,即便是想为他辩护的都张不开口,但他绝对是位戏曲行家,无论是填词、谱曲,还是演出,他都十分精通,谈到中国戏曲史,不能不提到他。贾似道也是如此。

曹操的情况则另当别论,人们对他的坏印象很多来自小说《三国演义》,而并非《三国志》之类的史书。近来不断有人为他翻案,说起来也是中国历史的一大公案。

《紫阳庵》:紫阳庵因一对虔诚的夫妻信徒而闻名,周围风景清幽,有“小蓬莱”之称。清咸丰年间毁于兵火,今尚有遗迹可寻。

西湖外景

西溪

粟山高六十二丈[①],周回十八里二百步[②]。山下有石人岭,峭拔凝立[③],形如人状,双髻耸然[④]。过岭为西溪,居民数百家,聚为村市。相传宋南渡时,高宗初至武林[⑤],以其地丰厚,欲都之。后得凤凰山,乃云:"西溪且留下[⑥]。"后人遂以名。

【注释】

①粟山:山名。在今浙江杭州西。

②周回:周围,四周。

③凝立:伫立。

④耸然:高耸的样子。

⑤高宗:即宋高宗赵构(1107—1187)。武林:旧时杭州的别称,以武林山得名。苏轼《送子由使契丹》:"沙漠回看清禁月,湖山应梦武林春。"

⑥"西溪"句:意思是西溪建都之事以后再说,作为备选。

【译文】

粟山高六十二丈，周围十八里零二百步。山下有个石人岭，陡峭挺拔，形状像人，两个发髻耸立着。过了石人岭就是西溪，有几百户人家，大家聚集起来成为村落、集市。相传宋室南渡时，宋高宗刚到杭州，因此地物产丰饶，想要定都于此。后来到了凤凰山，就说："西溪暂且留下。"后人就用"留下"称呼这个地方。

地甚幽僻，多古梅，梅格短小[①]，屈曲槎枒[②]，大似黄山松。好事者至其地，买得极小者，列之盆池[③]，以作小景[④]。

其地有秋雪庵[⑤]，一片芦花，明月映之，白如积雪，大是奇景。余谓西湖真江南锦绣之地，入其中者，目厌绮丽[⑥]，耳厌笙歌[⑦]，欲寻深溪盘谷[⑧]，可以避世如桃源、菊水者[⑨]，当以西溪为最。余友江道闇有精舍在西溪[⑩]，招余同隐。余以鹿鹿风尘[⑪]，未能赴之，至今犹有遗恨。

【注释】

①梅格：梅树的形态。

②槎枒(chá yá)：参差不齐，错落。

③盆池：埋盆于地引水灌注而成的小池，用以种植供观赏的水生花草。

④小景：小型的盆景。

⑤秋雪庵：在西溪东北蒹葭深处，即今西溪国家湿地公园中心。明崇祯七年(1634)在南宋资寿岩禅院旧址上建成，以芦花盛称于时。

⑥厌：满足。

⑦笙歌：合笙歌唱。泛指奏乐唱歌。

⑧盘谷：幽深的峡谷。

⑨桃源：世外桃源。菊水：即今河南内乡西北螺蛳河，因河源在石涧山芳菊溪，故名。传说饮其水可长寿。

⑩江道闇（àn）：即江浩，字道闇，钱塘人。明亡出家为僧，法名济斐。著有《蝶庵集》等。精舍：这里指江道闇的修炼之所。

⑪鹿鹿风尘：形容在旅途上辛苦忙碌。鹿鹿，辛苦忙碌的样子。

【译文】

此地很是幽静偏僻，多种古梅，梅树短小，枝干弯曲错落，很像黄山的松树。喜欢游玩的人来到这个地方，买些很小的，种在盆池里，用来制作精致小巧的盆景。

这个地方有座秋雪庵，一片芦花，在明月的映照下，白如积雪，真是一大奇景。我认为西湖确实是江南风景秀美的好地方，深入其中，眼睛看腻了繁华富丽，耳朵听厌了声乐弦歌，想要寻找深溪幽谷，像桃源、菊水那样可以逃避尘世的地方，西溪应当是最好的选择。我的朋友江道闇在西溪有处精舍，他请我一同归隐。我因在尘世中奔忙劳碌，没能赴约，到现在仍深感遗憾。

王穉登《西溪寄彭钦之书》[①]：

留武林十日许，未尝一至湖上，然遂穷西溪之胜。舟车程并十八里，皆行山云竹霭中，衣袂尽绿。桂树大者，两人围之不尽。树下花覆地如黄金，山中人缚帚扫花售市上，每担仅当脱粟之半耳。往岁行山阴道上，大叹其佳，此行似胜。

【注释】

①彭钦之：即彭汝让（生卒年不详），字钦之，号九麓。青浦（今上海青浦区）人。明万历元年（1573）副榜。著有《木几冗谈》。

李流芳《题西溪画》：

壬子正月晦日，同仲锡、子与自云栖翻白沙岭至西溪。夹路修篁，行两山间，凡十里，至永兴寺。永兴山下夷旷，平畴远村，幽泉老树，点缀各各成致。自永兴至岳庙又十里，梅花绵亘村落，弥望如雪，一似余家西碛山中。

是日，饭永兴，登楼啸咏。夜还湖上小筑，同孟旸、印持、子将痛饮。翼日出册子画此。癸丑十月乌镇舟中题。

杨蟠《西溪》诗：

为爱西溪好，长忧溪水穷。
山源春更落，散入野田中。

王思任《西溪》诗：

一岭透天目，千溪叫雨头。
石云开绣壁，山骨洗寒流。
鸟道苔衣滑，人家竹语幽。
此行不作路，半武百年游。

张岱《秋雪庵诗》：

古宕西溪天下闻，辋川诗是记游文。
庵前老荻飞秋雪，林外奇峰耸夏云。
怪石棱层皆露骨，古梅结屈止留筋。
溪山步步堪盘礴，植杖听泉到夕曛。

虎跑泉[①]

虎跑寺本名定慧寺[②],唐元和十四年性空师所建[③],宪宗赐号曰广福院[④]。大中八年改大慈寺[⑤],僖宗乾符三年加"定慧"二字[⑥],宋末毁。元大德七年重建[⑦],又毁。明正德十四年[⑧],宝掌禅师重建[⑨]。嘉靖十九年又毁[⑩],二十四年,山西僧永果再造[⑪]。今人皆以泉名其寺云。

【注释】

①虎跑泉:在今浙江杭州西南大慈山白鹤峰下慧禅院侧院内。作者在《夜航船》中亦有解释:"虎跑泉:在钱塘。唐元和十四年,性空大师栖禅其中,以无水欲去。有二虎跑山出泉甘冽,乃建虎跑寺。观泉者,僧为举梵呗,泉即觱沸而出。"

②虎跑寺:在今浙江杭州西南大慈山下。

③元和十四年:即公元819年,元和为唐宪宗李纯年号(806—820)。性空(生卒年不详):俗姓卢,名寰中,蒲坂(今山西永济)人。早举甲科,后出家,唐僖宗追谥"性空大师"。

④宪宗:即唐宪宗李纯(778—820)。

⑤大中八年:即公元854年,大中为唐宣宗李忱年号(847—859)。

⑥僖宗:即唐僖宗李儇(862—888)。乾符三年:即公元876年,乾符为唐僖宗李儇年号(874—879)。

⑦大德七年:即公元1303年,大德为元成宗孛儿只斤·铁穆耳年号(1297—1307)。

⑧正德十四年:即公元1519年,正德为明武宗朱厚照年号(1506—1521)。

⑨宝掌禅师:生平事迹不详。

⑩嘉靖十九年：即公元1540年。

⑪永果：生平事迹不详。

【译文】

虎跑寺本名定慧寺，在唐元和十四年由性空大师建造，唐宪宗赐名“广福院”。大中八年改名“大慈寺”，唐僖宗乾符三年加“定慧”两个字，宋朝末年遭毁。元代大德七年重新建造，又遭毁坏。明代正德十四年，宝掌禅师重建。嘉靖十九年再次遭毁，嘉靖二十四年，山西僧人永果再次修建。如今人们都用虎跑泉来称呼这座寺庙。

先是，性空师为蒲坂卢氏子①，得法于百丈海②，来游此山，乐其灵气郁盘③，栖禅其中④。苦于无水，意欲他徙，梦神人语曰：“师毋患水，南岳有童子泉⑤，当遣二虎驱来。”翼日⑥，果见二虎跑地出泉⑦，清香甘冽⑧。大师遂留。

【注释】

①蒲坂：今山西永济。

②百丈海：即怀海（720—814），长乐（今福建长乐）人。俗姓王。因在百丈山传播佛法，故称其为“百丈怀海”。

③郁盘：郁勃回挠。形容气势旺盛。

④栖禅：坐禅。

⑤南岳：杭州西湖南岸的山。

⑥翼日：同“翌日”，次日，明日。

⑦跑：兽用脚刨地。

⑧甘冽：冰凉甜美。

【译文】

起先，性空大师是山西蒲坂卢氏家族的子弟，师从百丈怀海禅师学习佛法，来这座山游历，喜爱这里灵气郁勃，就在山中坐禅修行。苦于没有水源，想要迁往别处，夜里梦到神人对他说："大师不用担心水，南岳有个童子泉，我会派两只老虎把泉赶来。"第二天，果然看见两只老虎奋力刨地，涌出清泉，泉水甘甜清澄。性空大师就留了下来。

明洪武十一年[①]，学士宋濂朝京[②]，道山下。主僧邀濂观泉，寺僧披衣同举梵咒[③]，泉觱沸而出[④]，空中雪舞。濂心异之，为作铭以记。城中好事者取以烹茶，日去千担。寺中有调水符[⑤]，取以为验。

【注释】

①洪武十一年：即公元1378年。

②宋濂（1310—1381）：字景濂，号潜溪，浦江（今浙江浦江）人。官至翰林学士承旨、知制诰，有《宋学士文集》等。

③梵咒：指佛菩萨从禅定所发出的秘密言辞，据称有某种神验性。

④觱（bì）沸：泉水涌出的样子。

⑤调水符：取水的凭证。语出苏轼诗作《爱玉女洞中水，既致两瓶，恐后复取而为使者见给，因破竹为契，使寺僧藏其一，以为往来之信，戏谓之调水符》。作者在《夜航船》中对此亦有解释："玉女洞：盩厔洞有飞泉，甘且冽。苏轼过此，汲两瓶去。恐后复取为从者所给，乃破竹作券，使寺僧藏之，以为往来之信，戏曰'调水符'。"

【译文】

明洪武十一年，大学士宋濂进京朝见，路过山下。住持邀请他观览虎跑泉，寺庙中的僧人披衣一起念诵梵咒，泉水奔涌而出，激起的水沫仿佛雪花在空中飘舞。宋濂心中感到十分惊奇，特地写了铭文记载这件事。城中有好事的人取泉水煮茶，一天能挑走上千担。寺中有调水符，用作取水的凭证。

苏轼《虎跑泉》诗：

亭亭石榻东峰上，此老初来百神仰。
虎移泉眼趁行脚，龙作浪花供抚掌。
至今游人灌濯罢，卧听空阶环玦响。
故知此老如此泉，莫作人间去来想。

袁宏道《虎跑泉》诗：

竹林松涧净无尘，僧老当知寺亦贫。
饥鸟共分香积米，枯枝常足道人薪。
碑头字识开山偈，炉里灰寒护法神。
汲取清泉三四盏，芽茶烹得与尝新。

凤凰山①

唐宋以来，州治皆在凤凰山麓②。南渡驻辇③，遂为行宫④。东坡云“龙飞凤舞入钱塘”⑤，兹盖其右翅也。自吴越以逮南宋⑥，俱于此建都，佳气扶舆⑦，萃于一脉⑧。元时惑于杨髡之说，即故宫建立五寺⑨，筑镇南塔以压之⑩，而兹山到今落寞。

【注释】

①凤凰山：在今浙江杭州东南，因山势形似一只展翅欲飞的凤凰，故名。

②州治：旧时一州最高行政长官的官署。

③南渡：指宋高宗南渡后在杭州住下。驻辇（niǎn）：帝王出行，停留

某地。

④行宫：帝王出行时的临时住处。

⑤龙飞凤舞入钱塘：语出苏轼《表忠观碑》："天目之山，苕水出焉。龙飞凤舞，萃于临安。"

⑥逮：到，及。

⑦扶舆：扶摇，盘旋升腾的样子。

⑧萃：荟萃。一脉：河流或山脉的一支。

⑨五寺：据明田汝成《西湖游览志》记载："元至正十三年，从胡僧杨琏真伽请，即宋故内建五寺，曰报国、曰兴元、曰般若、曰仙林、曰尊胜。"

⑩镇南塔：遗址在今杭州上城区馒头山。

【译文】

唐宋以来，杭州的州治都设在凤凰山山麓。宋室南渡，宋高宗在此停留，这里就成了行宫。苏东坡所说"龙飞凤舞入钱塘"，指的大概是凤凰山的右翅。从吴越到南宋，都在这里建都，王气盘旋，荟萃于此。元朝时官府受杨髡的说法蛊惑，在南宋宫城旧址上修建五座寺庙，筑造镇南塔用来镇压帝王之气，此山至今寂寥冷落。

今之州治，即宋之开元故宫[①]，乃凤凰之左翅也。明朝因之，而官司藩臬皆列左方[②]，为东南雄会。岂非王气移易发泄有时也？故山川坛、八卦田、御教场、万松书院、天真书院[③]，皆在凤凰山之左右焉。

【注释】

①开元：开国。

②藩臬（niè）：官名。藩司和臬司。明清两代布政使和按察使的并称。

③山川坛：遗址在杭州西南的包家山。八卦田：又称“八丘田”，在今杭州西湖东南玉皇山南麓。上面种着八种不同的庄稼，一年四季呈现不同的颜色。御教场：又名四顾坪，在凤凰山山顶。万松书院：在凤凰山北万松岭上，始建于明弘治十一年（1498）。天真书院：在杭州慈云岭天真山麓，旧称天真精舍，始建于嘉靖九年（1530）。

【译文】

现在的州治，就设在南宋的皇宫旧址，是凤凰山的左翅。明朝沿袭这一制度，将各类官署都列在左侧，堪称东南雄会。这难道不是王气的变动生发各有机缘吗？旧时的山川坛、八卦田、御教场、万松书院、天真书院等，都在凤凰山的左右两侧。

苏轼《题万松岭惠明院壁》：

余去此十七年，复与彭城张圣途、丹阳陈辅之同来。院僧梵英葺治堂宇，比旧加严洁。茗饮芳烈，问：“此新茶耶？”英曰：“茶性，新旧交则香味复。”余尝见知琴者，言琴不百年，则桐之生意不尽，缓急清浊，常与雨旸寒暑相应。此理与茶相近，故并记之。

徐渭《八仙台》诗：

南山佳处有仙台，台畔风光绝素埃。
嬴女只教迎凤入，桃花莫去引人来。
能令大药飞鸡犬，欲傍中央剪草莱。
旧伴自应寻不见，湖中无此最深隈。

袁宏道《天真书院》诗：

百尺颓墙在，三千旧事闻。
野花粘壁粉，山鸟煽炉煴。
江亦学之字，田犹画卦文。
儿孙空满眼，谁与荐荒芹。

宋大内[①]

《宋元拾遗记》[②]：高宗好耽山水[③]，于大内中更造别院[④]，曰小西湖。自逊位后，退居是地，奇花异卉，金碧辉煌，妇寺宫娥[⑤]，充斥其内，享年八十有一。按钱武肃王年亦八十一，而高宗与之同寿，或曰高宗即武肃后身也。

【注释】

①宋大内：南宋皇宫。大内，皇宫、天子的居所。

②《宋元拾遗记》：该书情况未详。

③耽：沉溺，入迷。

④别院：正宅之外的宅院。

⑤妇寺：指宦官。宫娥：宫中嫔妃，侍女。

【译文】

据《宋元拾遗记》记载：宋高宗沉迷山水，在皇宫中又建造别院，叫小西湖。自从退位后，他就住在这里，奇花异草，金碧辉煌，宦官宫女，到处都是，享年八十一岁。钱武肃王也是享年八十一岁，而高宗和他同寿，有人说宋高宗是钱武肃王的转世。

《南渡史》又云[①]："徽宗在汴时[②]，梦钱王索还其地，是日即生高宗，后果南渡，钱王所辖之地，尽属版图。畴昔之梦[3]，盖不爽矣[4]。”元兴，杨琏真伽坏大内以建五寺，曰报国、曰兴元、曰般若、曰仙林、曰尊胜，皆元时所建。

【注释】

①《南渡史》：即《南渡稗史》，作者及内容不详。

②汴：汴京（今河南开封）。

③畴昔：昔日，从前。

④不爽：不差，没差错。

【译文】

《南渡史》又提到："宋徽宗在汴京时，梦见钱武肃王向他索要旧地，恰巧这一天宋高宗出生，后来宋高宗果然南渡，昔日钱武肃王统领的地方，都归到他的版图中。往日的梦，真是应验了。"元朝兴起，杨琏真伽毁坏南宋宫殿修建五座寺庙，分别叫报国寺、兴元寺、般若寺、仙林寺、尊胜寺，这些都是元朝时建造的。

按志，报国寺即垂拱殿，兴元即芙蓉殿，般若即和宁门，仙林即延和殿，尊胜即福宁殿。雕梁画栋，尚有存者。白塔计高二百丈，内藏佛经数十万卷，佛像数千，整饰华靡[1]。取宋南渡诸宗骨殖[2]，杂以牛马之骼，压于塔下，名以镇南。未几，为雷所击，张士诚寻毁之[3]。

【注释】

①整饰：修整装饰。华靡：豪华奢侈。

②骨殖：遗骨，尸骨。

③张士诚（1321—1367）：元末农民起义首领。小名九四，泰州白驹场（今江苏大丰）人。出身盐贩，后起义，主要占据东吴一带，自

称吴王，为朱元璋所败。

【译文】

据志书记载，报国寺建在垂拱殿旧址，兴元寺是芙蓉殿，般若寺是和宁门，仙林寺是延和殿，尊胜寺是福宁殿。雕梁画栋，还有部分留存。所建白塔高达两百丈，内藏佛经几十万卷，佛像几千尊，修整装饰奢华。杨琏真伽盗取南宋诸帝的遗骨，与牛、马的骨头混杂在一起，压在白塔下，取名叫“镇南塔”。没过多久，白塔就被雷击中，张士诚将其捣毁。

谢皋羽《吊宋内》诗①：

复道垂杨草乱交，武林无树是前朝。
野猿引子移来宿，搅尽花间翡翠巢。

隔江风雨动诸陵，无主园林草自春。
闻说光尧皆堕泪，女官犹是旧宫人。

紫宫楼阁逼流霞，今日凄凉佛子家。
寒照下山花雾散，万年枝上挂袈裟。

禾黍何人为守阍，落花台殿暗销魂。
朝元阁下归来燕，不见当时鹦鹉言。

【注释】

①谢皋羽：即谢翱（1249—1295），字皋羽，自号晞发子。长溪（今福建长溪）人。曾起兵抗元，兵败隐居。有《晞发集》。

黄晋卿《吊宋内》诗①：

沧海桑田事渺茫，行逢遗老叹荒凉。
为言故国游麋鹿，漫指空山号凤凰。
春尽绿莎迷辇道，雨多苍翠上宫墙。
遥知汴水东流畔，更有平芜与夕阳。

【注释】

①黄晋卿：即黄溍（1277—1357），字晋卿。义乌（今浙江义乌）人。延祐三年（1316）进士，官至浙江儒学提举。有《黄文献集》。

赵孟頫《宋内》诗[①]：

东南都会帝王州，三月莺花非旧游。
故国金人愁别汉，当年玉马去朝周。
湖山靡靡今犹在，江水茫茫只自流。
千古兴亡尽如此，春风麦秀使人愁。

【注释】

①该诗题目一作《钱塘怀古》。

刘基《宋大内》诗[①]：

泽国繁华地，前朝此建都。
青山弥百粤，白水入三吴。
艮岳销王气，坤灵肇帝图。
两宫千里恨，九子一身孤。
设险凭天堑，偷安负海隅。
云霞行殿起，荆棘寝园芜。

币帛敦和议，弓刀抑武夫。
但闻当宁奏，不见立廷呼。
鬼蜮昭华衮，龟鼋出巨区。
至尊危北阙，多士乐西湖。
鹢首驰文舫，龙鳞舞绣襦。
巨鳌擎拥剑，香饭漉雕胡。
蜗角乾坤大，鳌头气势殊。
秦庭迷指鹿，周室叹瞻乌。
白马违京辇，铜驼掷路衢。
含容天地广，养育羽毛俱。
橘柚驰包贡，涂泥赋上腴。
断犀埋越棘，照乘走隋珠。
吊古江山在，怀今岁月逾。
鲸鲵空渤澥，歌咏已唐虞。
鸱革愁何极，羊裘钓不迂。
征鸿暮南去，回首忆莼鲈。

【注释】

①刘基（1311—1375）：字伯温。青田（今浙江青田）人，元统元年（1333）进士，曾任高安县丞、江浙儒学副提举，不久辞官归隐。后辅佐朱元璋，被封诚意伯。有《诚意伯文集》。该诗题目一作《钱塘怀古得吴字》。

梵天寺[①]

梵天寺在山川坛后[②]，宋乾德四年[③]，钱吴越王建[④]，名南塔。治平十年[⑤]，改梵天寺。元元统中毁[⑥]，明永乐十五年重建[7]。有石塔二、灵鳗井、金井。

【注释】

①梵天寺:在今浙江杭州上城区江畔凤凰山麓。

②山川坛:在今杭州包家山下,建于洪武年间。

③乾德四年:即966年。乾德为宋太祖年号(963—968)。

④钱吴越王:即吴越国王钱俶(929—988),原名弘俶,字文德,临安(今浙江杭州)人。

⑤治平十年:治平为北宋宋英宗赵曙年号(1064—1067),只有四年,疑误。

⑥元统:元顺帝年号(1333—1335)。

⑦永乐十五年:即1417年。永乐为明成祖年号(1403—1424)。

【译文】

梵天寺在山川坛后面,宋乾德四年,吴越王钱俶建造,取名南塔。治平十年,改称梵天寺。元代元统年间被毁,明永乐十五年重建。寺内有两座石塔以及灵鳗井、金井。

先是,四明阿育王寺有灵鳗井[1]。武肃王迎阿育王舍利归梵天寺奉之[2],凿井南廊,灵鳗忽见,僧赞有记[3]。东坡倅杭时[4],寺僧守诠住此[5]。东坡过访,见其壁间诗有:"落日寒蝉鸣,独归林下寺。柴扉夜未掩,片月随行履。惟闻犬吠声,又入青萝去[6]。"东坡援笔和之曰[7]:"但闻烟外钟,不见烟中寺。幽人行未已,草露湿芒履[8]。惟应山头月,夜夜照来去。"清远幽深,其气味自合。

【注释】

①四明:即四明山,在浙江宁波西南。阿育王寺:在今浙江宁波。东

晋义熙元年(405)为保护舍利始建。梁武帝普通三年(522)兴建殿堂楼阁,并赐寺名阿育王寺。

②武肃王:即吴越武肃王钱镠。

③僧赞有记:田汝成《西湖游览志·南山胜迹》作"僧赞宁有记"。赞宁(919—1001),北宋僧人,俗姓高,吴兴德清(今浙江德清)人。著有《宋高僧传》等。

④倅:副职。宋熙宁年间苏轼任杭州通判,职位低于太守。

⑤守诠:宋时僧人,生平事迹不详。

⑥青萝:即松萝。一种攀生在石崖、松柏或墙上的植物。这首诗以动写静,描写了寺院生活的孤寂和宁静。

⑦东坡援笔和之:苏轼提笔唱和的这首诗的题目为《梵天寺见僧守诠小诗,清婉可爱,次韵》,从一个游览者的眼光写出寺庙的清幽静谧,与守诠的诗作相映成趣。

⑧芒履:芒鞋,一种用芒茎外皮编织成的鞋子。亦泛指草鞋。

【译文】

先前,四明山阿育王寺内有一口灵鳗井。吴越武肃王钱镠将阿育王舍利迎回梵天寺供奉,在南廊凿井时,灵鳗忽然出现,僧人赞宁撰文记载此事。苏东坡在杭州任副职期间,寺僧守诠住在这里。苏东坡到访,看到墙上有诗:"落日寒蝉鸣,独归林下寺。柴扉夜未掩,片月随行履。惟闻犬吠声,又入青萝去。"苏东坡提笔和道:"但闻烟外钟,不见烟中寺。幽人行未已,草露湿芒履。惟应山头月,夜夜照来去。"诗句清远幽深,意味颇为契合。

苏轼《梵天寺题名》[①]:

余十五年前,杖藜芒履,往来南北山。此间鱼鸟皆相识,况诸道人乎!再至惘然,皆晚生相对,但有怆恨。子瞻书。

元祐四年十月十七日，与曹晦之、晁子庄、徐得之、王元直、秦少章同来，时主僧皆出，庭户寂然，徙倚久之。东坡书。

【注释】

①该文题目一作《杭州题名二首》。

胜果寺[①]

胜果寺，唐乾宁间[②]，无著禅师建[③]。其地松径盘纡[④]，涧淙潺灂[⑤]。罗刹石在其前[⑥]，凤凰山列其后[⑦]，江景之胜无过此。出南塔而上，即其地也。宋熙宁间[⑧]，有寺僧清顺住此[⑨]。顺约介寡交[⑩]，无大故不入城市。

【注释】

①胜果寺：在今浙江杭州城南凤凰山。

②乾宁：唐昭宗李晔年号（894—898）。

③无著禅师（821—900）：俗姓朱，名文喜。七岁出家。钱镠称王后，赐其紫衣，署号“无著禅师”。

④松径：松间小路。盘纡：回旋曲折。

⑤涧淙：山涧流水。潺灂（zhuó）：水声。潺，雨声或流水声。灂，象声词。形容水声或雨声。

⑥罗刹石：在今钱塘江中。

⑦凤凰山：在今浙江杭州南。

⑧熙宁：宋神宗赵顼年号（1068—1077）。

⑨清顺：字怡然，钱塘人。善诗。

⑩约介：简约狷介。

【译文】

胜果寺，是唐乾宁年间无著禅师修建的。这里松间小路回旋曲折，山涧流水潺潺。罗刹石在前面，凤凰山列后面，再没有比这里更适合欣赏钱塘江胜景的了。出南塔往上走，就是胜果寺。北宋熙宁年间，有寺僧清顺住在这里。清顺简约狷介，不喜欢交际，没有重要的事情不会进城。

士夫有以米粟馈者[①]，受不过数斗，盎贮几上[②]，日取二三合啖之[③]，蔬笋之供，恒缺之也[④]。一日，东坡至胜果，见壁间有小诗云："竹暗不通日，泉声落如雨。春风自有期，桃李乱深坞[⑤]。"问谁所作，或以清顺对。东坡即与接谈[⑥]，声名顿起。

【注释】

①士夫：士大夫，读书人。

②盎（àng）贮：用盎贮藏。盎，瓦盆。

③合：旧时容量单位，一升的十分之一。

④恒：长久。

⑤坞：四面高中间凹下的地方。这首诗以动写静，通过竹林、泉水、花开写出寺院的清幽雅致，其中"乱"用得极为传神。

⑥接谈：接洽交谈。

【译文】

士大夫有馈赠粮食的，他只接受几斗，用瓦盆贮藏在几案上，每天取两三合来吃，蔬菜竹笋之类，一直都缺乏。有一天，苏东坡来到胜果寺，看到墙上有一首小诗："竹暗不通日，泉声落如雨。春风自有期，桃李乱深坞。"就问是谁作的，有人回答是清顺。苏东坡就与他交谈，清顺的名声就这样传开了。

僧圆净《胜果寺》诗[1]：

深林容鸟道，古洞隐春萝。
天迥闻潮早，江空得月多。
冰霜丛草木，舟楫玩风波。
岩下幽栖处，时闻白石歌。

【注释】

①此诗《西湖游览志》卷七及《武林梵志》卷二皆署名为王伯安，即王阳明，张岱误署为圆净。

僧处默《胜果寺》诗[1]：

路自中峰上，盘回出薜萝。
到江吴地尽，隔岸越山多。
古木丛青霭，遥天浸白波。
下方城郭近，钟磬杂笙歌。

【注释】

①处默，生卒年不详。金华（今浙江金华）人。唐末诗僧，与贯休、罗隐等为诗友，相互酬答。

五云山[1]

五云山去城南二十里，冈阜深秀[2]，林峦蔚起[3]，高千丈，周回十五里[4]。沿江自徐村进路，绕山盘曲而上，凡六里，有七十二湾，石磴千级。山中有伏虎亭，梯以石城[5]，以便往来。至顶半，冈名月轮山，上有天井，大旱不竭。东为大湾，北为马鞍，西为云坞，南为高丽，又东为排山。五峰森列，驾轶云霞[⑥]，俯视南北两峰，若锥朋立[⑦]。长江带绕，西湖镜开，江上帆樯[⑧]，小若鸥凫，出没烟波，真奇观也。

【注释】

①五云山：在今浙江杭州西南。处于钱塘江、西湖之间，相传山顶常有五色瑞云盘旋其上，故名。

②冈阜：山丘。

③蔚起：蓬勃兴起，这里指林木茂盛。

④周回：周围。

⑤石墄（qī）：石阶，石级。

⑥驾轶：凌驾，超越。

⑦朋立：一起挺立。朋，共同，一致。

⑧帆樯（qiáng）：挂帆的桅杆。代指舟船。

【译文】

五云山离杭州城南二十里，山丘幽深秀丽，林木郁郁葱葱，山高千丈，周围有十五里。顺江从徐村上路，绕着山道盘旋而上，共六里路，有七十二道湾，上千级石阶。山中有座伏虎亭，用石头修砌阶梯，方便上下。走到半山腰，就是名为月轮山的山冈，上面有口天井，即便是大旱之年也不干枯。东面是大湾，北面是马鞍峰，西面是云坞峰，南面是高丽峰，再往东是排山。五座山峰森然矗立，凌驾于云霞之上，俯视南北两峰，好像锥子一样并立。长江似飘带环绕，西湖如铜镜打开，江上的帆船，就像小小的鸥鹭，在烟波中时隐时现，真是奇妙的景观。

宋时，每每腊前[①]，僧必捧雪表进[②]，黎明入城中，霰犹未集[3]，盖其地高寒，见雪独早也。山顶有真际寺[4]，供五福神[5]，贸易者必到神前借本，持其所挂楮镪去[6]，获利则加倍还之。借乞甚多，楮镪恒缺。即尊神放债，亦未免穷愁。为之掀髯一笑[7]。

【注释】

①每每：时常，常常。腊：旧时在农历十二月合祭众神。

②雪表：即贺雪表。据宋高似孙《纬略》记载："贺雪之礼，起于唐。李洞诗'贺雪已成金殿梦'，唐类表有贺雨雪表一卷。"

③霰（xiàn）：在高空中的水气遇到冷空气凝结成的小冰粒，多在下雪前或下雪时出现。

④真际寺：建于五代后周时期，初名静虑庵，宋初改为今名。现存遗址。

⑤五福神：旧时对五位妖邪之神的合称，求之可得"寿""富""康宁""攸好德""考终命"五福。这里指赵公明、招财、招宝、纳珍、利市五路财神。

⑥楮镪（chǔ qiǎng）：纸钱。

⑦掀髯：微笑时捋须愉快的样子。髯，泛指胡须。宋苏轼《次韵刘景文见寄》："细看落墨皆松瘦，想见掀髯正鹤孤。"

【译文】

宋朝时，经常在年终祭神之前，僧人必定进奉贺雪表。黎明进城的时候，雪霰还没有聚起来，因这里地处高寒，能更早地看到雪。山顶上有座真际寺，供奉五福神，做生意的人一定会到五福神前借本钱，拿走祭祀时挂着的纸钱，如果获利就加倍奉还。因借款乞钱的人特别多，纸钱往往不够用。看来即便是神明放债，也免不了有穷愁的时候。让人为之一笑。

袁宏道《御教场小记》[①]：

余始慕五云之胜，刻期欲登，将以次登南高峰。及一观御教场，游心顿尽。石篑常以余不登保俶塔为笑。余谓西湖之景，愈下愈胜，高则树薄山瘦，草髡石秃，千顷湖光，缩为杯子。北高峰、御教场是其样也。虽眼界略阔，然我身长不过六尺，睁眼不见十里，安用许大地方为哉！石篑无以难哉。

【注释】

①该文选自《西湖记述》。

云栖[①]

云栖，宋熙宁间有僧志逢者居此[②]，能伏虎[③]，世称伏虎禅师。天禧中[④]，赐“真济院”额。明弘治间为洪水所圮[⑤]。

【注释】

①云栖：即云栖寺。在今浙江杭州西湖西南的五云山云栖坞，旧传五云山上的五色瑞云常飞下集于坞内，故名。

②志逢（909—985）：号大扇和尚，余杭（今浙江杭州）人。后周显德三年（956），在五云山结茅筑庵修持。宋乾德初，忠懿王钱俶召见并赐紫衣，为其修建云栖寺。

③伏虎：降服老虎。

④天禧：北宋真宗年号（1017—1021）。

⑤弘治：明孝宗朱祐樘年号（1488—1505）。

【译文】

云栖寺，北宋熙宁年间有位叫志逢的僧人住在这里，因能降服猛虎，世人称其为“伏虎禅师”。北宋天禧年间，皇帝赐题“真济院”匾额。明代弘治年间寺庙被洪水冲毁。

隆庆五年[①]，莲池大师名袾宏[②]，字佛慧，仁和沈氏子，为博士弟子[③]，试必高等，性好清净，出入二氏[④]。子殇妇殁[⑤]。一日阅《慧灯集》[⑥]，失手碎茶瓯[⑦]，有省[⑧]，乃视妻子为鹘臭布衫[⑨]，于世相一笔尽勾[⑩]。作歌寄意，弃而专事佛，虽学使者屠公力挽之[⑪]，不回也。

【注释】

①隆庆五年：即1571年，明穆宗朱载垕年号。

②莲池大师（1535—1615）：浙江仁和人。本姓沈，字佛慧，自号莲池。在云栖寺三十余年，亦称云栖大师。

③博士弟子：汉代太学博士所教的学生。唐以后也称生员为博士弟子。

④二氏：指佛、道两家。

⑤殇：未成年而死。殁：死。

⑥《慧灯集》：元代华严宗名僧文才（1241—1302）撰。

⑦茶瓯：茶杯。

⑧省：省悟，感悟。

⑨鹘（hú）臭布衫：带着体臭的布衫。

⑩世相：佛教所说的世间相，现指世态。

⑪学使：学政。屠公：即屠羲英，字淳卿，号坪石。嘉靖三十五年（1556）进士，曾任浙江提学。

【译文】

隆庆五年，莲池大师名袾宏，字佛慧，是仁和沈家的孩子。他是博士弟子，每次考试都能取得佳绩，天性好清净，出入佛道两家。儿子早夭，妻子去世。一天他阅读《慧灯集》,失手打碎茶碗,由此省悟,于是将妻儿视作狐臭布衣,把红尘俗世的挂牵一笔勾销。过去作歌寄托心意,也放弃了,专修佛法,即便是学政屠羲英极力挽留,他也没有回心转意。

从蜀师剃度受具[①],游方至伏牛[②],坐炼呓语[③],忽现旧习,而所谓一笔勾者[④],更隐隐现去。经东昌府谢居士家[⑤],乃更释然,作偈曰:"二十年前事可疑,三千里外遇何奇。焚香执戟浑如梦,魔佛空争是与非[⑥]。"当是时,似已惑破心空,然终不自以为悟。

【注释】

①受具:佛教语。"受具足戒"或"受具戒"的略称。即戒条圆满充足,故名。

②游方:指僧人、道士为修行问道或化缘而云游四方。伏牛:即伏牛山,在今河南西部。

③呓语:说梦话。

④一笔勾:指破除一切尘缘。

⑤东昌府:在今山东聊城。

⑥这则偈语表达了作者对人生的彻悟,觉得以往的种种是非如在梦中,都没有意义。

【译文】

他跟随蜀地的法师剃发受戒,云游到伏牛山,打坐修禅,喃喃呓语,旧日熟悉的场景忽然涌上心头,所谓一笔勾销的欲望杂念,更是隐隐再现又离去。途经东昌府谢居士家,才更加释然,他写下偈语:"二十年前事可疑,三千里外遇何奇。焚香执戟浑如梦,魔佛空争是与非。"到了这个时候,莲池大师似乎已经破解疑惑,心中虚空,但他始终不觉得自己已经参悟。

归得古云栖寺旧址，结茅默坐[①]。县铛煮糜[②]，日仅一食。胸挂铁牌，题曰："铁若开花，方与人说。"久之，檀越争为构室[③]，渐成丛林[④]，弟子日进。其说主南山戒律、东林净土[⑤]，先行《戒疏发隐》[⑥]，后行《弥陀疏钞》[⑦]。一时江左诸儒皆来就正[⑧]。

【注释】

①结茅：编茅为屋。谓建造简陋的屋舍。

②县：同"悬"。铛：平底铁锅。糜：粥。

③檀越：施主。

④丛林：僧人聚居修行的处所，泛指大的寺院。

⑤南山戒律：指唐代僧人道宣（596—667）开创的南山律宗，为戒律三宗一大宗。因其住终南山而得名。东林净土：指东晋僧人慧远（334—416）开创的净土宗，以其住庐山东林寺而得名。

⑥《戒疏发隐》：全称《梵网经心地品菩萨戒义疏发隐》，莲池大师所著佛学著作，成书于万历十五年（1587），共五卷。

⑦《弥陀疏钞》：全称《阿弥陀经疏钞》，莲池大师所著佛学著作。

⑧江左：旧时指长江下游以东的地方，即今江苏南部等地。就正：请求指正。

【译文】

游方归来，莲池大师到云栖寺旧址，搭建草屋，静默修禅。他悬锅煮粥，每天只吃一顿饭。胸前挂块铁牌，上面写着："铁若开花，方与人说。"时间久了，施主们争相为他修建庙宇，云栖寺逐渐成为大寺院，弟子也越来越多。其学说主要是南山戒律和东林净土，先著《戒疏发隐》，后著《弥陀疏钞》。一时间江东的儒生们都来请教。

王侍郎宗沐问[①]:“夜来老鼠唧唧,说尽一部《华严经》[②]?”师云:“猫儿突出时如何[③]?”自代云:“走却法师,留下讲案。”又书颂云:“老鼠唧唧,《华严》历历[④]。奇哉王侍郎,却被畜生惑。猫儿突出画堂前,床头说法无消息[⑤]。大方广佛《华严经》,世主妙严品第一[⑥]。”其持论严正,诂解精微[⑦]。

【注释】

①王侍郎宗沐:王宗沐(1523—1592),字新甫,号敬所,临海(今浙江临海)人。嘉靖二十三年(1544)进士,官至刑部尚书。有《宋元资治通鉴》《敬所文集》等。

②《华严经》:全称《大方广佛华严经》,是大乘佛教修学最重要的经典之一。据说是释迦牟尼佛成道后,在禅定中为文殊菩萨、普贤菩萨等上乘菩萨解释无尽法界时所讲,被认为是佛教完整世界观的介绍。

③突出:突然窜出。

④历历:清晰明白,分明可数。

⑤消息:声响,影响。

⑥世主妙严品:《华严经》的第一品。

⑦诂解:用当代语言解释古代语言。

【译文】

王宗沐侍郎问:“夜里老鼠唧唧叫,说完了一部《华严经》?”大师说:“猫儿突然窜出来怎么办?”他自己回答道:“法师离开了,讲案留下了。”又写下颂文:“老鼠唧唧,《华严》历历。奇哉王侍郎,却被畜生惑。猫儿突出画堂前,床头说法无消息。大方广佛《华严经》,世主妙严品第一。”莲池大师持论严谨公正,见解精深。

监司守相下车就语[①],侃侃略无屈。海内名贤,望而心折。孝定皇太后绘像宫中礼焉[②]，赐蟒袈裟，不敢服，破衲敝帏[③]，终身无改，斋惟蓏菜[④]。有至寺者，高官舆从[⑤]，一概平等，几无加豆[⑥]。

【注释】

①监司守相：这里泛指按察使、知府之类的地方官员。监司，负有监察之责的官吏。汉以后的司隶校尉和督察州县的刺史、按察使、布政使等通称为监司。守相，郡守和诸侯王之相。下车：就任，到任。

②孝定皇太后：指明神宗万历生母李太后。孝定皇太后为其谥号。

③衲：僧服。帏：帐子。

④蓏（luǒ）菜：泛指一般的瓜果蔬菜。

⑤舆从：车马随从。

⑥加豆：加菜，添菜。豆，古代食器。

【译文】

监司守相之类的官员到任和他说话，他侃侃而谈，不卑不亢。海内名贤，对其敬佩折服。孝定皇太后为其画像，放在宫里敬奉，赏赐绣蟒的袈裟，但他不敢穿，破旧的僧衣、帐子，终身都没改变，斋饭只有瓜果蔬菜。到寺庙来的人，无论是高官还是随从，一律平等，几乎没有加过菜。

仁和樊令问[①]："心杂乱，何时得静？"师曰："置之一处，无事不办。"坐中一士人曰："专格一物，是置之一处，办得何事？"师曰："论格物[②]，只当依朱子豁然贯通去[③]，何事不办得？"或问："何不贵前知？"师曰："譬如两人观《琵琶记》[④]，一人不曾见，一人见而预道之，毕竟同看终场，能增减一出否耶？"

【注释】

①仁和樊令：指樊良枢，字南植，号致虚，进贤（今江西进贤）人。万历三十二年（1604）进士，曾任仁和知县。

②格物：穷究事物的道理。格，探究，穷究。

③朱子：即朱熹（1130—1200），字元晦，号晦庵，婺源（今江西婺源）人。绍兴十八年（1148）进士，官至宝文阁待制。有《晦庵先生文集》《朱子语类》《诗集传》《四书集注》等。豁然贯通：将事理前后贯穿，全盘了解。

④《琵琶记》：元末高明所撰南戏作品，写蔡伯喈、赵五娘悲欢离合事。

【译文】

仁和樊令问："内心杂乱，什么时候才能平静呢？"大师说："置之一处，无事不可办。"在座的一位士子问："专心研究一种事物，是置之一处，但是能办成什么事呢？"大师说："说到格物，只需要依照朱子的说法融会贯通，有什么事情办不成呢？"有人问："为什么不看重预知？"大师说："这就像两个人观看《琵琶记》，一个人不曾看过，一个人看过了预先说出剧情，毕竟是同时看到终场，这样能增减一出吗？"

甬东屠隆于净慈寺迎师观所著《昙花传奇》①，虞淳熙以师梵行素严②，阻之。师竟偕诸绅衿临场谛观讫③，无所忤④。寺必设戒，绝钗钏声⑤，而时抚琴弄箫⑥，以乐其脾神。晚著《禅关策进》⑦，其所述峭似高峰冷似冰者，庶几似之矣⑧。

【注释】

①甬东：今浙江舟山。屠隆（1542—1605）：字长卿、纬真，号赤水、鸿苞居士，鄞县（今浙江宁波）人。万历五年（1577）进士，官至礼部员外郎。所撰传奇有《昙花记》《修文记》《彩毫记》等。《昙

花传奇》：即《昙花记》，讲述唐木清泰受仙人点拨修行成道事。

②虞淳熙（1553—1621）：字长孺，号德园，钱塘人。万历十一年（1583）进士，官至吏部员外郎、郎中。有《虞德园集》等。梵行：佛教语。指清净除欲之行。

③绅衿：地方上退休的官员和士子。泛称地方上有声望的人。谛观：审视，仔细看。

④忤：抵触，不顺从。

⑤钗钏：钗簪与臂镯。泛指女性的饰物。代指女性。

⑥籥（yuè）：古管乐器。

⑦《禅关策进》：莲池法师所撰佛学著作，分前后两集。

⑧庶几：差不多，近似。

【译文】

甬东屠隆在净慈寺迎请大师看其创作的《昙花传奇》，虞淳熙认为大师修行谨严，劝阻他。结果大师带着诸官绅一起亲临现场观看，没觉得有何不妥。寺内设有戒规，拒绝女乐，偶尔弹琴吹箫，也是为了愉悦心神。晚年著《禅关策进》，里面的论述如高峰般凌厉，如寒冰般冷峻，这与其本人有几分相似。

喜乐天之达，选行其诗。平居笑谈谐谑，洒脱委蛇[①]，有永公清散之风[②]。未尝一味槁木死灰[③]，若宋旭所议担板汉[④]，真不可思议人也。

【注释】

①委蛇：从容自得的样子。

②永公：慧永（332—414），晋代僧人。俗姓潘，河内（今河南沁阳）人。与慧远同师释道安，住庐山西林寺。

③槁木死灰：形容清虚寂静，对外物无动于衷。语出《庄子·齐物

论》:“形固可使如槁木,而心固可使如死灰乎?”

④宋旭:字初旸,号石门、石门山人,嘉兴(今浙江嘉兴)人。后为僧,法名“祖玄”,又号“天池发僧”“景西居士”。工书画。担板汉:指呆笨、不灵活的汉子。

【译文】

大师欣赏白居易的旷达,曾经选印他的诗作。大师平时谈笑诙谐,洒脱自在,有慧永大师清散的风韵。没有一味的槁木死灰般呆滞,像宋旭所说的那种呆笨汉,真是一个不可思议的人。

出家五十年,种种具嘱语中①。万历乙卯六月晦日②,书辞诸友,还山设斋,分表施衬③,若将远行者。七月三日,卒仆不语④,次日复醒。弟子辈问后事,举嘱语对。四日之午,命移面西向,循首开目,同无疾时,哆哪念佛⑤,趺坐而逝⑥。

【注释】

①嘱语:吩咐身后之事的告语。

②万历乙卯六月:即万历四十三年(1615)六月。晦日:农历每月的最后一天。

③分表:分给,分配。施衬:施舍。

④卒:突然。

⑤哆哪:呢喃,喃喃自语。

⑥趺坐:双脚交叠而坐。

【译文】

莲池大师出家五十年,种种言行都记在其吩咐后事的告语中。万历四十三年六月的最后一天,他写信和友人告别,回到山里设斋饭,将财物分散给众人，好像要出远门。到了七月三日，忽然倒下不能言语，次日又醒过来。弟子们询问后事，大师嘱托了一番话。七月四日中午，让弟子们帮他挪动身体，面朝西，抬起头睁开眼，和没有生病时一样，喃喃念佛，盘坐而逝。

往吴有神李昙降毗山[①]，谓师是古佛。而杨靖安万春尝见师现佛身[②]，施食吴中。一信士窥空室，四鬼持灯至，忽列三莲座，师坐其一，佛像也。乩仙之灵者云[③]，张果听师说《心赋》于永明[④]。李屯部妇素不信佛[⑤]，偏受师戒，逾年屈三指化[⑥]，云身是梵僧阿那吉多[⑦]。

【注释】

①李昙：北宋武邑（今河北武邑）人。庆历中，累官至屯田郎中。庆历八年（1048）春，因其子习妖术，被贬为昭州别驾。毗山：在今江苏江阴城东南，俗名树山、时山。

②杨靖安万春：即杨万春，字汝和，钱塘人。隆庆元年（1568）举人。曾任上杭县、靖安县县令。

③乩（jī）仙：扶乩时所请的神仙。

④《心赋》：北宋僧人永明所著佛学著作。永明（904—976）：俗姓王，名延寿，字仲玄，号抱一子。被后世净土宗推崇为净土宗六祖。

⑤李屯部：即虞淳熙岳父李阳春（1541—1603），字时化，号邃麓，余杭人。隆庆二年（1568）进士，曾任屯田郎中。

⑥屈三指化：弯着三个手指死去。据说这是皈依佛门的标志。

⑦阿那吉多：又作阿尼律陀，佛陀十大弟子之一。

【译文】

过去吴地有神灵李昙降临毗山，说莲池大师是古佛。杨万春曾见过大师显现佛身，在吴中一带施舍食物。一位信士偷看空房间，看到四个鬼提灯过来，室内忽现三个莲花座，大师坐在其中，俨然佛像。扶乩很灵的人说，张果曾在永明寺听大师讲论《心赋》。李阳春的妻子向来不信佛，偏偏接受莲池大师的训诫，过了一年弯着三个指头去世，说自己是印度僧人阿那吉多。

而僧俗将坐脱时[①]，多请说戒、说法[②]。然师自名凡夫，诸事恐呵责[③]，不敢以闻。化前一日，漏语见一大莲华[④]，盖不复能秘其往生之奇云。

【注释】

①坐脱：坐化。指和尚盘腿端坐着安然死去。

②说戒：每月月半、月底众僧集合讲说戒律。犯有过失者，亦在此时忏悔。

③呵责：大声斥责。

④漏语：泄露机密。

【译文】

僧人、俗众将要坐化时，常会请人说戒、说法。但大师自称凡夫，很多事情担心被呵责，就不敢告诉他。坐化前一天，大师说漏嘴，称自己看到一个巨大的莲花，大概不再隐瞒他往生极乐世界的秘密了。

袁宏道《云栖小记》[①]：

云栖在五云山下，篮舆行竹树中，七八里始到，奥僻非常，莲池和尚栖止处也。莲池戒律精严，于道虽不大彻，然不为无所见者。至于单提念佛一门，则尤为直捷简要，六个字中，旋天转地，何劳捏目，更趋狂解，然则虽谓莲池一无所悟可也。一无所悟，是真阿弥，请急着眼。

【注释】

①该文选自《西湖记述》。

李流芳《云栖春雪图跋》：

余春夏秋常在西湖，但未见寒山而归。甲辰，同二王参云栖。时已二月，大雪盈尺。出赤山步，一路琼枝玉干，披拂照曜。望江南诸山，皑皑云端，尤可爱也。

庚戌秋，与白民看雪两堤。余既归，白民独留，迟雪至腊尽。是岁竟无雪，怏怏而返。世间事各有缘，固不可以意求也。癸丑阳月题。

又《题雪山图》：

甲子嘉平月九日大雪，泊舟阊门，作此图。忆往岁在西湖遇雪，雪后两山出云，上下一白，不辨其为云为雪也。余画时目中有雪，而意中有云，观者指为云山图，不知乃画雪山耳。放笔一笑。

张岱《赠莲池大师柱对》：

说法平台，生公一语石一语；
栖真斗室，老僧半间云半间。

六和塔①

月轮峰在龙山之南②。月轮者，肖其形也。宋张君房为钱塘令③，宿月轮山，夜见桂子下塔④，雾旋穗散坠如牵牛子⑤。峰旁有六和塔，宋开宝三年⑥，智觉禅师筑之以镇江潮⑦。塔九级，高五十余丈，撑空突兀[8]，跨陆俯川。海船方泛者，以塔灯为之向导。

【注释】

①六和塔：又名六合塔。在今浙江杭州钱塘江北岸月轮山上。

②龙山：又名玉龙山、玉皇山。在西湖与钱塘江之间。

③张君房：字允方，安陆（今湖北安陆）人。景德二年（1005）进士，曾任尚书度支员外郎，充集贤校理等，著有《云笈七签》等。

④桂子下塔：桂花飘落塔下。张君房《脞说》："夜宿月轮山寺。僧报曰：'桂子下塔。'遽起望之，纷如烟雾，回旋成穗，散坠如牵牛子，黄白相间，咀之无味。"

⑤穗散：像穗子一样分散。牵牛：一种一年生缠绕草本植物。

⑥开宝三年：即970年，开宝为宋太祖赵匡胤年号（968—976）。

⑦智觉禅师（904—976）：即永明延寿和尚。俗姓王，字仲玄，余杭（今浙江杭州）人。受吴越王钱俶之请先后住杭州灵隐新寺、永明寺。开宝三年（970），奉诏创建六和塔。

⑧撑空：挺立空中。突兀：高耸的样子。

【译文】

月轮峰在龙山的南面。之所以叫月轮，是因为其形状和月亮相似。宋代张君房担任钱塘县令时，曾在月轮山留宿，夜里看到桂花飘落塔下，烟雾弥漫，像牵牛子一样纷纷落下。峰旁有一座六和塔，宋开宝三年，由智觉禅师修建，以镇服钱塘江潮。塔共九层，高五十多丈，高耸空中，俯瞰山川。出海的航船，都把塔灯作为向导。

宣和中[1]，毁于方腊之乱[2]。绍兴二十三年[3]，僧智昙改造七级[4]，明嘉靖十二年毁[5]。中有汤思退等汇写《佛说四十二章》、李伯时石刻观音大士像[⑥]。塔下为渡鱼山，隔岸剡中诸山[⑦]，历历可数也[⑧]。

【注释】

①宣和：宋徽宗年号（1119—1125）。

②方腊（？—1121）：北宋末年浙江农民起义领袖。又名方十三。宣和二年（1120）起义，后失败被俘。

③绍兴二十三年：即公元1153年。

④智昙：宋代僧人，绍兴二十二年（1152）住临安月轮山寿宁院。

⑤嘉靖十二年：即公元1533年。

⑥汤思退（？—1164）：字进之，处州（今浙江丽水）人。绍兴十五年（1145）进士，官至宰相。《佛说四十二章》：即《佛说四十二章经》，共四十二章，故名。系摄取小乘群经而成，是最早的汉译佛经之一。李伯时：即李公麟（1049—1106），字伯时，号龙眠居士，舒州（今安徽安庆）人。熙宁三年（1070）进士，官至礼部试考校官，工诗善画。作者在《夜航船》中对李龙眠亦有介绍："舒城李公麟，号龙眠，工白描，人物远师陆、吴，牛马斟酌韩、戴，山水出入王、李。作画多不设色，纯用澄心堂纸为之。唯临摹古画，用绢素。著色笔法，如行云流水，当为宋画中第一。"

⑦剡（shàn）中：在今浙江嵊州一带。

⑧历历可数：清清楚楚地数出来。

【译文】

北宋宣和年间，塔在方腊之乱中被毁。绍兴二十三年，僧人智昙将其改造为七层，明嘉靖十二年又被毁。塔中有汤思退等汇写的《佛说四十二章》、李伯时的石刻观音大士像。塔下是渡鱼山，隔岸是剡中诸山，都可以清清楚楚地数出来。

李流芳《题六和塔晓骑图》：

燕子矶上台，龙潭驿口路。
昔时并马行，梦中亦同趣。
后来五云山，遥对西兴渡。
绝壁瞰江立，恍与此境遇。
人生能几何，江山幸如故。
重来复相携，此乐不可喻。
置身画图中，那复言归去。
行当寻云栖，云栖渺何处。

此予甲辰与王淑士、平仲参云栖舟中为题画诗，今日展予所画《六和晓骑图》，此境恍然，重为题此。壬子十月六日，定香桥舟中。

吴琚《六和塔应制》词[①]：

玉虹遥挂，望青山、隐隐如一抹。忽觉天风吹海立，好似春雷初发。白马凌空，琼鳌驾水，日夜朝天阙。飞龙舞凤，郁葱环拱吴越。此景天下应无，东南形胜，伟观真奇绝。好似吴儿飞彩帜，蹴起一江秋雪。黄屋天临，水犀云拥，看击中流楫。晚来波静，海门飞上明月。（右调《酹江月》）

【注释】

①吴琚（生卒年不详）：字居父，号云壑。汴（今河南开封）人。南宋高宗吴皇后之侄，历任尚书郎、镇安军节度使等。工书法。有《云壑集》传世。

杨维桢《观潮》诗[①]：

八月十八睡龙死，海龟夜食罗刹水。
须臾海辟龛赭门，地卷银龙薄于纸。
艮山移来天子宫，宫前一箭随西风。
劫灰欲洗蛇鬼穴，婆留折铁犹争雄。
望海楼头夸景好，断鳌已走金银岛。
天吴一夜海水移，马蹀沙田食沙草。
厓山楼船归不归，七岁呱呱啼轵道。

【注释】

①杨维桢（1296—1370）：字廉夫，号铁崖、东维子。会稽（今浙江绍兴）人。元泰定四年（1327）进士，官至江西儒学提举。元亡后归隐。有《东维子文集》传世。该诗题目一作《古观潮图》。

徐渭《映江楼看潮》诗：

鱼鳞金甲屯牙帐，翻身却指潮头上。
秋风吹雪下江门，万里琼花卷层浪。
传道吴王渡越时，三千强弩射潮低。
今朝筵上看传令，暂放胥涛掣水犀。

镇海楼[①]

镇海楼旧名朝天门，吴越王钱氏建[②]。规石为门[③]，上架危楼[④]。楼基垒石，高四丈四尺，东西五十六步，南北半之。左右石级登楼，楼连基高十有一丈。元至正中，改拱北楼。明洪武八年[⑤]，更名来远楼，后以字画不祥[⑥]，乃更名镇海[⑦]。

【注释】

①镇海楼：在今浙江杭州南吴山东麓。

②吴越王钱氏：吴越国王钱俶（chù），原名弘俶，字文德。

③规：利用，使用。

④危楼：高楼。

⑤洪武八年：即公元1375年。

⑥字画：笔画。

⑦更名镇海：对此事田汝成《西湖游览志》有如下记载："洪武八年，行省刘、王两参政者失其名，改为来远楼，既榜揭，遣拆字人张乘槎者往视之，槎曰：'三日内主哀丧之事。'如期，王母死。刘以历日纸坐法。王延乘槎问故，对曰：'来带丧形，远（遠）从哀，带哀形，旁之两点相续者，泪形也。'顷之，参政徐本改为镇海楼。"

【译文】

镇海楼旧名朝天门，由吴越王钱俶修建。利用石头建城门，在上面架构高楼。楼基是层层垒叠的石块，高四丈四尺，东西五十六步，南北是其东西距离的一半。左右两边皆有石阶登楼，城楼连地基高达十一丈。元代至正年间，改名拱北楼。明洪武八年，改名来远楼，后来因为这两字的笔画不吉利，于是更名为镇海楼。

火于成化十年[①]，再造于嘉靖三十五年[②]，是年九月又火。总制胡宗宪重建[③]。楼成，进幕士徐渭曰[④]："是当记，子为我草。"草就以进，公赏之，曰："闻子久侨矣[⑤]。"趋召掌计[⑥]，廪银之两百二十为秀才庐[⑦]。渭谢侈不敢[⑧]。公曰："我愧晋公[⑨]，子于是文，乃遂能愧湜[⑩]，倘用福先寺事数字以责我酬[⑪]，我其薄矣，何侈为！"

【注释】

①成化十年：即公元1474年，成化为明宪宗朱见深年号（1456—1487）。

②嘉靖三十五年：即公元1556年。

③总制：总督。胡宗宪（？—1565）：字汝贞，号梅林，绩溪（今安徽绩溪）人。嘉靖十七年（1538）进士，曾任杭州知府，后官至总督。辑有《筹海图编》。

④幕士：幕客。徐渭（1521—1593）：字文长，自号青藤道士、天池山人，山阴（今浙江绍兴）人。科举不利，在浙闽总督胡宗宪幕下为书记，晚年穷困以终。有杂剧《四声猿》传世。

⑤久侨：长久侨居。

⑥趋：赶快。掌计：掌管财务的随从。

⑦廪：发放。

⑧谢侈：因太多而婉拒。

⑨晋公：即裴度（765—839），字中立，闻喜（今山西闻喜）人。官至宰相，被封晋国公。

⑩湜：即皇甫湜，字持正，新安（今浙江淳安）人。元和元年（806）进士，官至工部郎中。有《皇甫湜集》传世。

⑪福先寺事：指裴度修福先寺时，皇甫湜为寺碑题碑文要报酬的事。作者在《夜航船》中也讲了这个典故："福先寺碑：裴度修福先寺，将求碑文于白居易。判官皇甫怒曰：'近舍，而远取居易，请从此辞。'度亟谢，随以文属。饮酒，挥毫立就。度酬以车马玩器约千缗，怒曰：'碑三千字，每字不直绢三匹乎？'度又依数酬之。又索文改窜，度笑曰：'文已妙绝，增一字不得矣！'"

【译文】

成化十年被火焚毁，嘉靖三十五年重建，当年九月再次失火。总制胡宗宪重建。楼建好后，胡宗宪叫来幕客徐渭，对他说："此事应当记下来，请你为我起草文章。”徐渭写好后呈上，胡宗宪赏赐他，说：“听说你侨居很久了。”赶快叫来掌管财务的随从，赏银两百二十两让徐渭置办房产。徐渭因赏赐太过优厚而婉拒。胡宗宪说：“我不敢自比晋国公裴度，但你写的这篇文章，能让皇甫湜感到惭愧。倘若用当年裴度的酬谢标准来比对我的酬劳，我给的太少了，哪里算得上优厚呢？”

渭感公语，乃拜赐持归。尽橐中卖文物如公数[①]，买城东南地十亩，有屋二十有二间，小池二，以鱼以荷；木之类，果木材三种，凡数十株；长篱亘亩[②]，护以枸杞，外有竹数十个，笋迸云[③]。客至，网鱼烧笋，佐以落果，醉而咏歌。始屋陈而无次，稍序新之，遂颜其堂曰“酬字”[④]。

【注释】

①橐（tuó）：口袋。

②亘：连绵不断。

③迸云：穿云。比喻竹子很高。

④颜：题写匾额。本文所记之事徐渭在其《酬字堂记》一文亦有记载：“镇海楼成，少保公进渭曰：‘是当记，子为我草。’草成以进，公赏之，曰：‘闻子久侨矣，趣召掌计廪银之两百有二十，为秀才庐。’渭谢侈，不敢。公曰：‘我愧晋公，子于是文乃遂能愧湜，傥用福先寺事，数字以责我酬，我其薄矣，何侈为？’渭感公语，乃拜赐持归，尽橐中卖文物如公数，买城南东地十亩，有屋二十有二间，小池二，以鱼以荷。木之类，果花材三种，凡数十株。长篱亘亩，护以枸杞，外有竹数十个，笋迸云。客至，网鱼烧笋，佐以落果，醉而咏歌。始屋陈而无次，稍序新之，遂额其堂曰‘酬字’”。

【译文】

徐渭听了胡宗宪的话很感动，拜谢之后就带着赏赐回去。拿出口袋中卖文全部所得即胡宗宪赏赐的银两，在城东南买了十亩土地，还有二十二间房屋，两个小池塘，养鱼种荷；树木的种类中，有三种果树，共几十棵；长长的篱笆连绵不断地环绕着田地，种上枸杞作为防护，园外还有几十个竹子，新笋迸发。客人到访，就捕鱼烧笋，用水果佐餐，喝醉了就唱歌。开始时屋内摆设没有秩序，收拾后焕然一新，于是给这间屋子题名"酬字堂"。

徐渭《镇海楼记》：

镇海楼，相传为吴越钱氏所建，用以朝望汴京，表臣服之意。其基址、楼台、门户、栏楯，极高广壮丽，具载别志中。楼在钱氏时，名朝天门。元至正中，更名拱北楼。皇明洪武八年，更名来远。时有术者病其名之书画不祥，后果验，乃更今名。火于成化十年，再建于嘉靖三十五年，九月又火。

予奉命总督直浙闽军务，开府于杭，而方移师治寇，驻嘉兴。比归，始与某官某等谋复之。人有以不急病者。

予曰："镇海楼建当府城之中，跨通衢，截吴山麓，其四面有名山大海、江湖潮汐之胜，一望苍茫，可数百里。民庐舍百万户，其间村市官私之景，不可亿计，而可以指顾得者，惟此楼为杰特之观。至于岛屿浩渺，亦宛在吾掌股间。高翥长骞，有俯压百蛮气。而东夷之以贡献过此者，亦往往瞻拜低回而始去。故四方来者，无不趋仰以为观游。的如此者累数百年，而一旦废之，使民若失所归，非所以昭太平、悦远迩。非特如此已也，其所贮钟鼓刻漏之具、四时气候之榜，令民知昏晓、时作息、寒暑启闭、桑麻种植渔佃，诸如此类，是居者之指南也。而一旦废之，使民懵然迷所往，非所以示节序、全利用。且人传钱氏以臣服宋而建，此事昭著已久。至方国珍时，求缓死于我高皇，犹知借镠事以请。诚使今海上群丑而亦得知钱氏事，其祈款如珍之初词，则有补于臣道不细，顾可使其迹湮没而不章耶？予职清海徼，视今日务，莫有急于此者。公等第营之，毋浚征于民，而务先以己。”

于是予与某官某等，捐于公者计银凡若干，募于民者若干。遂集工材，始事于某年月日。计所构，甃石为门，上架楼，楼基垒石，高若千丈尺。东西若干步，南北半之。左右级曲而达于楼，楼之高又若干丈。凡七楹，础百，巨钟一，鼓大小九，时序榜各有差，贮其中，悉如成化时制。盖历几年月而成。

始楼未成时，剧寇满海上，予移师往讨，日不暇至。于今五年，寇剧者禽，来者遁，居者慑不敢来，海始晏然，而楼适成，故从其旧名“镇海”。

张岱《镇海楼》诗：

钱氏称臣历数传，危楼突兀署朝天。
越山吴地方隅尽，大海长江指顾连。
使到百蛮皆礼拜，潮来九折自盘旋。
成嘉到此经三火，皆值王师靖海年。

都护当年筑废楼，文长作记此中游。
适逢困鳄来投辖，正值饥鹰自下鞲。
严武题诗属杜甫，曹瞒拆字忌杨修。
而今纵有青藤笔，更讨何人数字酬！

伍公祠

吴王既赐子胥死[①]，乃取其尸，盛以鸱夷之革[②]，浮之江中。子胥因流扬波，依潮来往，荡激堤岸[③]，势不可御。或有见其银铠雪狮，素车白马，立在潮头者，遂为之立庙。每岁仲秋既望[4]，潮水极大，杭人以旗鼓迎之。弄潮之戏，盖始于此。

【注释】

①子胥：即伍子胥（？—前484），名员，字子胥，春秋时期楚国人。伍子胥父兄因奸人构陷，被楚平王杀害，他只身逃往吴国，助吴王阖闾强兵伐楚，掘楚平王墓，鞭尸三百。后为谗臣所离间，被赐死。

②鸱夷（chī yí）之革：盛酒的革囊。鸱夷，革囊。

③荡激：翻腾冲击。

④仲秋既望：农历八月十六。仲秋，秋季的第二个月，即农历八月。既望，农历十五日为望，十六日为既望。

【译文】

吴王赐死伍子胥后，就取来他的尸体，装在盛酒的革囊内，任其在江中漂浮。伍子胥随波逐流，顺着潮水来来往往，冲击着堤岸，势不可挡。有人看到他身披银色铠甲，戴着白色雄狮样头盔，乘素车骑白马，站在潮头上，于是为他建庙。每年农历八月十六，潮水特别大，杭州人摇旗敲鼓迎接。弄潮的表演，就是从这里开始的。

宋大中祥符间[1]，赐额曰“忠靖”，封英烈王。嘉、熙间[2]，海潮大溢[3]。京兆赵与权祷于神[4]，水患顿息，乃奏建英卫阁于庙中。元末毁，明初重建。有唐卢元辅《胥山铭序》、宋王安石《庙碑铭》[5]。

【注释】

①大中祥符：宋真宗年号（1008—1016）。

②嘉、熙间：指嘉祐、熙宁年间。嘉祐为宋仁宗的年号（1056—1063），熙宁为宋神宗的年号（1068—1077）。

③溢：喷涌。

④京兆：管理京师的地方长官。赵与权：当作赵与欢，字悦道。嘉定七年（1214）进士，官至资政殿大学士。曾任临安府尹。《宋史》有传。

⑤卢元辅（774—829）：字子望，滑州（今河南滑县）人。贞元十四年（798）进士，官至兵部侍郎、给事中。曾任杭州刺史。王安石（1021—1086）：字介甫，号半山，临川（今江西抚州）人。庆历二年（1042）进士，官至宰相，为唐宋八大家之一。有《临川集》传世。

【译文】

宋大中祥符年间，皇帝为庙宇赐书"忠靖"匾额，封伍子胥为英烈王。嘉祐、熙宁年间，海潮泛滥。京兆赵与权向神灵祷告，水灾顿时平息，于是奏请朝廷在庙里建造英卫阁。元朝末年庙宇被毁，明初时重建。相关记载有唐代卢元辅的《胥山铭序》、宋代王安石的《庙碑铭》。

高启《伍公祠》诗[①]：

地大天荒霸业空，曾于青史叹遗功。
鞭尸楚墓生前孝，抉眼吴门死后忠。
魂压怒涛翻白浪，剑埋冤血起腥风。
我来无限伤心事，尽在吴山烟雨中。

【注释】

①该诗《高青丘集》诗题作《谒伍相祠》。

徐渭《伍公庙》诗：

吴山东畔伍公祠，野史评多无定词。

举族何辜同刈草，后人却苦论鞭尸。
退耕始觉投吴早，雪恨终嫌入郢迟。
事到此公真不幸，镯镂依旧遇夫差。

张岱《伍相国祠》诗：

突兀吴山云雾迷，潮来潮去大江西。
两山吞吐成婚嫁，万马奔腾应鼓鼙。
清浊溷淆天覆地，玄黄错杂血连泥。
旌幢幡盖威灵远，檄到娥江取候齐。

从来潮汐有神威，鬼气阴森白日微。
隔岸越山遗恨在，到江吴地故都非。
钱塘一臂鞭雷走，龛赭双颐噀雪飞。
灯火满江风雨急，素车白马相君归。

城隍庙

吴山城隍庙[①]，宋以前在皇山[②]，旧名永固，绍兴九年徙建于此[③]。宋初封其神，姓孙名本。永乐时封其神[④]，为周新。

【注释】

①吴山：在今浙江杭州市旧城区西南，春秋时为吴国南界，故名。相传山上有伍子胥庙，又名胥山。五代时，山上建城隍庙，又名城隍山。

②皇山：即凤凰山。在今浙江杭州西南，相传晋葛洪曾在此炼丹。岭下即为名茶产地龙井。

③绍兴九年:即1139年。绍兴为南宋高宗年号。

④永乐:明成祖朱棣年号(1403—1424)。

【译文】

吴山城隍庙,宋朝以前建在皇山,旧名永固寺,绍兴九年迁到这里。宋朝初年册封的神,是孙本。明永乐年间册封的神,是周新。

新,南海人[①],初名日新。文帝常呼"新"[②],遂为名。以举人为大理寺评事[③],有疑狱[④],辄一语决白之。永乐初,拜监察御史[⑤],弹劾敢言[⑥],人目为"冷面寒铁"。长安中以其名止儿啼[⑦]。

【注释】

①南海:在今广东佛山南海区。

②文帝:指明成祖朱棣(1360—1424),谥号孝文。

③大理寺评事:大理寺属员,负责审理案件。

④狱:官司,诉讼案件。

⑤监察御史:官职名。隶属都察院,负责纠察内外官吏、巡抚州县狱讼、祭祀及监诸军出使等事。

⑥弹劾:奏劾检举官吏的过失、罪状。

⑦长安:今陕西西安。此处泛指京城。

【译文】

周新,是南海人,原名周日新。因文帝曾喊他"新",于是把"新"作为名字。周新以举人身份担任大理寺评事,有疑难的案件,就能一言决断审明。永乐初年,任监察御史,敢于检举直谏,人们称其为"冷面寒铁"。京城里的人们用他的名字来制止小孩哭闹。

转云南按察使[①]，改浙江。至界，见群蚋飞马首[②]，尾之蓁中[③]，得一暴尸，身余一钥、一小铁识。新曰："布贾也[④]。"收取之。既至，使人大市市中布，一一验其端，与识同者皆留之。鞫得盗[⑤]，召尸家人与布，而置盗法，家人大惊。

【注释】

①按察使：官职名。为一省司法长官，掌刑名按劾之事。

②蚋（ruì）：一种昆虫，头小，色黑，胸背隆起，吸人畜的血液，幼虫栖于水中。

③蓁：丛生的草木。

④贾（gǔ）：做买卖的人，商人。

⑤鞫：审讯，审查。

【译文】

周新后来转任云南按察使，又改任浙江。到了地界，看到成群的蚋虫在马头周围飞舞，他便尾随着马到了一片丛生的草木里，发现一具尸体，身上只有一把钥匙、一个小的铁质标识。周新说："此人是布商。"将这些东西收起来。到了城里，派人到市场上大量买布，一一检验布头，和铁质标识相同的都留下来。经审讯抓到犯人，把死者家人叫来，归还布匹，按照法律处置盗贼，死者的家人十分震惊。

新坐堂，有旋风吹叶至，异之。左右曰："此木城中所无，一寺去城差远[①]，独有之。"新曰："其寺僧杀人乎？而冤也。"往树下，发得一妇人尸[②]。

【注释】

①差：略微，比较。

②发：挖掘。

【译文】

周新坐在堂上办公，有一阵旋风把树叶吹到他面前，他为之感到诧异。身边的侍从说："城内没有这种树，有一座寺庙离城比较远，只有那里有。"周新说："难道寺庙的僧人杀人了吗？是不是有冤情啊。"于是到那棵树下，挖出一具妇女的尸体。

他日，有商人自远方夜归，将抵舍，潜置金丛祠石罅中①，旦取无有。商白新，新曰："有同行者乎？"曰："无有。""语人乎？"曰："不也，仅语小人妻。"新立命械其妻②，考之③，得其盗，则其私也④。则客暴至⑤，私者在伏匿听取之者也⑥。

【注释】

①丛祠：乡野林间的神祠。石罅（xià）：石缝。

②械：拘系，抓捕。

③考：审问。

④私：奸夫。

⑤暴：突然。

⑥伏匿：隐藏，躲藏。

【译文】

一天，有位商人夜间从远方归来，快要到家的时候，悄悄地把金子藏到神祠的石缝中，天亮后去取却没有了。商人向周新禀告，周新说："有和你同行的人吗？"商人答道："没有。""对其他人说过吗？"商人说："没有，只对我的妻子说过。"周新立即下令抓捕他的妻子，经过审问，揪出盗贼，此人是商人妻子的奸夫。原来商人突然回家，奸夫躲藏在暗处偷听后将金子取走了。

凡新为政，多类此。新行部[①]，微服视属县[②]，县官触之，收系狱，遂尽知其县中疾苦。明日，县人闻按察使来，共迓不得[③]。新出狱曰："我是。"县官大惊。

【注释】

①行部：巡行视察。

②微服：帝王或高官为隐蔽身份而改穿的平民便服。

③迓：迎接。

【译文】

周新处理政事，大多都像这样。周新巡行视察时，微服私访下属各县，县官碰到他，将其抓到牢里，周新由此知道该县百姓的疾苦。第二天，县里的人听说按察使来了，一起恭候却没接到。周新走出监狱说："我就是。"县官大为震惊。

当是时，周廉使名闻天下[①]。锦衣卫指挥纪纲者最用事[②]，使千户探事浙中[③]，千户作威福受贿[④]。会新入京，遇诸涿[⑤]，即捕千户系涿狱。千户逸出[⑥]，诉纲，纲更诬奏新。上怒，逮之，即至，抗声陛前曰[⑦]："按察使擒治奸恶，与在内都察院同，陛下所命也，臣奉诏书死，死不憾矣。"上愈怒，命戮之。临刑大呼曰："生作直臣，死作直鬼！"

【注释】

①廉使：旧时按察使的通称。

②锦衣卫：明代护卫皇宫的亲军。明太祖时始设，权力极广，兼理侦察、逮捕、审讯之事，也是明代的一个特务机构。纪纲（？—1416）：临邑（今山东临邑）人。秀才出身，曾任锦衣卫指挥使。

后被内侍告谋反,伏诛。用事:掌权,当权。

③千户:明代军队卫所中掌兵千人的武官,元代始设。探事:探听消息。

④受赇(qiú):受贿。赇,贿赂。

⑤涿:在今河北涿州。

⑥逸:逃跑。

⑦抗声:高声,大声。

【译文】

那个时候,周新闻名天下。锦衣卫指挥使纪纲执掌大权,他让千户到浙中探听消息,这位千户却作威作福,接受贿赂。恰逢周新进京,在涿州遇到他,就抓捕千户并把他关在涿州监狱中。千户逃出来后,告诉纪纲,纪纲又上奏诬告周新。皇上非常生气,下令逮捕周新,周新被带到朝廷,在皇上面前高声说:"按察使抓捕惩治奸恶之人,和在朝内的都察院一样,都是陛下任命的,我接受圣命而死,死而无憾。"皇上愈发震怒,下令把周新杀了。周新受刑前大喊说:"活着的时候做正直的人臣,死了也要做刚直的鬼魂!"

是夕,太史奏文星坠[①]。上不怿[②],问左右周新何许人。对曰:"南海。"上曰:"岭外乃有此人。"一日,上见绯而立者[③],叱之,问为谁。对曰:"臣新也。上帝谓臣刚直,使臣城隍浙江,为陛下治奸贪吏。"言已不见。遂封新为浙江都城隍,立庙吴山。

【注释】

①太史:职官名。负责编载史事兼掌天文历法。秦汉称为太史令。魏晋以后,修史之职转归著作郎,太史则专掌历法。明清改为钦天监,修史之职则归于翰林院,故俗称翰林为太史。文星:即文昌

星、文曲星。旧时传说文曲星主文才，后亦指有文才的人。

②不怿（yì）：不高兴，不悦。

③绯：红色，这里指穿红色衣服。

【译文】

当天夜里，太史上奏文曲星坠落。皇上不高兴，问身边的侍从周新是哪里人。侍从答道："南海。"皇上说："岭外竟还有这样的人。"一天，皇上看到一个穿着红衣服站立的人，大声呵斥他，问他是什么人。对方答道："我是周新。天帝说我性情刚直，让我在浙江做城隍，为陛下惩治奸臣贪官。"说完人就不见了。于是皇上封周新为浙江都城隍，在吴山建庙。

张岱《吴山城隍庙》诗：

宣室殷勤问贾生，鬼神情状不能名。
见形白日天颜动，浴血黄泉御座惊。
革伴鸱夷犹有气，身殉豺虎岂无灵。
只愁地下龙逢笑，笑尔奇冤遇圣明。

尚方特地出枫宸，反向西郊斩直臣。
思以鬼言回圣主，还将尸谏退佥人。
血诚无藉丹为色，寒铁应教金铸身。
坐对江潮多冷面，至今冤气未曾伸。

又《城隍庙柱铭》：

厉鬼张巡，敢以血身污白日；
阎罗包老，原将铁面比黄河。

火德庙[1]

火德祠在城隍庙右，内为道士精庐[2]。北眺西泠[3]，湖中胜概，尽作盆池小景。南北两峰如研山在案[4]，明圣二湖如水盂在几[5]。窗棂门槷凡见湖者[6]，皆为一幅画图。小则斗方[7]，长则单条[8]，阔则横披[9]，纵则手卷[10]，移步换影。若遇韵人[11]，自当解衣盘礴[12]。画家所谓水墨丹青，淡描浓抹，无所不有。昔人言"一粒粟中藏世界，半升铛里煮山川"[13]，盖谓此也。

火居道士能为阳羡书生[14]，则六桥、三竺[15]，皆是其鹅笼中物矣。

【注释】

①火德庙：即火德星君庙、火德祠，在吴山支脉金地山上。

②精庐：修炼之所。

③西泠：桥名。在今浙江杭州西湖孤山下。

④南北两峰：南高峰、北高峰。研山：砚台的一种。利用山形之石，中凿为砚，砚附于山，故名。

⑤明圣：西湖古名。二湖：西湖的里湖与外湖。水盂（yú）：盛水的钵盂。几：几案。

⑥窗棂（líng）：窗格子。门槷（niè）：门槛。

⑦斗方：一尺见方的书画作品。

⑧单条：单幅长条的书画作品。

⑨横披：长条形横幅字画。

⑩手卷：书画横幅之类的长卷，因便于用手卷舒，故称。

⑪韵人：雅人。

⑫解衣盘礴：神闲意定，不拘形迹。语出《庄子·田子方》："宋元君将画图，众史皆至，受揖而立；舐笔和墨，在外者半。有一史后至者，儃儃然不趋，受揖不立，因之舍。公使人视之，则解衣盘礴羸。"

⑬"一粒"二句：一粒米中藏着整个世界，半升锅里可以煮下河岳山川。语出《全唐诗》："铁牛耕地种金钱，刻石时童把贯穿。一粒粟中藏世界，二升铛内煮山川。白头老子眉垂地，碧眼胡儿手指天。若向此中玄会得，此玄玄外更无玄。"相传作者为吕岩，即吕洞宾。铛（chēng），古代一种与锅相似的炊具。

⑭火居道士：有家室的道士。阳羡书生：阳羡人许彦路遇一位书生，能幻化身形，坐鹅笼中，能吞吐女子。后用作幻中生幻，变化无常的典故。语出吴均《续齐谐记》："阳羡许彦于绥安山行，遇一书生，年十七八，卧路侧，云脚痛，求寄鹅笼中。彦以为戏言。书生便入笼，笼亦不更广，书生亦不更小，宛然与双鹅并坐，鹅亦不惊。彦负笼而去，都不觉重。"阳羡，地名。在今江苏宜兴。

⑮六桥：西湖外湖苏堤上的六座桥，分别是映波、锁澜、望山、压堤、东浦、跨虹。宋苏轼所建。六桥烟柳是西湖胜景。三竺：上天竺、中天竺、下天竺的合称。

【译文】

火德祠在城隍庙的右边，里面是道士的修炼之所。向北远眺西泠，西湖中的盛景，都成了精巧别致的盆景。南、北两高峰像书桌上的笔架砚台，明圣二湖似几案上的笔洗。透过门窗所看到的湖景，都是一幅幅图画。小的是一尺见方的书画，长的是单幅长条的，宽的是长条形横幅，竖的是长条形手卷，移动脚步，景致也随之变化。如果遇到文人雅士，就该解衣伸腿不拘形迹了。画家所说的水墨丹青，淡描浓抹，在这里无所不有。从前有人说"一粒粟中藏世界，半升铛里煮山川"，大概说的就是这个意思。

如果火居道士能做阳羡书生，那么六桥、三竺，都是鹅笼中物了。

张岱《火德祠》诗：

中郎评看湖，登高不如下。
千顷一湖光，缩为杯子大。
余爱眼界宽，大地收隙罅。
瓮牖与窗棂，到眼皆图画。

渐入亦渐佳，长康食甘蔗。
数笔倪云林，居然胜荆夏。
刻画非不工，淡远长声价。
余爱道士庐，宁受中郎骂。

芙蓉石

芙蓉石，今为新安吴氏书屋[①]。山多怪石危峦[②]，缀以松柏，大皆合抱[③]。阶前一石，状若芙蓉，为风雨所坠，半入泥沙，较之寓林奔云[④]，尤为茁壮[⑤]。但恨主人深爱此石，置之怀抱，半步不离，楼榭逼之[⑥]，反多阨塞[⑦]。若得础柱相让[⑧]，脱离丈许，松石间意，以淡远取之，则妙不可言矣。

【注释】

①新安：今浙江淳安。

②危峦：险峻的山峦。

③合抱：两臂抱拢。

④寓林奔云：指奔云石。详情见卷四《小蓬莱》。

⑤茁壮：壮大，壮实。

⑥楼榭：楼阁台榭。

⑦阨（ài）塞：狭小阻塞。

⑧础柱：承柱的础石，柱下的基础。

【译文】

芙蓉石所在位置，现在是新安吴氏的书屋。此地山上多有奇形怪状的石头和险峻的山峦，苍松翠柏点缀其中，大的都有两臂抱拢那么粗。台阶前有块石头，形似芙蓉花，在风雨侵蚀下沉降，有一半已陷入泥沙中，与寓林奔云石相比，这块石头显得格外茁壮。遗憾的是主人非常喜爱这块石头，恨不得时时抱在怀里，半步也不离开，但楼阁台榭离其太近，反而显得狭小阻塞。如果将基石立柱挪开一些，离开一丈远，苍松奇石的意境，选择淡远的风格，那可真是妙不可言。

吴氏世居上山，主人年十八，身无寸缕①，人轻之，呼为吴正官②。一日早起，拾得银簪一枝，重二铢③，即买牛血煮之以食破落户④。自此经营五十余年，由徽抵燕⑤，为吴氏之典铺八十有三⑥。东坡曰："一簪之资，可以致富⑦。"观之吴氏，信有然矣。盖此地为某氏花园，先大夫以三百金折其华屋⑧，徙造寄园⑨，而吴氏以厚值售其弃地⑩，在当时以为得计。而今至吴园，见此怪石奇峰，古松茂柏，在怀之璧，得而复失，真一回相见，一回懊悔也。

【注释】

①身无寸缕：身上没有一寸线。形容极其穷困。

②正官：编制内的官吏。

③铢：一两等于二十四铢。

④破落户：从原来的名门望族败落下来的人家及其子弟。

⑤徽：指徽州，今安徽歙县。燕：指北京。

⑥典铺：当铺。

⑦"一簪"二句：一支簪子的资本，可以发财致富。语出苏轼《策略二》："苟一朝发愤，倾囷倒廪以偿之，然后更为之计，则一簪之资，亦足以富，何遽至于皇皇哉？"

⑧华屋：华美的房屋。

⑨寄园：张岱祖父张汝霖所建园林。本书《柳州亭》一文有介绍："堤之东尽为三义庙。过小桥折而北，则吾大父之寄园。"

⑩厚值：高价。售：这里指买。

【译文】

吴家世代住在山上，主人十八岁，极其贫苦寒酸，人们看不起他，称其为"吴正官"。有一天早上起来，他捡到一支银簪，重二铢，就买了牛血煮了给破落户吃。就这样经营了五十多年，从徽州到燕京，吴家的当铺开了八十三间。苏东坡说："一支簪子的资本，可以致富。"看吴家的经历，确实如此。这个地方原是某家的花园，我祖父花三百两银子拆掉了这里的房屋，迁往别处建造寄园，吴氏却用高价买了这块弃地，当时认为挺划算。而今我到吴园，看到这块奇峰怪石，古松翠柏，如怀中的美玉，得而复失，真是见一次懊悔一次啊。

张岱《芙蓉石》诗：

吴山为石窟，是石必玲珑。
此石但浑朴，不复起奇峰。
花瓣几层折，堕地一芙蓉。
痴然在草际，上覆以长松。
濯磨如结铁，苍翠有苔封。
主人过珍惜，周护以墙墉。
恨无舒展地，支鹤闭韬笼。

仅堪留几席，聊为怪石供。

云居庵[①]

云居庵在吴山[②]，居鄙[③]。宋元祐间[④]，为佛印禅师所建[⑤]。圣水寺，元元贞间为中峰禅师所建[⑥]。中峰又号幻住，祝发时[⑦]，有故宋宫人杨妙锡者[⑧]，以香盒贮发，而舍利丛生[⑨]，遂建塔寺中，元末毁。

【注释】

①云居庵：在今浙江杭州西湖东南。

②吴山：又名胥山。在今浙江杭州西湖东南。

③居鄙：位置偏僻。

④元祐：宋哲宗赵煦年号（1086—1094）。

⑤佛印禅师：即了元（1032—1098），俗姓林，字觉老，宋神宗赐号“佛印”。曾住云居寺，与苏轼多有往来。

⑥贞元：元成宗孛儿只斤·铁穆耳年号（1295—1296）。中峰禅师：即明本（1263—1323），俗姓孙。号中峰，自号幻住，钱塘人。有《中峰广录》。

⑦祝发：削发受戒为僧。

⑧宫人：宫女的通称。杨妙锡：南宋宫女，后崇奉老子，出家修道。

⑨舍利：佛教称释迦牟尼遗体火焚后结成的珠状物。后来也指高僧火化剩下的骨烬。

【译文】

云居庵在吴山，位置比较偏，是宋朝元祐年间由佛印禅师建造的。圣水寺，是元代元贞年间由中峰禅师建造的。中峰禅师又号幻住，削发受戒时，曾为南宋宫女的杨妙锡，用香盒收藏其头发，后来生出许多舍利，于是在寺中建造佛塔，佛塔在元末被毁。

明洪武二十四年[①]，并圣水于云居，赐额曰“云居圣水禅寺”。岁久殿圮，成化间僧文绅修复之[②]。寺中有中峰自写小像，上有赞云：“幻人无此相，此相非幻人。若唤做中峰，镜面添埃尘[③]。”向言六桥有千树桃柳[④]，其红绿为春事浅深；云居有千树枫桕[⑤]，其红黄为秋事浅深。今且以薪以槱[⑥]，不可复问矣。

【注释】

①洪武二十四年：即公元1391年。

②成化：即公元1474年，成化为明宪宗朱见深年号（1456—1487）。文绅：字用彰，海盐（今浙江海盐）人。

③埃尘：尘土。这段赞语写出了作者对人生的感悟，一切都是幻相，若执着于具体的名号，就还没有脱俗悟道。

④向言：从前说。

⑤桕（jiù）：桕树，即乌桕，一种落叶乔木。

⑥以薪以槱（yǒu）：砍伐木柴作柴火。语出《诗经·大雅·棫朴》：“芃芃棫朴，薪之槱之。”槱，聚积木柴以备燃烧。

【译文】

明洪武二十四年，圣水寺被并到云居庵，皇帝赐额“云居圣水禅寺”。年岁长了，殿堂倒塌，成化年间僧人文绅修复了它。寺中有中峰禅师自己绘制的小像，上有题赞说：“幻人无此相，此相非幻人。若唤做中峰，镜面添埃尘。”从前有个说法：六桥有上千棵桃树柳树，桃红柳绿是春景深浅的写照；云居寺有上千棵枫树桕树，叶色红黄是秋色深浅的映照。现在已被砍掉变成柴火，不能再提了。

曾见李长蘅题画曰[①]:“武林城中招提之胜[②],当以云居为最。山门前后皆长松,参天蔽日,相传以为中峰手植,岁久浸淫[③],为寺僧剪伐,什不存一,见之辄有老成凋谢之感。去年五月,自小筑至清波[④],访友寺中,落日坐长廊,沽酒小饮已,裴回城上[⑤],望凤凰、南屏诸山[⑥],沿月踏影而归。翌日,遂为孟旸画此[⑦],殊可思也。”

【注释】

①李长蘅:即李流芳(1575—1629),字茂宰、长蘅,号香海、泡庵、檀园。能诗擅画,亦工书法篆刻。与唐时升、娄坚、程嘉燧,被后人称为“嘉定四先生”。有《檀园集》《西湖卧游图题跋》传世。

②招提:梵语。原为四方僧的住处,后泛指寺院或僧房。

③浸淫:指时间的流逝。

④小筑:静雅的房舍。

⑤裴回:同“徘徊”,来回走动。

⑥凤凰:即凤凰山,在今浙江杭州旧城南。南屏:即南屏山,在今浙江杭州南。南屏晚钟为西湖十景之一。

⑦孟旸:即程嘉燧(1565—1643),字孟旸,号松圆,休宁(今安徽休宁)人。工诗善画,晚年皈依佛门。有《松圆浪淘集》传世。

【译文】

曾看到过李流芳的题画文字:“杭州城里景致好的寺院,当属云居庵最美。山门前后都是高大的松树,遮天蔽日。相传是中峰禅师亲手栽种的,随着岁月的流逝,逐渐被寺里的僧人修剪砍伐,保存下来的不到十分之一,看着就会生出老成凋谢的感慨。去年五月,我从小筑到清波门,在云居寺访友,在落日余晖中坐在长廊上,买点小酒喝,徘徊城上,远望凤凰、南屏等山色,乘着月色踏影返回。第二天,我就为孟旸画下这幅画,真是值得怀念。”

李流芳《云居山红叶记》:

余中秋看月于湖上者三,皆不及待红叶而归。前日舟过塘栖,见数树丹黄可爱,跃然思灵隐、莲峰之约,今日始得一践。及至湖上,霜气未遍,云居山头,千树枫柏尚未有酣意,岂余与红叶缘尚悭耶?因忆往岁忍公有代红叶招余诗,余亦率尔有答,聊记于此:

二十日西湖,领略犹未了。
一朝别尔归,此游殊草草。
当我欲别时,千山秋已老。
更得少日留,霜酣变林杪。
子常为我言,灵隐枫叶好。
千红与万紫,乱插向晴昊。
烂然列锦绣,森然建旗旐。
一生未得见,何异说食饱。

高启《宿幻住栖霞台》诗:

窗白鸟声晓,残钟渡溪水。
此生幽梦回,独在空山里。
松岩留佛灯,叶地响僧履。
予心方湛寂,闲卧白云起。

夏原吉《云居庵》诗[1]:

谁辟云居境,峨峨瞰古城。

两湖晴送碧，三竺晓分青。
经锁千函妙，钟鸣万户惊。
此中真可乐，何必访蓬瀛。

【注释】

①夏原吉（1366—1430）：又作元喆，字维哲。湘阴（今湖南湘阴）人。洪武二十三年（1390）举人。官至户部尚书。有《夏忠靖集》。

徐渭《云居庵松下眺城南》诗：

夕照不曾残，城头月正团。
霞光翻鸟堕，江色上松寒。
市客屠俱集，高空醉屡看。
何妨高渐离，抱却筑来弹。
（城下有瞽目者善弹词。）

施公庙

施公庙在石乌龟巷[①]，其神为施全[②]，宋殿前小校也[③]。绍兴二十年二月朔[④]，秦桧入朝，乘肩舆过望仙桥[⑤]，全挟长刃遮道刺之[⑥]，透革不中。桧斩之于市，观者如堵墙，中有一人大言曰："此不了汉[⑦]，不斩何为！"此语甚快。

【注释】

①石乌龟巷：在今浙江杭州上城区。因巷内徽州会馆里有一大石

龟,故名。

②施全:籍贯、生平不详。南宋宫廷小吏。因痛恨秦桧卖国求和,趁其入朝时持刀行刺,事败被杀。

③小校:低级武官名。小卒。

④绍兴二十年:即公元1150年。朔:农历每月初一。

⑤肩舆(yú):两个人抬的便轿。望仙桥:在今浙江杭州吴山鼓楼对面的中河上,长十二米,宽三十米,为石拱浆砌块石桥。

⑥遮道:拦在道路中间。

⑦不了汉:即不了事汉,不懂事的人。此处其实说施全是不成事的汉子,未能刺死秦桧。语出陆游《老学庵笔记》:"秦会(桧)之当国,有殿前司军人施全者,伺其入朝,持斩马刀邀于望仙桥下,斫之,断轿子一柱而不能伤,诛死。其后秦每出,辄以亲兵五十人持挺卫之。初,斩全于市,观者甚众,有一人,朗言曰:'此不了事汉,不斩何为!'闻者皆笑。"

【译文】

施公庙在石乌龟巷,供奉的神灵是施全,他是宋朝殿前的一名小卒。绍兴二十年二月初一,秦桧上朝,乘着轿子路过望仙桥,施全拿长刀拦路刺杀他,只刺透了皮革但没伤到人。秦桧在闹市将施全处斩,围观的人像一堵墙,其中有一个人大声说道:"这样不成事的人,不杀留着干什么呢!"这话真是大快人心。

秦桧奸恶,天下万世人皆欲杀之。施全刺之,亦天下万世中一人也。其心其事,原不为岳鄂王起见[①]。今传奇以全为鄂王部将[②],而岳坟以全人之翊忠祠[③],则施全此举,反不公不大矣。后人祀公于此,而不配享岳坟[④],深得施公之心矣。

【注释】

①岳鄂王:即岳飞。孝宗时岳飞冤狱获平反,追封鄂王。

②传奇:古代戏曲的一种样式,与杂剧并称,这里当指《岳飞破虏东窗记》。

③翊忠祠:在今浙江杭州岳王庙西侧,奉祀施全、刘允升。

④配享:指功臣附祀于庙,同受祭飨。

【译文】

秦桧是奸诈邪恶之徒,普天下世世代代的人们都想杀他。施全刺杀他,也是天下世世代代人中的一个。他的所思所做,原本不是为岳飞报仇。现在传奇把施全作为岳飞的部将,而岳王坟也将施全纳入翊忠祠,这样一来,施全此举,反倒显得不够公允、不够大气了。后人在这里祭祀施全,而不是在岳坟陪祭,这才符合施公的意愿。

张岱《施公庙》诗:

施殿司,不了汉。刺虎不伤蛇不断。
受其反噬齿利剑,杀人媚人报可汗。
厉鬼街头白昼现,老奸至此撿其面。
邀呼簇拥遮车幔,弃尸漂泊钱塘岸。
怒卷胥涛走雷电,雪巘移来天地变。

三茅观

三茅观在吴山西南[①]。三茅者,兄弟三人,长曰盈,次曰固,季曰衷,秦初咸阳人也[②]。得道成仙,自汉以来,即崇祀之。第观中三像,一立、一坐、一卧,不知何说。以意度之[③],

或以行立坐卧皆是修炼功夫,教人不可蹉过耳[④]。宋绍兴二十年[⑤],因东京旧名[⑥],赐额曰“宁寿观”。

【注释】

①吴山:又名胥山,在今杭州西湖东南。

②咸阳:在今陕西咸阳东北,曾是秦国的都城。

③以意度之:凭个人的主观想法去揣测。

④蹉过:错过,错失。

⑤绍兴二十年:即公元1150年。

⑥东京:北宋都城。在今河南开封。

【译文】

三茅观在吴山西南。三茅,指的是兄弟三人,老大叫茅盈,老二叫茅固,老三叫茅衷,他们都是秦朝初年咸阳人。三人得道成仙,自汉代以来,百姓就崇拜祭祀他们。只是观中有三座塑像,一个立着、一个坐着、一个卧着,不知道有什么说法。凭个人的推测,大概是说行立坐卧都是修炼功夫,告诫人们不要蹉跎时光。宋绍兴二十年,道观沿用在东京城的旧名,皇帝赐匾额“宁寿观”。

元至元间毁[①],明洪武初重建[②]。成化十年[③],建昊天阁;嘉靖三十五年[④],总制胡宗宪以平岛夷功[⑤],奏建真武殿;万历二十一年[⑥],司礼孙隆重修,并建钟翠亭、三义阁。相传观中有褚遂良小楷《阴符经》墨迹[⑦]。景定庚申[⑧],宋理宗以贾似道有江汉功[⑨],赐金帛钜万[⑩],不受,诏就本观取《阴符经》,以酬其功。此事殊韵[⑪],第不应于贾似道当之耳[⑫]。

【注释】

①至元:元惠宗妥懽帖睦尔年号(1335—1340)。

②洪武:明太祖朱元璋年号(1368—1398)。

③成化十年:即公元1474年。

④嘉靖三十五年:即公元1556年。

⑤总制:总督。岛夷:倭寇。

⑥万历二十一年:即公元1593年。

⑦褚遂良(596—658):字登善,钱塘人。官至尚书右仆射。工于书法,与欧阳询、虞世南、薛稷并称“初唐四大家”,传世墨迹有《孟法师碑》《雁塔圣教序》等。《阴符经》:全称《黄帝阴符经》,道家典籍。

⑧景定庚申:即景定元年,公元1260年。

⑨贾似道有江汉功:蒙古南侵,贾似道督师江汉。他遣使求和,许诺南宋称臣,割江南为界,岁奉银绢各20万。等蒙军主力北撤后,他派兵截断浮桥,袭杀蒙军殿后兵一百七十余人。随后,隐瞒议和称臣纳币之事,向朝廷上表说诸路大捷,江汉肃清,宗社危而复安。宋理宗下诏褒扬。

⑩钜万:犹巨万,形容数目巨大。钜,通“巨”,大。

⑪韵:风雅。

⑫第:只是,但是。

【译文】

三茅观在元代至元年间被毁,明洪武初年重建。明成化十年,建造昊天阁;嘉靖三十五年,总督胡宗宪因平定倭寇有功,奏请建造真武殿;万历二十一年,司礼监太监孙隆重修,并新建钟翠亭、三义阁。相传观中藏有褚遂良的小楷《阴符经》真迹。景定庚申年,宋理宗因贾似道平定江汉有功,赏赐他大量黄金布匹,但贾似道没有接受,皇帝就下诏从三茅观中取出《阴符经》,以此犒赏他的功劳。这件事颇为风雅,只是不应发生在贾似道这样的人身上。

余尝谓曹操、贾似道千古奸雄，乃诗文中之有曹孟德，书画中之有贾秋壑，觉其罪业滔天[1]，减却一半。方晓诗文书画，乃能忏悔恶人如此。凡人一窍尚通[2]，可不加意诗文、留心书画哉？

【注释】

①罪业：罪孽。

②窍：洞，指心窍。

【译文】

我曾说曹操、贾似道是千古奸雄，但诗文中有曹孟德，书画中有贾似道，觉得他们的滔天罪孽，能消减一半。这才知道诗文书画，竟能这样消减恶人的罪过。普通人的心窍是通的，难道不更应该留意诗文书画吗？

徐渭《三茅观观潮》诗：

黄幡绣字金铃重，仙人夜语骑青凤。
宝树攒攒摇绿波，海门数点潮头动。
海神罢舞回腰窄，天地有身存不得。
谁将练带括秋空？谁将古概量春雪？
黑鳌戴地几万年，昼夜一身神血干。
升沉不守瞬息事，人间白浪今如此。
白日高高惨不光，冷虹随身萦城隍。
城中那得知城外，却疑寒色来何方。
鹿苑草长文殊死，狮子随人吼祇树。
吴山石头坐秋风，带着高冠拂云雾。

又《三茅观眺雪》诗：

高会集黄冠，琳宫夜坐阑。
梅芳成蕊易，雪谢作花难。
檐月沉杯暖，江峰入坐寒。
莫鸦惊炬火，飞去破烟岚。

紫阳庵

紫阳庵在端石山[①]。其山秀石玲珑，岩窦窈窅窱[②]。宋嘉定间[③]，邑人胡杰居此[④]。元至元间，道士徐洞阳得之[⑤]，改为紫阳庵。其徒丁野鹤修炼于此[⑥]。一日，召其妻王守素入山[⑦]，付偈云："懒散六十年，妙用无人识。顺逆俱两忘，虚空镇长寂[⑧]。"遂抱膝而逝。守素乃奉尸而漆之[⑨]，端坐如生。妻亦束发为女冠[⑩]，不下山者二十年。今野鹤真身在殿庭之右，亭中名贤留题甚众。

【注释】

①端石山：据《西湖游览志》，应为"瑞石山"。又称紫阳山，是吴山东南最高的一个山头。

②窦窈（yǎo）窅（yǎo）窱（tiǎo）：洞穴深远幽暗。窦，洞穴。窈、窅窱，都是深邃的意思。

③嘉定：南宋宁宗赵扩年号（1208—1224）。

④胡杰：生平事迹不详。

⑤徐洞阳：即徐宏道，号洞阳，全真教道士。

⑥丁野鹤：元朝钱塘人。43岁到紫阳庵，拜徐洞阳为师修炼。

⑦王守素：丁野鹤之妻。元萨都剌《蕊珠曲》《赠吴山紫阳庵女道士》咏写其人其事。

⑧“懒散”四句：这则偈语写作者对人生的彻悟，六十年的人生无人理解，早已忘记了世间的顺正与邪逆，人生的归宿是虚空。顺逆，顺正与邪逆。虚空，空无所有。

⑨漆：指就尸塑像。

⑩女冠：女道士。

【译文】

紫阳庵在端石山。山上的石头玲珑秀美，洞穴深邃幽暗。宋嘉定年间，当地有个叫胡杰的人住在这里。元至元年间，道士徐洞阳得到这个地方，改为紫阳庵。其弟子丁野鹤在这里修炼。一天，丁野鹤召他的妻子王守素进山，给她一则偈语说：“懒散六十年，妙用无人识。顺逆俱两忘，虚空镇长寂。”说完就抱膝离世了。王守素就奉尸身制作漆像，丁野鹤端坐着好像还活着。他的妻子也扎起头发做了道士，二十年不下山。现在丁野鹤的真身就放在殿庭右面，亭子里有许多名贤留下的题字。

其庵久废，明正统甲子[①]，道士范应虚重建[②]，聂大年为记[③]。万历三十一年[④]，布政史继辰、范涞构空翠亭[⑤]，撰《紫阳仙迹记》，绘其图景，并名公诗，并勒石亭中[⑥]。

【注释】

①正统甲子：即正统九年，公元1444年，正统为明英宗朱祁镇年号（1436—1449）。

②范应虚：字志敏，号栖云。紫阳庵道士。

③聂大年（1402—1456）：字寿卿，临川（今江西抚州）人。曾任仁和县学训导，调常州府学训导，升仁和教谕，后入翰林修《实录》。工古文，善诗词，精书画。

④万历三十一年：即公元1603年。

⑤布政：布政使的省称，职官名。明清各省民政兼财政长官。史继辰：字应之，号念桥，溧阳（今江苏溧阳）人。万历五年（1577）进士，曾任浙江布政使。范涞：字原易，号晞阳，休宁（今安徽休宁）人。明万历二年（1574）进士，曾任浙江按察司副使。

⑥勒石：刻石立碑。

【译文】

紫阳庵时间长了被废弃，明朝正统九年，道士范应虚重新建造，聂大年为此撰文记载。万历三十一年，布政史继辰、范涞修建空翠亭，撰写《紫阳仙迹记》，绘制图画，加上名人题写的诗作，一起在亭中立碑留念。

李流芳《题紫阳庵画》：

南山自南高峰逦迤而至城中之吴山，石皆奇秀一色，如龙井、烟霞、南屏、万松、慈云、胜果、紫阳，一岩一壁，皆可累日盘桓。而紫阳精巧，俯仰位置，一一如人意中，尤奇也。余己亥岁与淑士同游，后数至湖上，以畏入城市，多放浪两山间，独与紫阳隔阔。

辛亥偕方回访友云居，乃复一至，盖不见十余年，所往来于胸中者，竟失之矣。山水绝胜处，每恍惚不自持，强欲捉之，纵之旋去。此味不可与不知痛痒者道也。余画紫阳时，又失紫阳矣。岂独紫阳哉，凡山水皆不可画，然不可不画也，存其恍惚而已矣。书之以发孟旸一笑。

袁宏道《紫阳宫小记》[①]：

余最怕入城。吴山在城内，以是不得遍观，仅匆匆一过紫阳宫耳。紫阳宫石，玲珑窈窕，变态横出，湖石不足方比，梅花道人一幅活水墨也。奈何辱之郡郭之内，使山林懒僻之人亲近不得，可叹哉。

【注释】

①该文题目一作《游吴山记》。

王稺登《紫阳庵丁真人祠》诗：

丹壑断人行，琪花洞里生。
乱崖兼地破，群象逐峰成。
一石一云气，无松无水声。
丁生化鹤处，蜕骨不胜情。

董其昌《题紫阳庵》诗：

初邻尘市点灵峰，径转幽深绀殿重。
古洞经春犹闷雪，危厓百尺有欹松。
清猿静叫空坛月，归鹤愁闻故国钟。
石髓年来成汗漫，登临须愧羽人踪。

附录

序

金堡

张陶庵作《西湖梦寻》，向余问讯曰："弟闻《华严经》，佛言华严世界，南赡部洲特华严海中一弹丸之地，则西湖不直一蠡壳水，其景界甚小。汤若士传南柯，蚁穴中有国都、郡邑、社稷、山川，则西湖不止一蚁穴，其景界又甚大。两说不一，乞和尚为我平章之。"

余曰："佛言世间凡事大小，皆由心造：若见为大，则芥子须弥矣；若见为小，则黄龙蝘蜓矣。佛于此只不动念，则景界俱空，大小尽化，蕉鹿庄蝶，一听其自为变幻，于我空相，则亦何有？以余所见，大小高下只在目前。即以西湖言之，尔见六桥三竺，缥缈湖山，其大若此，若置身于南北高峰，由高视下，西湖止一杯之水，歌舫渔舟正如飞凫浮芥，为物甚微。盖眼界所及，愈低愈小，则愈高愈大。庄生所言鲲背鹏翼，千里而遥，鹏之视人亦何异人之视蚁？齐谐志怪，勿得尽以寓言忽之。昔有人渡海，飞来一物，大如风帆，以篙击之，是一蝶翅，称之重八十余斤，则天壤间实有是境，实有是物，或大或小，一任人之见地为之。余眼光不及数武，何能为尔定其大小也。尔若只以旧梦是寻，尚在杯水浮芥中往来盘礴，何足与于寥廓之观。”

武林道隐金堡偶题。

序

祁豸佳

天下山水之妙,有以诗传者,有以画传者。自王摩诘以一身兼之。赞之者谓:“摩诘之诗,诗中有画;摩诘之画,画中有诗。”遂将诗、画合为一物。

若西湖则不然,西湖之妙,妙在空灵晶映,一入于诗便落脂粉,即东坡二诗亦所不免。世间凡物,竹篱茅舍、鸡犬桑麻,一入于画,无不文雅;而西湖图景,虽桃柳舟航,犹是滓秽太清。故余独谓:“看西湖,决不能为西湖之画;看西湖,决不能为西湖之诗也。”

余友张陶庵,笔具化工,其所记游,有郦道元之博奥,有刘同人之生辣,有袁中郎之倩丽,有王季重之诙谐,无所不有。其一种空灵晶映之气,寻其笔墨又一无所有。为西湖传神写照,政在阿堵矣。若使陶庵于此仍作诗想、仍作画想,一着揣摩,便于西湖十去八九,即在梦中,亦是魇呓。有想有因,卫洗马之病在膏肓,政未易瘳也。

弟祁豸佳书于蟫仙庐。

序

王雨谦

木华作《海赋》，思路偶涩，或教之曰："尔何不于海之上下四旁言之？"华因言其上下四旁，而《海赋》遂成。盖华之赋海，海之景物已尽，特缺其上下四旁已耳。则是海为主，而上下四旁其辅也。

若田叔和之作《西湖志》，志都城、志大内、志市井里坊、志人物流寓、志士女游观，无所不志，而西湖之景物反多遗漏，则是借名西湖，而实与西湖无与。故碑记诗文，自苏、白以后，记如袁石公之灵巧、张锺山之遒劲、李长蘅之淡远，诗如王弇州之华赡、徐文长之奇崛、王季重之隽颖，无一字入志焉，得谓之志乎？

张陶庵盘礴西湖四十余年，水尾山头无处不到。湖中典故，真有世居西湖之人所不能识者，而陶庵识之独详；湖中景物，真有日在西湖而不能道者，而陶庵道之独悉。今乃山川改革，陵谷变迁，无怪其惊惶骇怖，乃思梦中寻往也。虽然，西园雅集，得米海岳一叙，而人物园亭俨然未散；建章宫阙，得张茂先一语，而千门万户仿佛犹存。有《梦寻》一书而使旧日之西湖于纸上活现，则张陶庵之有功于西湖，断不在米海岳、张茂先之下哉。

潞溪白岳王雨谦撰。

序

李长祥

甲申三月，一梦跷蹊。三十年来若魇若呓，未得即醒。傍人且将升屋唤之，犹恐魂之不返，何暇寻梦中所有，且寻昔日梦中之所有哉！

张陶庵见西湖残破，而思蘧榻于徐，惟旧梦是保，自谓计之得矣。吾谓陶庵惟知旧梦，而不知新梦。论旧梦者曰：梦必有想，梦必有因。故无想无因，未尝梦乘车入鼠穴、捣薤啖铁杵。若新梦则不然，淳于棼梦入南柯，则身历蚁穴；幻人能吞刀吐火，则口煅钢锋。卫玠之论想论因，反落肤浅之见矣。

昔王荆公与东坡论扬子云投阁为史臣之妄，《剧秦美新》之作亦为后人所诬。东坡曰："轼亦疑一事。"荆公曰："何事？"东坡曰："不知西汉果有子云否？"

余见陶庵所说之西湖与近日所见之西湖毫无足据，亦谓明季时果有西湖否？且谓明季时西湖中果有张陶庵否？识得明季时未必有西湖，方可与寻西湖；识得明季时西湖中未必有陶庵，方可与读陶庵西湖之梦寻。

古夔旧史李长祥书。

序

查继佐

张陶庵作《西湖梦寻》，以西湖园亭桃柳、箫鼓楼船皆残缺失次，故欲梦中寻之，以复当年旧观也。余独谓不然。余以西湖本质自妙，浓抹固佳，淡妆更好。湖中之繁华绮丽虽凋残已尽，而湖光山色未尝少动分毫，东坡所谓"晴光滟潋""雨色空濛"，故端然自在也。

西湖向比西子，若楼台池馆，则西子之锦衣袨服也；嫩柳夭桃，则西子之歌喉舞态也。近日西子乃罢歌舞，去靓妆，拔簪珥，解衣盘礴，正当西子澡盆出浴之时，须看其冰肌玉骨，妖冶动人，何待艳服乔妆方为绝色也哉！子舆氏曰："西子蒙不洁，则人皆掩鼻而过之。"

虽有恶人，斋戒沐浴则可以事上帝。以恶人而斋戒沐浴尚可以事上帝，何况西子本身自洁，更能斋戒沐浴，其芳香藻洁当更增百倍矣。陶庵于此，正须着眼，何必辗转反侧，寤寐求之，乃欲以妖梦是践也。

社弟查继佐偶书。

凡例

一、志西湖者备矣，皆能发越乎山灵。而先王父是编，盖身历盛衰之际，感时世之旋易，嗟景光之顿殊，托为梦寻，言寄斯慨。以目接之景，作魂交之游。此亦如神返华胥，犹历历不忘其故迹。即境以征事，抒辞以达情，览者有感于斯文，是亦梦中之觉路也。

二、西湖之景物甚繁，传者每多失次。是集首序湖总，中分四方，方各以景从，而终之以外景。凡夫山林丘壑、寺观亭台以及木石禽鱼之微，举皆依次而列，举纲张目，晰缕分条，阅者按籍而稽，步步引人入胜。若所谓六桥桃柳、三竺烟岚，不必着屐扶筇，而已历探其阃奥矣。

三、西湖之名胜具有源流，流俗所传，多承讹谬。是集于名区兴废、胜迹升沉以及林泉之变迁、草木之荣落，莫不详稽博考，务得其真。至若历朝亮节之臣、往代潜光之士，其故居古墓，皆灵爽所存，尤极意表章，使人心兴感，此更有关于名教，岂徒于山水逞游观哉。

四、西湖之题咏名作如林，往籍所收，美难尽载。是集于白、苏而外，复采佳篇：记如袁李之灵巧清敷、诗若王徐之高华奇崛，以至雅词、名对，皆以次而登，并能照耀古今，发扬山水。后附以先王父平时之所作，识者谓能竞胜争奇，以登作者之堂，似可与诸公分一席也。

五、先王父是集久为名人所传，若李研斋长祥、金道隐堡、查伊璜继佐、祁止祥豸佳诸公时共较雠，雅相推重，所作文序尤极其称扬。而王白岳雨谦先生与先王父论交尤笃，其所点次评论，更为精详，列之篇端，以志相得之雅。令音未替，遗泽犹存，思其笑言，辄复神往耳。

六、先王父生平素多撰述，所著如《陶庵文集》《石匮全书》以及《夜行船》《快园道古》诸本，皆探奇抉奥，成一家言。以卷帙繁多，未能授梓。是集为从弟潗携来岭南，而韶州太守胡公见而称赏，令付剞劂，以张前徽。余小子自顾颛愚，不克仰承先志，而奉兹遗集，益感中怀，爰之梓人，锓以问世。其家藏诸种，俟有力梓行。庶几先王父未坠之精华，复得表章于当代也已。

康熙丁酉年十月望日孙礼谨识。

《四库全书总目·西湖梦寻》

国朝张岱撰。岱字陶庵,自号蝶庵居士,家本剑州,侨寓钱塘。是编乃于杭州兵燹之后,追记旧游。以《北路》《西路》《南路》《中路》《外景》五门,分记其胜。每景首为小序,而杂采古今诗文列于其下。岱所自作尤夥,亦附著焉。其体例全仿刘侗《帝京景物略》,其诗文亦全沿公安、竟陵之派。

自为墓志铭

张岱

蜀人张岱，陶庵其号也。少为纨绔子弟，极爱繁华，好精舍，好美婢，好娈童，好鲜衣，好美食，好骏马，好华灯，好烟火，好梨园，好鼓吹，好古董，好花鸟，兼以茶淫橘虐，书蠹诗魔，劳碌半生，皆成梦幻。

年至五十，国破家亡，避迹山居。所存者，破床碎几，折鼎病琴，与残书数帙，缺砚一方而已。布衣蔬食，常至断炊。回首二十年前，真如隔世。

常自评之，有七不可解：向以韦布而上拟公侯，今以世家而下同乞丐，如此则贵贱紊矣，不可解一；产不及中人，而欲齐驱金谷，世颇多捷径，而独株守於陵，如此则贫富舛矣，不可解二；以书生而践戎马之场，以将军而翻文章之府，如此则文武错矣，不可解三；上陪玉皇大帝而不谄，下陪悲田院乞儿而不骄，如此则尊卑溷矣，不可解四；弱则唾面而肯自干，强则单骑而能赴敌，如此则宽猛背矣，不可解五；夺利争名，甘居人后，观场游戏，肯让人先，如此则缓急谬矣，不可解六；博弈摴蒱，则不知胜负，啜茶尝水，则能辨渑淄，如此则智愚杂矣，不可解七。

有此七不可解，自且不解，安望人解？故称之以富贵人可，称之以贫贱人亦可；称之以智慧人可，称之以愚蠢人亦可；称之以强项人可，称之以柔弱人亦可；称之以卞急人可，称之以懒散人亦可。学书不成，学剑不成，学节义不成，学文章不成，学仙，学佛，学农，学圃，俱不成。任世人呼之为败子，为废物，为顽民，为钝秀才，为瞌睡汉，为死老魅也已矣。

初字宗子，人称石公，即字石公。好著书，其所成者，有《石匮书》《张氏家谱》《义烈传》《琅嬛文集》《明易》《大易用》《史阙》《四书遇》《梦忆》《说铃》《昌谷解》《快园道古》《傒囊十集》《西湖梦寻》《一卷冰雪文》行世。

生于万历丁酉八月二十五日卯时，鲁国相大涤翁之树子也，母曰陶宜人。幼多痰疾，养于外大母马太夫人者十年。外太祖云谷公宦两广，藏生牛黄丸，盈数簏，自余囡地以至十有六岁，食尽之而厥疾始瘳。

六岁时，大父雨若翁携余至武林，遇眉公先生跨一角鹿，为钱塘游客，对大父曰："闻文孙善属对，吾面试之。"指屏上《李白骑鲸图》曰："太白骑鲸，采石江边捞夜月。"余应曰："眉公跨鹿，钱塘县里打秋风。"眉公大笑，起跃曰："那得灵隽若此！吾小友也。"欲进余以千秋之业，岂料余之一事无成也哉！

甲申以后，悠悠忽忽，既不能觅死，又不能聊生，白发婆娑，犹视息人世。恐一旦溘先朝露，与草木同腐，因思古人如王无功、陶靖节、徐文长皆自作墓铭，余亦效颦为之。甫构思，觉人与文俱不佳，辍笔者再。虽然，第言吾之癖错，则亦可传也已。

曾营生圹于项王里之鸡头山，友人李研斋题其圹曰："呜呼！有明著述鸿儒陶庵张长公之圹。"伯鸾高士，冢近要离，余故有取于项里也。明年，年跻七十，死与葬，其日月尚不知也，故不书。铭曰：

穷石崇，斗金石。盲卞和，献荆玉。老廉颇，战涿鹿。赝龙门，开史局。馋东坡，饿孤竹。五羖大夫，焉能自鬻？空学陶潜，枉希梅福。必也寻三外野人，方晓我之衷曲。

张岱小传[①]

张岱，字宗子，一字陶庵，山阴诸生。曾祖元忭，明隆庆进士，廷试第一，谥文恭。祖汝霖，万历间，兄弟进士。岱六岁，汝霖携之适杭州。时华亭陈继儒客杭，命属对，奇之，谓汝霖曰："此吾小友也。"

及长，文思坌涌。好结纳海内胜流，园林诗酒之社，必頡颃其间。岱累世通显，服食豪侈，蓄梨园数部，日聚诸名士度曲征歌，诙谑杂进。及间，以古事挑之，则自四部、七略，以至唐、宋说家，荟萃琐屑之书，靡不赅悉。

及明亡，避乱剡溪山。岱素不治生产，至是家益落，故交朋辈多死亡，葛巾野服，意绪苍凉。语及少壮秾华，自谓梦境。著有《西湖梦寻》《快园道古》《奚囊十集》等书十余种。别为《石匮书》，记明代三百年时事，尤多见闻。年六十九，营生圹于项王里，曰："伯鸾高士，家近要离，余故有取于项里也。"后又十余年卒，年九十三。

所著石匮一书，入国朝，提学浙江谷应泰购得之，为《明记事本末》，梓行于世。语见旧志、邵念鲁传。

① 本文出自《嘉庆山阴县志》，题目为整理者所拟。

中华经典名著
全本全注全译丛书
（已出书目）

周易
尚书
诗经
周礼
仪礼
礼记
左传
韩诗外传
春秋公羊传
春秋穀梁传
孝经·忠经
论语·大学·中庸
尔雅
孟子
春秋繁露
说文解字
释名
国语
晏子春秋
穆天子传
战国策
史记
吴越春秋
越绝书
华阳国志
水经注
洛阳伽蓝记
大唐西域记
史通
贞观政要
营造法式
东京梦华录
唐才子传
大明律
廉吏传
徐霞客游记

读通鉴论
宋论
文史通义
鬻子·计倪子·於陵子
老子
道德经
帛书老子
鹖冠子
黄帝四经·关尹子·尸子
孙子兵法
墨子
管子
孔子家语
曾子·子思子·孔丛子
吴子·司马法
商君书
慎子·太白阴经
列子
鬼谷子
庄子
公孙龙子(外三种)
荀子
六韬
吕氏春秋
韩非子
山海经
黄帝内经
素书
新书
淮南子
九章算术(附海岛算经)
新序
说苑
列仙传
盐铁论
法言
方言
白虎通义
论衡
潜夫论
政论·昌言
风俗通义
申鉴·中论
太平经
伤寒论
周易参同契
人物志
博物志
抱朴子内篇
抱朴子外篇
西京杂记
神仙传

搜神记
拾遗记
世说新语
弘明集
齐民要术
刘子
颜氏家训
中说
群书治要
帝范·臣轨·庭训格言
坛经
大慈恩寺三藏法师传
长短经
蒙求·童蒙须知
茶经·续茶经
玄怪录·续玄怪录
酉阳杂俎
历代名画记
唐摭言
化书·无能子
梦溪笔谈
东坡志林
唐语林
北山酒经(外二种)
折狱龟鉴
容斋随笔
近思录
洗冤集录
传习录
焚书
菜根谭
增广贤文
呻吟语
了凡四训
龙文鞭影
长物志
智囊全集
天工开物
溪山琴况·琴声十六法
温疫论
明夷待访录·破邪论
陶庵梦忆
西湖梦寻
虞初新志
幼学琼林
笠翁对韵
声律启蒙
老老恒言
随园食单
阅微草堂笔记
格言联璧
曾国藩家书

曾国藩家训
劝学篇
楚辞
文心雕龙
文选
玉台新咏
二十四诗品·续诗品
词品
闲情偶寄
古文观止
聊斋志异
唐宋八大家文钞
浮生六记
三字经·百家姓·千字文·弟子规·千家诗
经史百家杂钞